你是我久等的归人

Right Here Waiting

陈麒凌 著

北京联合出版公司
Beijing United Publishing Co.,Ltd.

图书在版编目（CIP）数据

你是我久等的归人 / 陈麒凌著. —北京：北京联合出版公司，2015.7

ISBN 978-7-5502-5610-1

Ⅰ.①你… Ⅱ.①陈… Ⅲ.①短篇小说—小说集—中国—当代 Ⅳ.①I247.7

中国版本图书馆CIP数据核字（2015）第147667号

你是我久等的归人

作　　者：陈麒凌
选题策划：北京磨铁图书有限公司
责任编辑：唐乃馨　徐秀琴
版式设计：刘碧微

北京联合出版公司出版
（北京市西城区德外大街83号楼9层　100088）
三河市文通印刷包装有限公司印刷　新华书店经销
字数268千字　880毫米×1230毫米　1/32　印张10
2015年8月第1版　2015年8月第1次印刷
ISBN 978-7-5502-5610-1
定价：32.00元

如发现图书质量问题，可联系调换。质量投诉电话：010-82069336

路途上的雨
知道的只有自己
我只擅长简单的事
手捧一窗灯火
岁月扑面而来
你是我久等的归人

目录

推荐序

到现在为止，陈麒凌在《一个》上发了四篇文章，篇篇都很精彩，也很有特色。那种对生活看破而不道破的老成，对感情铺垫和细节的把握，扎实又有个性，非常难得，受到我们编辑部的一致推崇。最近的《猪肠碌你吃过没》到了沸点，在编辑部盲选里得到了最高票。我们平台受众相对年轻，口味流行，编辑口味又多少有些传统（很多文青编辑），陈老师的文章是优质又流行，征服了我们编辑部也征服了我们的用户。推荐给大家。

小饭

走了那么远，无非寻找一盏灯

我的编辑张馨月让我写篇序，叫我开头的时候写两句感想，说说这本书孕育了一年多，光是想书名就历时半年多，然后选文的纠结、做封面的痛苦——几千多张照片，还有无数次讨论会的激辩与推翻。编辑们的名字总谦逊地写在封底，我想在这本书开始的时候致意一下，为没人看见的时间里那些心血和执着，感谢馨月、子华、王晶、昭雯，还有小贝。

同时，也感谢友善的小饭慨然推荐，这恩情放在心里头了。

我很喜欢老杜的两句诗“野径云俱黑，江船火独明”。记忆中很多个夏天的傍晚，大雨将至密云满天，背着书包一路跑啊，远远看见家里的灯光，就踏实了，再大的雷声都不怕，到家了。

小时候玩过家家，百玩不厌的一种是“捡小孩”。把一堆枕头被单当成冰天雪地，然后我的妹妹坐在那里假哭，装成一个迷路的很冷的小孩。我就用张小棉被包着把她抱回家，那种暖暖的贴在怀里的感觉，很是满足。不过妹妹很快就长大到我抱不动了。

少女时代关于爱情的想象，有一幕是这样的，爱人深夜出差归来，风尘仆仆。灯下的饭桌，我端上一碗热气腾腾的面，鸡蛋青菜面（当时只会做这味），然后他坐下来大口大口地吃，我看着他吃。

刚毕业那年，我住学校的单身宿舍，学校在半山腰。白天出去的时候，我总要把窗前的小台灯拧亮，为的是晚上回来，在山脚下就看到小屋的光，就好像有人在等着，多晚都在等着。

多少年了，这些事其实不常想起，直到一天有读者留言说，我在你的文字里找到了家。

忽然明白了一些事，当我独自面对着空白的屏幕，慢慢敲下一行又一行文字的时候，我在干什么、为什么？是天色将暗通往家门的小路，还是冰天雪地里的小棉被？是深夜里热气腾腾的一碗鸡蛋青菜面，还是上山的灯？如果说你能在这一行行的文字里看到温暖和光亮，那何尝不是我一直在寻找的呵。

比利时诗人卡雷姆说："哪只蚂蚁不像你一样，舒舒服服地在草上爬行，自以为是在世界的中心。"即便是广瀚时空里一只自足的蚂蚁，也乐于晃着触角去探望另一只蚂蚁的草径或沙丘。我们上路，一心往远方去，却不知道远方有什么。我们轻易地离家，却又不承认想家。我们轻易地告别自己，却又到处地找寻自己。而路途上那些个人的高与低、晴天和雨，走着走着你是不是，忽然就不想说了？

每个人都是世界中心的蚂蚁，每个人只够刚好懂得自己。

所以我们在意那点温暖和光亮，宛若回家，家的意义就是安放吧，无论多晚都有人等着。我们走了那么远，无非是寻找一盏灯。

而一个讲故事的人能做的，只是守着这窗灯火，笑着说一句："回来了，进屋喝杯水吧。"

陈麒凌

2015年5月22日

于龙舟水的阳江

一只住在十七楼的羊

他们在街市上乱转，一个人，一只羊，不知是她陪着那羊，还是那羊陪着她。

那只羊，终于被很多人看见了。

晚间新闻的随手拍栏目，它被人用手机拍了段视频。在世纪城名都小区宏伟的楼群间，在狭长而工整的草坪里，那只羊被拴在一段铁栏杆上，昂着头看人。有个男孩用小棍子撩它，它反应敏捷，咩地叫一声，举起两只前蹄，竟直立着要扑过来，围观的人哄地散开。它依旧昂着头，嘴里嚼着草，傲然而立。

那是只灰黑色的小羊，骨肉匀称，在羊的年龄里该是个少年，头上刚长出两茬小尖角，它很珍爱这两茬小角，没人的时候，常常自己在空气里俯冲，有人的时候，它会忽然疯起来，竖着小角上蹿下跳佯作顶人。有时候也来真的，尤其钟爱小朋友，那次就把一个四岁小姑娘的腿肚子划破了皮，幸好当时是拴着的。小姑娘嗷嗷大哭，家长来找羊算账。张奶奶这才跑出来，护着她的羊。

张奶奶来自内蒙古呼伦贝尔市新巴尔虎右旗，蒙古族，她长得就像历史书里的铁木真，大脸盘，疏短的眉毛分得很开，双眼细长，带着些愣愣的神气。她瞅瞅小姑娘的腿肚子说："破了点儿皮儿没啥事，用唾沫擦擦就好了。"小姑娘的家长不乐意了，吵嚷起来说要是破伤风狂犬病怎么办这是小区公共绿化带谁让你不把宠物管好。看热闹的人多了，张奶奶害怕，一边拉着羊往家走，一边还孤单地辩着："这是羊啊又不是狗，它天天都洗澡，它没病。"那只羊跟着她进了电梯，也跟人一样昂着头看数字键层层亮起来，后面进去的人都尽量贴着电梯壁站，只有张奶奶一个人说话，“别害怕它不顶人，它就爱和小孩玩。”电梯停在十七楼，张奶奶和她的羊到了。电梯里的人松口气，摇摇头说现在真是养什么宠物的都有。

他们错了，那只羊不是宠物，虽然张奶奶宠它，刚抱回来的时候给它冲奶粉喝，天天拉着它出去吃草吹风晒太阳，晚上拎着一桶温水在阳台上给它洗澡，用软刷子给它刷毛，要很小心拈起掉在地上的碎毛，纸皮箱和旧报纸做的羊圈也要天天扫，扫出来的羊屎要严严实实地包上几层，要单独装一个双层垃圾袋，不能过夜，要马上拿到楼下垃圾车去扔。即使这样，媳妇还是要和儿子吵，“怕人家不知道你家几代都是牧民啊！你妈那么爱放羊怎么不回草原去呢？”吵下去便会说到做饭的老问题，媳妇是福建人，要吃米饭和精致的小菜，张奶奶总是学不来，只会顿顿做馒头和面条，媳妇就不让她做饭，宁愿下班回来自己动手。

闲着帮不上忙，天天坐在家里看电视，这滋味不好受。张奶奶总求邻居们给她找份活儿干，“扫大街也行，带小孩也行”。邻居都不当真，一是张奶奶的儿子在企业里大小是个中层领导，肯定不能让母亲扫大街，二是张奶奶都快七十了，人家还真不敢请。坐在家里白白等吃让她不安，有时候便故意在儿子面前嘀咕，有点儿试探的意思，“唉，我真没用，在你家啥也干不了，还是回草原去吧。”开始的时候儿子还耐心开导，次数多了儿子也烦了，再加上工作家务什么的也让人心情烦躁，有一次就说：“那你回去吧。”

回去是不现实的，老家什么都没有了。前两年有个探矿队来打了十几口钻井，草场全被糟蹋了，老房子也好多年没修补过，冬天根本住不得人。当初收拾东西到南方城市跟大儿子住，就没打算再回去。更何况出来的时候多么风光，乡亲四邻都看着眼红，说张奶奶熬出头了，这些年的苦没白吃，总算把儿子培养成才了，以后可享大福了。

她不想回去，就不好意思再说那些话，也就是这时候，儿子忽然抱回一只小羊羔。儿子说是下乡路上捡的，媳妇却总疑心是他在哪儿买的，但不管怎么说，这是件让人高兴的事，张奶奶可算有活儿干了。她非常熟练地给羊羔喂食，冲了奶粉用奶瓶喂，炒胡萝卜丝拌了鲜草丝喂，吃饱了又用泡泡海绵给它按摩，带它出去遛圈儿锻炼晒太阳，等儿子媳妇都上班了还给它放音乐，音量开得大大的，满屋都是凤凰传奇的歌声：风从草原来，吹动我心怀，吹来我的爱，这花香的海。

媳妇心情好的时候也会逗弄一下小羊羔，张奶奶很珍惜有了共同话题的这一刻。她一说羊就说到草原上去了，就说到那时候自己养的七十只山羊、五十只绵羊和三十头奶牛，夏天烈日炎炎雨淋脖子浑身透，冬天爬冰卧雪忍饥挨冻，春天休牧挨家挨户借钱买草料，那不肯借的人家说都没钱买草料了还供儿子念书干啥啊。她咬咬牙就是借三分利高利贷也要熬过去，也要供儿子读大学，就是要争那口气！这故事媳妇听过不下二十遍，渐渐烦了，连带对这只羊也厌烦了，因为它日渐长大，脾气和个性也跟着长，除了张奶奶谁也不让摸，又成天占据着阳台吃喝拉撒，那里本来是夫妻俩晚上喝功夫茶的地方。

张奶奶小心翼翼地寻思着儿媳可能爱听的话题，她说你们南方人吃过羊肉，但肯定没吃过古勒岱。果然媳妇很好奇，那是什么东西啊？张奶奶有点儿得意，那就得在咱们草原上吃，刚宰的羊，新鲜的羊杂切成小块满满地塞进油肠里，现做现煮，切成一片一片，蘸酱油，那个美，那个好吃！儿子在旁边猛点头，是挺好吃。媳妇说那可太不容易吃到了，谁还为这个特意跑一趟草原去？张奶奶望望儿子再望望媳妇，忽然豪迈起来，“吃！八月十五咱们杀羊！古勒岱，涮羊肉，手扒肉，烤羊腿——孩子们痛痛快快吃顿羊肉！”

那只刚长出两茬小角的羊，当它每天神气地吓唬小朋友，和各种哈士奇、贵宾犬在小区草坪上快活奔跑的时候，不知它如何看待自己。在成长的环境里从没见过一只另外的羊，它会不会感觉到寂寞，或者它每天气定神闲等电梯的时候会不会从锃亮的电梯门里照见自己，它会不会明白，它不是人，也不是宠物。

保安提过意见，说羊不能吃绿化带的草。张奶奶赶紧一边拉着羊换个地方，一边有点儿笨拙地讨好保安，“羊小，吃不了多少。八月十五就杀了吃肉，到时候请你喝碗汤。”那只羊一定没听懂他们说什么，它还是紧紧跟着张奶奶，挨着她，蹭着她，无比忠诚和信赖。她把它拴在栏杆上回家吃饭，再出来的时候，它老远就会跳跃，要奔向她的样子，好像幼儿园的孩子看见来接自己的妈妈。

有意见的人渐渐多起来，张奶奶的儿子几乎每天都会收到匿名彩信，那只羊的照片，旁边写着“羊吃绿化草”和一堆屎的照片，旁边写着“羊拉了”。关于吓着了孩子的投诉直接找到家里来，媳妇尴尬地向人家赔不是，眼神斜过来，张奶奶抓起一个塑料衣架打羊，“让你淘气，看我不抽你，我抽死你！”媳妇好声好气地把投诉的人送走，说：“快了快了，八月十五就杀。”张奶奶也在后面喊：“到时候过来喝碗汤噢。”晚上给羊洗完澡，擦干了，张奶奶默默戴上老花镜，借着阳台上微弱的亮光，看看打过的地方有没有伤。那只羊偶尔叫一两声，不知什么意思。世界上没有几只羊像它住得这么高吧，十七楼的阳台外，能看到许多灯火。

然而这回不一样，那只羊上了晚间新闻，物业公司不能再坐视不管。几番谈判交涉都是儿子出面的，没让张奶奶去，她只会说：“孩子好几年没痛痛快快吃顿羊肉了”“到时候请你喝碗汤”的话，说这些帮不上什么忙。

谈判结果是，羊可以养到八月十五，或者关在自己屋里养，或者带到小区外面养，但绝对不能再出现在小区花园里，尤其不能再吃一根绿化带的草，否则一根罚一百。

从那以后，小区里就很难见到那只羊了。

每天早上，像所有上班的人一样，张奶奶走出小区大门，一手牵羊一手拿着小凳子，保安会跟她打个招呼：“放羊去啊。”张奶奶应：“啊，放羊去。”她牵着羊走上街头，走过一间又一间招牌琳琅的店铺，走过一条又一条车流汹涌的马路，有点儿焦急地寻找一块草地，找到了，就把羊拴在树上吃会儿草，自己坐在小凳子上歇一歇脚，却仍是焦急地东张西望着，怕突然哪里跑出个人来赶他们走，等真有人赶了再走，再往前找，城市这么大，绿化那么多，一只小羊吃不了多少的。

他们在街市上乱转，一个人，一只羊，不知是她陪着那羊，还是那羊陪着她。那种单枪匹马的架势，那种格格不入的架势，总让人不免多看几眼。那只羊仍是昂着头的样子，而她却愣愣的，不知在想些什么。会不会她牵上这只羊，就仿佛身在草原，身在家乡，天苍苍，野茫茫，风吹草低，身前身后是她挨挨挤挤的牛羊，而那些还没熬出来的日子里，她是否也曾愣愣地看着它们，想从它们身上看到将来和盼头。

小区的人们见不到羊，没多久又开始觉得无趣，小朋友们缠着家长要找羊玩，忘了曾被它吓哭过。而八月十五终于到了，人们心头都紧了起来，月亮很圆的那个晚上，很多鼻子等待着又害怕从空气里传来炖羊肉的浓香。

第二天上班，小区门口又看见张奶奶出去放羊，人们松了口气，心里竟然有些惊喜。

“张奶奶，放羊去啊。”有人热情地打招呼。

“啊，放羊去。”张奶奶有点儿不好意思，把羊拉紧些，快步走过去，“没草吃，不长肉，太瘦，等过年再杀——到时候请你喝碗汤。”

美味源

在爱情里，一场病有时候是必要的，一方需要表现，一方需要试探，这是个好机会。

1

公司饭菜的风格颇为粗粝，章回只好在胃的呼唤下出去觅食。

工业园离城还远，只有这公车路牌下的小菜馆子，非此即彼，章回还是决定，去吧。

馆子小，只不过这七八张台，两三个人。

只需一眼，便能知道他们全部的人事关系。身材剽悍、打扮浓艳的妇人在柜台后面支着手臂，大声呼喝着“人来了”，瘦削敏捷的中年汉子便从报纸上蹿起来，展开一张层叠的笑脸，里间一个麻利的小姑娘早已碎步出来，手里捧着壶广东凉茶，先小心地问上一句：“凤姨，煮得饭未？”

章回点了半只葱油鸭、上汤豆苗，相信乡下地方东西实惠，要了一条清蒸桂花鱼。老板娘在柜台后遥遥推荐，“来点儿腊味好，自家腊的，没有假东西！”他不好推却，便又点了个芥蓝炒腊肉。

老板隐没在里间的厨房里，小姑娘站在门边低着脑袋一根根地扯发，乡间清静，公路上偶尔才有一部汽车从远到近，又从近到远。

从窗子看后院，农家的院落，漉漉的水井，累累的木瓜，鸡鸭鹅等，或呆立或闲走，或懒卧——“啊哟！”

章回被打断，惊起回头，却见门边的小姑娘正抱着脑袋闪向一边，老板娘手里提着一篮子鲜菱角，撇着嘴笑道：“不打醒你，梦就做到上龙床了！”顿顿，灼灼盯着小姑娘，“桌子抹抹不会，地扫扫不会？你比我还像老板娘咧！”

一切复归静寂，连车都好久不来。

章回不由得寂寞起来，这地方真是有点儿荒啊。

还好菜很快就上来了，粗碟拙碗，但分量实在，热热的香气殷勤地扑来，想吃。

刚夹了块腊肉，就听得窗外有轻捷的步子，有韵律地踏来。

是个年轻女子，短发，橙色衣裙，黑眼珠慧黠灵动，嘴角似笑非笑。

她一进门就先声夺人，“我闻到了——嗯。”

一双水波似的眼睛闪闪望来，随即拍着手笑道：“章回，我认识你，你好啊，跑到这里开小灶！”

章回讷讷，筷子停在半空。

“许小地，市场开发部的，经常听到你的大名呢！”她大方地在章回对面坐下，又调皮地欠欠身子，“可以坐吗？”

“既然是同事，一起吃吧！”章回礼貌地招呼道。

“我也是这么想的，这么多菜，我不帮忙，你怎么吃得完？”小地很爽快。

章回心想她还真不客气。

既然如此，自己也放松起来，该吃什么就吃什么。

只是小地这女子，并不忙着动筷子，她双臂伏在台上，眯着眼细细地闻着，如此良久。

章回忍不住，“小姐，你是来闻的？”

“嗯。”小地笑着，“闻好了才吃。”

“为什么？”章回奇怪。

“我闻到了，这只葱油鸭，这只鸭子是白色的，叫得很响，养了一年八个半月，大约两斤重，吃谷子和糠，肉质健康鲜嫩。”

“啊？”章回第一次听说有人的鼻子可以这样闻！

“是啊是啊，这只鸭子是白的，特爱叫，凤姨嫌它吵得烦心，昨晚才杀的！”菜馆的小姑娘敬佩地说。

小地得意地笑笑，又说：“这桂花鱼，抓上来扑腾得特别久，因为它肚子里有好多的鱼子，鱼妈妈不甘心！”

“这么神？我瞧瞧。”不知何时，老板娘走过来，抓过一双筷子，挑开鱼肚皮，空的。

“我没搞错，一定是有很多鱼子！”小地坚持。

老板娘哼了一声，朝着厨房叫道：“老冯，你来，你快来！”

精瘦的老板一溜儿奔出来，“怎么啦，怎么啦？”

“这条鱼有没有鱼子？”

“哦——没有——我没注意。”老板闪闪烁烁。

“有，一定有。”小地坚持。

“哦，好像是有的，我以为客人不喜欢吃，就留下了，那东西粗，也不怎么好吃。”老板只得承认。小地胜利似的笑了。

老板娘仍不相信，“在哪儿放着，拿来我看！”

“算了，有什么好看。”

“拿来！”

“唉——刚才蒸熟阿珍嘴馋吃了——唉——算了，最多少收点儿钱。”老板一脸尴尬。

老板娘用眼睛狠狠剜着一边低着头的小姑娘，低低吼了一声：“回头收拾你们！”脚步重重走回里间。

老板只得继续赔笑，“嘿嘿，没事了，她那个……更年期！没事的，你们慢慢吃。”

章回与小地相视一笑。

章回来了兴致，“还有呢？说啊——”

小地用食指抵着眉头，“这豆苗呢，味道可不一定好呢！”

“那你就错了，我们这批豆苗，就在屋后面种的，现炒现摘的，可新鲜了！”老板在旁边搭话。

“对啊，但是你摘的时候太急，就那么成把成把地扯，地上一定掉了很多，豆苗太疼，疼就散发出一种不高兴的味道，人吃了也会感染上不高兴的心情的！”小地振振有词。

“这倒被你说中了，刚才我下手是重了些。”老板同意。

“还有这腊肉，这头猪是阉猪，不是圈里养的，满山跑，瘦肉多肥肉少，肉质特别有弹性！很香——”小地拿起筷子。

“对对，姑娘你真厉害，我们的腊味，猪都是这附近买的，都是走地猪，满山跑，好吃啊！”老板心悦诚服。

章回笑道：“你的鼻子怎么和别人不一样？”

小地也笑了，“十岁的时候，鼻窦炎动手术，之后就这样了，什么都能闻得出来，呵呵呵呵。”

“总是这么灵吗？”

“除非淋了雨——不过谁会那么傻啊！”

“哇——真好。”

两个人欢快地吃起来。

有人来馆子送鱼，和老板大声地拉家常。

“今天没下去抓，手坏了。”

“怎么搞的？”

“昨天那条桂花鱼，咬了钩还折腾死人，把我扎出血了。”

章回再看一眼小地，佩服得五体投地。

2

都是开朗的年轻人，一顿饭下来，就熟了。

此后章回凡是要吃好东西，必然叫上小地临场指导，公司圈子本来就小，生活寂寞，有这样一个妙人做伴，又天天饭桌上交流切磋，结果是——

他们很快相爱了。

大部分时间里，章回都是感觉幸福的。他想这大概是小地的功劳，因为她美丽灵敏的鼻子，能为他选择最健康最快乐最有营养的食物，按照小地的说法，健康的食物让人头脑灵活、心情欢畅、精力充沛，真是这样啊。

只不过，食物的高质量是保证了，但，生活好像多了一些不自由。

譬如周末进城逛街，章回特意带小地到大学门前吃烧烤。读书的时候，天寒地冻的晚上，在吱吱作响的烤炉前，吃一只又香又烫又焦嫩的鸡翅膀，真是美味！

“别吃！”小地拉拉章回的袖子。

“为什么？你闻闻，多香啊！”章回抑制不住。

“我就是闻到了，那些鸡翅膀，都是饲料鸡，一大群一大群地养在小笼子里，不见天日，也不能活动，这些鸡都有抑郁症！”

“不要紧的，小地，你看我以前也是这样吃的！”

“所以你没考上研究生对不？你知道吗，这些鸡翅膀啊，都是那些病鸡，身上其他地方生了病，不能一整只卖，就零碎地斩开卖——”

烧烤摊的摊主不乐意了，“你怎么这么恶心呢！走走，想吃也不卖你们了！”

章回尴尬地拉着小地走开，小地则一脸欣慰，好在及时制止了不良食物的进口！

又譬如那次公司利经理结婚，在酒楼宴请公司同事。

雪嫩丰美的白切鸡端上来，大家招呼着举筷，小地却暗暗按住章回的手。

不能吃，一定有她的理由。

章回咽咽口水，佯装镇定地坐着。

金红焦脆的烧全鹅端上来，众人开口大嚼，小地却踢踢章回的脚。

这个也不行，少安毋躁。

章回只好含了口酒，慢慢暖回肚子。

筷子伸到肥白的鲍鱼面前，生生收了回去，小地在使眼色。

手指刚想扒开鲜红的虾壳，恹恹扔了去，小地在咬耳朵。

这顿丰盛的晚宴，糊涂的旁人不顾生命质量，吃得满嘴流油，满面红光。

明白的小地和章回，只吃了几箸腰果、青豆、生菜和香菇之类。

因为米饭还好，小地鼓励章回，他又委实饿得委屈，硬是吞了五碗。

同事们边剔牙边调侃他们，“看人家真是有情吃素饱啊！哈哈哈！”

他俩便笑，小地笑得胸有成竹，章回笑得无可奈何。

吃东西不再是一件简单快乐的事，小地爱章回，便要为他负责。

食堂是不大靠得住的地方，就连最初相识的饭馆，也不常去了，因为气氛不好。小地说，老板娘太酸太辣，老板太咸太涩，而小姑娘又太甜太腻。

只好自己动手，又因为资源有限，只好吃些简单清淡的。

小地说这样也好，保证吃下去的都是精品。

但章回肚子里的馋虫却越长越大。

这些还不算什么，直到这一次。

章回带小地去看高州的外婆，慈爱可亲的外婆，七十多岁了，看见两个花样的年轻人，欢喜得不行，亲自从院子里摘了菠萝叶，动手做红豆叶贴（一种糯米点心）。

这是章回童年最贪嘴的点心，刚出锅，热气腾腾的，他已食指大动等不及了。

只是小地欲言又止，似笑非笑地坐着不动。

章回怕她又说出什么东西来，就先下口为强，吃了再说。

外婆把红豆叶贴推到小地面前要她吃，她只是点头，却不动弹。

章回生怕外婆失望，就抢过来大嚼，外婆笑着看他，十分满足。

回来的路上，章回不大和小地说话。

小地笑着凑过来，“我闻到了不悦的味道，肯定是刚才你吃的点心——”

章回不耐烦，“你又想说什么？”

“外婆好热情，可是她做红豆叶贴的时候，嘻嘻，解手回来没有洗手——”

章回生气了，“够了！我真不明白你难道只有鼻子？你的心肠呢？”

“你怎么这样说！”

“老人家的好意，你就一点儿也不会珍惜体谅？”

“就是体谅她我才没有当面说，你干吗这么大声和我说话！”

章回深吸口气，不再作声。

小地一肚子委屈，有点儿怨章回，又有点儿怨自己的鼻子，这是第一次，她会想到，要是闻不出来那么多东西该多好！

3

恋爱三个月，开始的新鲜甜美好像有点儿褪色，而章回和小地的烦恼，除了为提高吃的质量而处处小心、设限之外，很多还是与鼻子有关。

有时候，小地的体贴是无微不至的，根本不用章回开口，她就给了他要的。

她闻得到他的汗水和体味，散发出来的心事和要求。

有时候淡淡的干渴味道，是想吃一只橘子。

有时候涩涩的慵懒味道，是想小憩一会儿。

有时候一种灼灼的焦躁味，那是要发火了。

而最甘香的，是一种浅浅的香草味，那是他想吻她。

只是，她怎么可以什么都知道？那么细致敏感的嗅觉，绵长如丝，尖利如针，上下娑寻，三下两下，就是一张密不透风、滴水不漏的网啊。

一个人对世界太有把握是不是好事？一点儿谜底也没有，全是亮堂堂的。

上帝未必是快乐的，因为他知道的太多。

这个周末，章回破例没约小地。也不想解释，反正她总有办法闻得出来。

约了表哥章恒出来摆摆龙门阵，这是他从前顶喜欢的一件事。

表哥是刑警队的精英，屡破大案，肚子里血与火的故事，要比海岩的电视剧还精彩。

这些故事总让章回平淡的生活里有些震撼与遐想，好久不见了，而且今晚小地不在身边，总可以放着胆子吃点儿东西。

表哥带了个女孩，聪明优雅的那种，不怎么说话，只是目光清明地听。

表哥讲的是前段时间破获的银行抢劫案，说到精彩处，猪扒茄汁饭上来了，章回听得入神，但还是习惯性地低下鼻子，仿佛晚清八旗子弟嗅鼻烟似的，细细闻了一回。

女孩忍不住笑了，表哥也停下来，“章回，你什么时候学来的动作？这么讲究！”

章回尴尬地不知如何回答。

表哥笑道：“你让我想起一个故事，古时候有个大户，吃东西特别讲究，仆人担水，他要吃的那桶水必放在前面，知道为什么吗？”

章回摇摇头。

“哈哈，因为他怕桶在后面，仆人放的屁会坏了水的味道。有一次，他喝水，闻了闻，不对劲儿，就质问仆人他担水时干了什么。仆人只好承认，打了个喷嚏——哈哈，活得这么精细这么折磨人，你们说，世界上真有这种人吗？”

女孩笑了，表哥笑了，章回笑不出来。

表哥注意到他的沉郁的神色，问：“章回，你有什么事吗？蔫成这样？”

章回叹口气，终于说：“有，有这种人。”

而且，他在爱着这种人。

小地在整理章回的衣服，几件穿过的外套随便地扔了一床。

这件蓝色的风衣，是和自己出去吃饭穿的，闻上去，有种淡淡的苦味，这说明，这过程里，他不大高兴。

这件米色的西装，是和自己去看电影穿的，贴近些，有轻轻的酸味，这说明，那天，他很烦闷。

这件灰色的外套，是和自己去散步穿的，味道霉霉的，那天他们怄了气。

工作一帆风顺，家人出入平安。

吃进肚子里的，又都是健康正路的食物，那么他的不快乐，该是与自己有关。

最后一件，黑色的运动装，却有着新鲜的愉快的香味，她知道，周末那天他自己出去了，没有解释，很晚才回来，也不打电话，一觉醒来就是第二天中午。

再一遍仔细地搜索，还有，女人的味道，虽然很淡，但是她坐在他身边，不远。

相爱就是一步步走到这个境地吗？

小地的鼻子酸了，眼泪在眼眶里。

她把外套浸在洗衣机里，锁上门出去。

外面开始下雨，慢慢雨势就大了。小地一路想着心事，也不回去拿伞，也不走快两步，就这么淋了个精湿。

回到宿舍觉得冷极，盖了几层被子还是暖不过来。

她就这么病了，重感冒。

是谁唱过，爱情是一场重感冒？

4

在爱情里，一场病有时候是必要的，一方需要表现，一方需要试探，这是个好机会。

小地在床上躺了一个星期，吃药打针，胃口不好，这些日子，章回就天天用电饭锅给她熬粥。

黏黏的香香的白米粥，热气腾腾地端在眼前，细瓷调羹轻轻地拌——章回忽然停住，小心地看看小地，“来，你先闻闻——”

“不用了吧，我好饿。”小地软绵绵的，又撒娇道，“我要你喂——”

章回怜爱地舀了一口，吹吹，慢慢送进她的口中，看她笑着吞咽，不禁又问：“怎么样？有什么问题吗？”

“你怎么老问老问！我的鼻子塞了好几天，什么也闻不出来，只闻到这粥香。”

“什么也闻不到啊！”章回释然，竟有点儿高兴。

一直到病好了，小地还是没有恢复她那神通广大的嗅觉。

章回问她要不要看看医生，小地看他一眼，“看什么医生，怎么和医生说？”

是啊，你要是和一个五官科医生说我的鼻子为什么闻不出那只鸡生前是干什么的呢？他绝对会建议你去看精神科的医生。

好在小地无所谓。

在食堂吃饭，她安之若素，一口一口把面前的菜吃得干干净净，出奇地乖。

反倒是章回有点儿疑神疑鬼，总猜测这肉是不是历史清白的，这鱼是不是死于非命的。

“我真的什么也闻不出来，这样挺好，挺舒服。”小地老老实实地说。

章回叹气，“以前太讲究，现在闻不出反而不踏实了。”

小地笑他，“你就让自己相信这些都是好东西，反正眼不见为净，是不是？知道太多反而束手束脚的，我都想开了，你还在发呆！”

章回想想也是，就笑了。

这天中午，章回接到表哥的电话，说是在附近办案，顺便见见他，就在公车路牌下的小菜馆子等，最后小声地叮嘱一句：“一定要把你那有特异功能的女朋友带来见见啊！”

小地在赶一个文案，章回就先去了。

也有好几个月没来了，馆子没什么变化，只是进去不见了柜台后的老板娘，换了一个青青嫩嫩的男孩在看杂志，也不大懂得招呼人，只是点点头。

表哥穿着警服，在靠窗的位子上坐下，自己动手倒水喝。

“点菜了吗？”章回坐到他对面。

“等你们，哎，‘特异功能’呢？”

“一会儿到，咱们先点菜吧。”章回叫男孩，“点菜！”

男孩走过来，抓抓头皮，“要不你们先点些腊味熟食之类的吧，冯老板和珍姐一会儿回来，小炒等一会儿再点行不？”

“老板娘呢？”章回随便问。

“我不知道，说是去东北了，我也是才来。”男孩木木地说。

“那……就蒸四条腊肠，切半斤卤牛肉吧！”表哥说，“吃什么都行，我不要紧。”

两个人闲聊间，小地到了。

男孩也端着蒸好的腊肠和切成薄片的牛肉上桌。

表哥风趣地说：“快请我们神奇的鼻子来闻闻，这里面有什么故事。”

小地咯咯地笑着：“这是表哥吧，你真抬举我了。”

“慕名已久，慕名已久，知道吗，我们干刑侦的，真是梦想有你这样一个鼻子，就像这次的案子，线索太杂乱，要是你能帮忙就好了。”表哥感叹道。

“我当然愿意帮忙，可从上次感冒到现在，我的鼻子就——泯然众人矣，不信你问章回。”小地认真地说。

章回点点头，调侃道：“也许是使用期限到了吧，哈哈，上帝改变主意了。”

大家谈笑风生地举筷，突然表哥说：“等等，我看到这院子里有芫荽，等我摘把来，味道好极了。”

表哥跃身出去，章回随着他的身影扫了扫院子，不经意地说：“怎么好好的一个井，上面压那么多水泥包啊？”

小地刚要搭话，听见门前摩托车响。

冯老板回来了，后座的像是阿珍，但样子有点儿呆胖，蹒跚地走进来。

小地就转身招呼他们：“嗨，老板，好久不见！”

冯老板见她，惊了一惊，转而大声回应：“哎，哎，好久不见。”

“有什么好东西吗？快拿来我们打打牙祭！”小地轻快地喊道。

这时阿珍发现了桌上的腊肠，猛地惊呼一声：“冯叔！”就疾步上来端起便走，走得忒急了些，险些撞倒了水壶。

小地、章回莫名其妙。

冯老板转头骂她：“急你个奶奶啊！这么次的东西也敢拿出来给人吃！”

复又堆起笑，“有新鲜的东西，姑娘你不同别个，好鼻子什么都闻到，哪敢用这么劣的货骗你呢！”

小地笑他，“老板娘不在，你也来耍耍老板的威严啊！”

冯老板的脸色一白，耷拉着脑袋转身欲走。不想表哥手里抓着把芫荽过来喊他：“老板，你别走——”

冯老板一见穿警服的，心也慌了，脚也软了，却本能地向门口逃去。

表哥觉得蹊跷，两三个箭步，奔上去扭了他两只手臂，几下就制伏了。

“别打，别打，我招，我招，反正你们什么都闻出来了！”冯老板哭号着说。

阿珍抓着厨房门边，连逃的力气也没有，整个人滑在地上像摊泥。

5

章回和小地听到一个骇人听闻的故事。

冯老板和阿珍偷情，被老板娘捉奸在床，鞭子秤砣地好一顿打，冯老板和阿珍忍无可忍一起还击，勒死了老板娘，肢解尸体，腿、脚、头沉入井底，肉剁碎搅拌成泥，制成几十斤腊肠，本来是卖给乡村野老的，任他哪个知情?

却偏偏新来的小弟有眼不识泰山，竟然把人肉腊肠端在世界上最灵异的鼻子面前，而这个警察又从天而降，定是事发报案，冯老板知道什么都完了。

小地惊骇不已，一个劲儿地打哆嗦，章回紧紧搂住她。

警车一部部地开来，表哥也是匪夷所思，这么巧的契机，竟藏着这么个命案!

看来小地的鼻子即使功能过期，还是可以吓人的啊。

这一天晚上，月明星稀，小地和章回在阳台上，仍为白天的事情唏嘘不已。

小地说：“其实很多事情还是不知道的好，知道了又怎么样呢?”

章回看看她，笑着说：“你的鼻子真的什么东西也闻不出来了?”

小地不语，轻轻地伏在章回的肩上。

良久，她才眨眨眼，笑着说：“真的，什么也闻不出来了。”

猪肠碌你吃过没

你也试过吧，因为爱了一个人，于是她那里的一切，也成了你的。

大一新生自我介绍，柯义敏说：“我来自广东阳江，太阳的阳，江海的江。”声音略微高昂了些，抑扬顿挫，有点儿诗朗诵的感觉。后面那个女生接着来，也好像诗朗诵地说：“我来自黑龙江黑河，黑灯瞎火的黑，河东狮吼的河。”大家笑，他也笑，回头看那女生，睁着两颗黑眼睛，有点儿无辜又有点儿惊讶，一副这有什么呀的神情。后来再回头看，她低低眉眼，抿着两点酒窝，到底还是笑了下。那就是卢梅。

他去图书馆看中国地图，一路向北找黑河，果然北，北到和俄罗斯仅差七百五十米，又一路往南找自己的阳江，手指头划过淡蓝色的纬度线穿越密密挤挤的山脉河流城市，落在南海边上渺渺一点，差不多跨了三十个纬度，比例尺估测四千多公里。他在心里轻轻地哇了一声。

“太远了。”卢梅说，从大一说到大四，真诚地替他着急，“你别对我太好，浪费。我跟你说我是委培生，毕业肯定得回去，我爸不在了，我妈一身病全得靠我呢，我就是我们家的天。”

他没见过雪，来上海念书这两年，最多几次雨夹雪，那不算。他喜欢那种银装素裹的大雪，天地一白，屋内火炉红红，温一瓶酒，翻一本书，对面坐着心爱的姑娘。他没去过真正的北方，从小在亚热带的阳光海浪中长大，对异地的风光总有些好奇和向往，他以为生命里得有些凛冽严寒粗犷，才算是历练，以后去东北生活也挺好。现实的问题也考虑过，爸妈的身体还行，姐姐嫁得不远，照应起来还方便。家里人不怎么管他，老爸总说“仔大仔世界，男儿闯四方”，他想他这边没问题。

其实呢，去哪里都不重要，重要的是她在那里。

他对卢梅说我可以去东北。

卢梅笑着说你去东北干啥呀？你知道那边多冷吗，冬天早上在江边一站有五十度，零下的，冻死你吧。你肯定受不了的，你去东北干啥呀！

“我去东北干啥？”他有点儿生气了，“谁不想跟喜欢的人在一起啊！”

“太远了。”

“什么叫远！”他心潮涌动着，也不知怎么就说出一大篇话来，“如果我在地球你在仙女座大星云，如果我在2046你在魏晋南北朝，如果我是企鹅你是骆驼，如果我是蝉你是冬虫，如果我是马路对面骑自行车的那个胖老头，你隔着条马路，却这辈子都不会往那边看一眼。那才叫远，那才可以算太远！”

卢梅就不笑了，说我怕你会后悔，我承认我挺自私的，将来有啥你别怨我，我受不住怨。

他问：“那你到底是什么意思啊？”

卢梅说滚犊子，我要是对你没意思还跟你废话干啥啊。

事情还算顺利，年后他就签了黑河热电厂，和卢梅一个单位。签了之后才对家里说，打电话说的，晚上看电视的时间。是老妈接的电话，电视的音响很嘈杂，他不得不提高了声音。老妈有点儿紧张，说你等等我叫你爸来听，然后是小跑步的踢踏声，扯着脖子叫老柯老柯，电视也关了，那一瞬好静寂。他又把话对老爸说了一遍，老爸持重地嗯着，可以想象老花镜落到了他鼻梁上，边听边点头的样子。老爸说，嗯，那你决定去东北了，那你以后就不回来了，嗯。柯义敏语气有点儿急地抢着说，爸你怎么这样说话呢，我去东北又不是不回来了。我肯定经常回来看你们，那还不方便吗，有飞机有火车，以后买了小车，想回来随时回来，能有多远呢。老爸说，嗯。

他很快就适应了东北的生活。当然，开始的时候也曾因为暖气太燥流过鼻血，嫌戴棉帽子麻烦把人耳朵冻成了猪的，老肠胃不肯接收新面食整天胀气奔涌。现在，他学会了穿羽绒裤套秋裤，只穿一条牛仔裤过冬下场是很惨的；他学会大杯大杯地喝酒，眼睛不眨拿起生黄瓜蘸大酱咬得嘎嘣响；他学会打哈哈，对那些你们广东人吃耗子吗吃蚂蚁吗吃黄鼠狼吗的追问；他学会在上班的路上说又憋车了，举着油污的手说真埋汰，站在楼下叫媳妇少嘚瑟麻溜儿的。

你也试过吧，因为爱了一个人，于是她那里的一切，也成了你的。

他在朋友圈晒玻璃窗上的霜花、冬天的第一场雪，他记着六月到大乌斯力村摘菇茑、九月上卡伦山里采毛榛；他知道王肃电影院楼上的游戏厅，她小时候曾摔过一跤狠的；他知道中央街三小的林老师，曾送她一对漂亮的冰刀；他知道她小时候剪头发总去海华胡同的国营理发店；她人生首次坐电梯是在老一百；那个穿绿军装卖糯米切糕的男人总让她想起爸爸，下班就给她买一大块回来，又热，又黏，又甜。

满大街都是她的故事，她的标志，看起来不起眼的一道招牌，一条巷子，一个名字，都能让她温柔亲切地看着说着。他也非常认真地听着看着想象着，或许是想努力地把自己植进去，植进那些故事的背景里，也标记上他的。

可是为什么呢，他有时会走神。

卢梅高中的朋友聚会，他看着他们响亮地碰杯、突然地爆笑、搂着肩膀一起唱他从来没听过的歌，他微笑地坐在旁边，想的却是高三那年和文生、晓明，还有国飞天没亮爬上望瞭岭，扯着脖子吼课文，直吼出一轮火红的太阳；夏天卢梅带他去黑龙江游泳，江水平缓清澈，堤岸上有许多过来玩的俄罗斯人，他浸着清凉的江水，想的却是南海岸的十里银滩，细面粉一样干净柔软的白沙，遥遥地望不到头，遥遥的无边际的蓝色的海，他和兄弟们游累了，摊开四体躺在沙滩上，任太阳下山，任晚来的浪潮一大卷一大卷地打在身上，任星星和渔火满天；卢梅从小到大最爱的点心是东市场早市的张记豆包，每次一买就是十个，说是为了弥补大学四年没吃着的馋和念想。他只好帮着她吃，烂熟的豆馅儿嚼之无味，他想起有好久没吃过猪肠碌了。

猪肠碌与猪肠无关，他总是一遍一遍地和卢梅解释。热油蒜子把河粉黄豆芽炒香了，再加点儿肉末虾皮和鸡蛋，用薄薄的滑滑的大张粉皮卷起来，刷一层花生油，撒一层白芝麻，淋一层牛腩汁，切段，蘸甜辣酱，太好吃了。他咂巴下嘴，神往着。他的城市到处都有这味吃食，一块钱一条，是美味又实惠的早点。小时候上学坐在老爸的摩托车后座，猪肠碌捧在塑料袋里吃，他小脸上沾着芝麻，舌头怎么也够不着；后来自己骑自行车，匆匆打包了去学校，早读的书声里他和文生把课本竖起来，低着头囫囵吃。班主任梁老师说你们中间有人在吃猪肠碌，不用看见，教室里全是味儿，我也没吃早餐呢同学，想想老师的感受。

他在微信上和文生提起，文生说对啊我们还说要请梁老师吃猪肠碌，后来就忘了，你这时候说吃的我又饿了，马上去河堤吃泥虫粥，再叫一碟猪肠碌，你要不要打包？

临睡前他躺在床上看手机。文生发来了一张图，猪肠碌。他看了半天。

卢梅说你有那么馋吗？

他说我三年没吃着了。

大学毕业后的第一个春节，说好了回阳江过，卢梅的妈妈住院，没回成。第二年春节厂里有台机组停机检修，年三十还要加班，又没回成。夏天里爸妈来玩了几天，卢梅说今年见着了咱爸咱妈那春节就不用回阳江了，过年票老贵老难买了。爸妈都同意，说就是嘛，这么远别费事跑来跑去啦。

他每天都看看那张猪肠碌，馋，好像胃里面有个小手轻轻地挠。越挠，痒的地方越多。他想吃油黄滑嫩的白切鸡，想吃刚炊熟的黄鬃鹅，想吃淌着酱汁的串烧蚝，想吃洁白鲜美的鬼婆鱼汤。他的胃口越来越差，丈母娘特意给他煮米饭，买绿叶子菜，他说东北的珍珠米煮粥还行，米饭要南方的油粘米才香，青菜不能焖太久，得大火炒出来颜色才好。卢梅不高兴了，说，看把你撑的，我妈做两样饭不累啊。

到底还是心疼他，卢梅自己上网学粤菜。有天放假她在厨房鼓捣了半天，端出一盘子东西，让他吃。他问这是啥啊。卢梅说猪肠碌啊，我改良了，也包了豆芽肉末蛋皮，也洒了芝麻酱汁。他拈起一块又扔下，笑道："蒙谁啊，你这明明是东北卷大饼，还猪肠碌呢，差远去啦！"卢梅说不吃拉倒，抬手就把盘子砸了。他也来了脾气，走。

走到楼下卢梅追出来了，"你哪儿去啊，你能往哪儿去啊，谁都不认识。我错了行不？回家吧，外头冷得够呛。"他心里苍凉起来，是啊，冰天雪地能往哪儿去啊，一个外乡人，他始终是个外乡人。

"我上哪儿给你找粉皮去啊？"卢梅拽着他的胳膊，哭了，"好好，今年春节咱一定一定回阳江，行了吧，跟我回家吧。"

年廿八晚柯义敏坐上从黑河到哈尔滨的火车，十二个小时正好一夜，飞机是次日上午的，直飞广州，四个半小时，他一个人。

卢梅怀孕了，情况有些不稳定，打了几天黄体酮，遵医嘱在家休息。他天天给她炖汤喝，打电话告诉爸妈春节不回去，订好的票也退了。年廿七那天卢梅却说，你说我有毛病吧，刚把票退了又去买回来，白白多花了好几百块。他没听明白。卢梅说你回去一趟吧，等以后生了孩子怕是更没时间。回去玩得高兴点儿，你不高兴我能高兴吗？那晚出来，她站在门口笑着摇手，忽然又追了一句，得回来啊。

他一路想着她，隔两小时一个电话，到了哈尔滨，竟然想买张车票折返黑河。卢梅的声音在电话里中气十足，咱东北姑娘有那么娇气吗，赶紧坐飞机去。

情绪复杂一路往南，温度从零下三十二度到零上二十三度，衣服一层层地脱，心也一层层地轻着。飞机晚点，高速路塞车，劳顿风尘中归乡，到家已是除夕夜晚十点。街上灯火辉煌，到处挤满行大运的人，家里却寂静无息，爸妈已经早早睡了。

他的突然归来让他们手足无措，穿着睡衣站在厅里，慌乱似乎多于惊喜。老妈赶紧热饭，掀开饭桌上的笼盖，他们的年夜饭简单得只有一盆冷掉的鹅肉和菜花，这离他热切的想象太远。"大过年的回家，就给我吃这些！”他拉长脸，重重地放下筷子。老妈说两个老东西吃不了多少，就没买什么，老爸说不知河堤的大排档还开不开，我去打包几个菜。很久之后他想起那晚父母的歉疚，仍觉得心疼。却是什么让自己那一刻不近人情，是委屈吗，近乎撒娇的委屈。委屈的孩子，只敢在父母面前发脾气。

他冲凉的时候，老妈就坐在浴室外的竹椅上等，他一出来，她就站起来，喜滋滋地跟在背后说话。老爸则过于敏感，听到他一个喷嚏、一声咳嗽，就要问一句冷吗，喝水吗。开了唱机，贺年的音乐绕在屋里，算是有了年味儿。他问怎么不看电视。老爸说机顶盒坏了，年初三小曾才能过来修。他问小曾是谁。老妈说是楼下便利店的打工仔，人很好，背米送油修水龙头常帮忙，上次你爸摔了腿也是小曾背下楼送去医院的。他问爸什么时候摔了腿，怎么都没跟我说。老爸说这种小事告诉你做什么，早就好了。他问那姐呢，不常回来吗。老妈说回来啊，都很有心，各人自有一头家，她带孩子也很辛苦。

除夕夜里卢梅她们看电视守岁，他躺在自己的小床上也睡不着。他的房间一直给乡下的堂弟借住，上高三的男孩，床头床尾都是练习册，床底还有零食袋子和烟蒂。他找不到自己的痕迹。

他要在这几天很紧凑地见人。约了文生他们到龙品轩吃饭，文生说龙品轩早收水了，不如去广丰花园吧。他问广丰花园在哪儿啊。文生说高凉路和新江南路交接处。他没问下去，广丰花园没听过，新江南路也不知道，出租车会带他去的。这城市熟稔又生分，只不过三年没回来。吃饭的时候来了十多个人，朋友们携家带小，满满地围着大桌子坐。人多热闹，话题也碎，寒暄一阵胖了瘦了，解释了一通不是所有东北人都住火炕、不是所有地方都能见到东北虎，然后其他人开始讨论宝宝去哪个网站买奶粉、孩子寒假报英语班还是钢琴班、买房子是城南好还是阳东好、新年这几天出去玩是去卫国看梅花还是去北桂焗番薯。国飞忽然想起他来，说去年一中校庆搞了个校友杯足球赛，梁老师也回来给我们加油，你要在就好了，我们班肯定能拿冠军。他说我知道梁老师调到二中了，昨天特意去找他，谁知二中搬了。大家笑，都说二中前年就搬了，你不知道吗？

他不知道的事情好像还有很多，亲戚里多了不认识的新面孔，嫁过来两年的新媳妇，刚结婚的表姐夫，还有忽地发育成熟变了样儿的表弟表妹们。小外甥三岁了，还从来没见过，很有礼貌地叫他叔叔，姐姐说应该叫舅舅，孩子转身就忘。好不容易哄着会叫了舅舅，他又担心自己一走，会被孩子忘掉。怅然地想，要是真有分身术就好了，一半带走，一半留下，那样便不会再缺席，也什么都不会错过。

年初四寒潮来了，下了雨。他觉得冷，屋里比屋外更冷，冷得坐不住。他把带绒的秋裤拿出来穿，老妈奇怪，说你以前都不肯穿两条裤子，去东北反而怕冷了。他哆哆嗦嗦地说东北比这里暖和多了。大家都不相信。要命的是他还觉得饿，这种饿不是那种没东西吃的饿，相反，回家这几天鱼肉鲜汤没断过，可填得再满仍觉得还差点儿才踏实，才算饱。那点儿是，一个纯碱的北方发面馒头。年初五那天他想吃饺子，觉得破五不吃点儿饺子似乎不大吉祥，卢梅打电话说包了三鲜馅儿的饺子，不过你那边美食吃不过来，肯定不稀罕。他没好意思跟她说，他刚刚去超市买了袋速冻饺子，猪肉大葱馅儿的。

他有点儿盼着离开的日子了。想卢梅，想她肚子里还是小胚胎的孩子，想他们的家。而这念头转瞬间就让他惭愧，老爸老妈小心而不留痕迹地守着他，他从外面回来他们就站起来，好像等待很久的样子，端出一样一样好吃的，不管他是不是吃过了。像是要把他前几年没吃到的补上，又像是要把他后几年该吃的提前备好，一顿吃饱管一年。

年初七他终于要走了。老爸大手一挥说，你不用记挂家里，做好自己的事，我们会去看你。老妈往他的背囊里塞一个保温盒，说是好姨店里打包的猪肠碌，你一直说好想吃，几次买回来你又说太饱吃不下。他说不好带，不要了。到了车站，回头看她还捧着那个保温盒，他让步了，带就带吧。

告别必须草率，彼此才不太难受。他匆匆上车，隔着车窗看见他们还站在那儿，便拉上窗帘装看不见。车开出站，拉开窗帘回头看，看不见了。

上了高速，车越来越快，离那个家近了，又离这个家远了。

都是他的地方，又好像，都不是他的地方。觉得这辈子，已经注定的一件事，就是在这相隔四千多公里的一南一北间，他的心已无法落地。

太远了，他终于承认。

在哈尔滨站候车室等待去黑河的火车，饿了，想起背囊里的保温盒。这么长的时间猪肠碌该冷了吧，他掀开盖子，看见隔层里的小钢叉子，细心分开的蒜蓉辣酱和甜辣酱，拈起一块放进嘴里，竟然还是温的，竟然还是温的。

他嚼着，满眼热泪。

旁边有人问，大哥，你吃的那是啥玩意儿啊。

落山风

所有的人都确认，他这一半，和她那一半，本是前朝荒野里失散的一个，他们相爱，本是认领，本是团圆，天经地义，理直气壮。。

1

其实一开始大家都看出点儿什么了。

那是大一的军训，九月，烈日，尘土，风却静止着。

他们的魔鬼教官，酷爱整人，他总在十一点半——即将解散吃饭，这最热最饿最哀苦的时候——挑出队列里步形最差的两人，一个男，一个女。

他罚他们踢正步，不残酷不足以痛改前非。

有圆滑的男生，或者甜蜜的女生，每当这时就央求地笑着说些软话，这是可以妥协的气氛，解散的人流吵吵嚷嚷，魔鬼教官的战友经过时亲昵地给他一拳。看起来他心情不会太差，只要话说得没骨气，又悦耳得让人舒服，他就乐于开恩，挥一挥手让他们滚。

只有两个人例外。

他和她从不讨饶，走就走，不喊停，就走下去。

人几乎散了，只剩这两人，一直走，往前走，空气在暴晒中薄薄地飘起一层蒸汽，他们走远了，就好像踏在水里，不很真实的样子。

有人突然发现他们的相像，他们的步子有些内弯，他们的手臂甩得太窄，他们的眼神都默默的，认命，但骄傲。

无论怎么罚，罚多少，都不改。

直到教官也没了办法，疲惫地挥挥手，笑骂一句：“妈的，真是一对儿！”

他俩已经累得没力气高兴了，一前一后的两个背影，都有点儿跌跌撞撞，她捋下帽子，甩一甩，一头的黑发落下来，他回头看了一眼。

她是小卓，他是阿毅。

然后是那节课，经济学基础的老师点评第一次作业，说到有人代做论文，才入学就这么大的胆子，这么不上进，老师很生气。

就点到他俩的名字。

大家一齐看他们，两张惊愕的脸，一模一样的表情，都不承认，一个劲儿地摇头，不可能，不可能。

老师拿出证据，两份作业举起来，前面的同学欠起身子看，都叫了，那的确是一个人的笔迹。

看他们还有什么话说。

小卓先出来，紧接着是阿毅，一个左，一个右，拾了粉笔就在黑板上写字，粉笔唰唰地，粉屑里历历的黑底白字，天，那的确是一个人写出来的字，所有的横都稍稍向右下角倾斜，所有的弯钩都棱角锋利，字与字之间总有牵拉顾盼，连标点，都是轻巧灵动的一个顿号。

全体哑然，他俩互相瞅瞅，阿毅还气着，小卓却轻轻地笑了。

直到那时，他们还没真正说过一句话。

但是当晚，据说在男生宿舍顶楼，那班男生喝酒，阿毅突然摔了啤酒瓶。

在炸响后的瞬间寂静里，他说：“我要追小卓，她是我的。”

2

他们的开始源于一部电影，那个飘忽的名字——《落山风》。

那时是初秋，起风的日子，满地都是树叶。

是四个男生约六个女生，一行人步行去附近的农学院，那里有个精致的小礼堂，常常放些冷门却隽永的文艺片。

他俩混在这些人里，浑然无恙地以为能把心事也混了去。站在路边等绿灯时，他正好挡在前面，小卓吓了一跳，竟没人发现他俩今晚碰巧得出奇，一样的咖啡色T恤，一样的黑色筒裤，一样的白色帆布鞋。她的心突突跳着，故意落在后面，连眼睛都恨不得藏得低低的，低得只看见他的白色鞋子，大步大步地，踏过酒红色的落叶、泛青的马路牙子、工地胡乱散摊的黄沙，然后停下，哦，不知怎么就到了。

到了才知没电，卖票的却说，等一会儿就有。

大家就坐在台阶上说笑聊天，夜色里，看不清谁的脸，小卓坐不安定，前后找了一遍，转过头时，却见他不知何时已挪近了，侧一侧脸，很小的动作，不知是不是看她，但她的颊深深地烧起来。

很多个一会儿过去了，电还是没来，几个人吵嚷着要去逛街，一个男生说新华路有小吃街，一个女生马上反驳说最好的小吃应该在K物街，他们一边争论着一边离开，好像存心忘了他俩似的，连招呼都没有一句。

呼啦一下白色台阶空闲了，从树梢过来的风，把地吹得很干净，就剩他跟她。

“听说是部好电影。”阿毅的第一句话。

“嗯，名字很美，那该是种悠扬的风，飘然下山的样子。”小卓轻轻地说。

“可惜没电。”

“或者，再等等？”

夜如水般凉，天上的月牙儿，像一瓣儿削得透薄的雪梨，晶莹晶莹的。

话把心压疼了，唇边却是没声息的字，他俩无言地等下去，又清静，又热闹。

到底没看上那场电影，他们回去的时候，街上已经寥落了，路长长的，步子踩出一样悠长的行板，好像全世界空空的，只余一点月光，和他二人。

女生宿舍楼正在锁门，小卓连忙最后一个跑进去，这才想到道别，转过身，隔着钢铁栏杆，好像隔了一世似的，悲切突然奇怪地涌起，却见阿毅跑上来，伸长手臂拉紧她的手，说：“一晚上我都在想该怎样拉你的手，现在什么也顾不上了。”

小卓想笑，眼泪却先掉了下来。

她的手被他握着，擦不了眼睛，泪就这样凉在了脸上，闪闪的。

多年之后才觉得，这开始，多少有点儿不吉祥。

3

那时候他俩的爱情，是作为经典和模板出现的。

所有的人都确认，他这一半，和她那一半，本是前朝荒野里失散的一个，他们相爱，本是认领，本是团圆，天经地义，理直气壮。

就连管风纪的领导，见他俩拉着手迎面走来，自己也先避开去，不忍用原则撞破那样好的一对璧人儿。

他们是那么相似，相似到彼此的家庭，都是单亲。阿毅的母亲在他五岁时抛弃了他和父亲，小卓的父亲离开她娘俩儿的时候，她刚刚读幼儿园的大班。

唯一的不同，是天分，阿毅专业成绩极出色，才升大二，就有教授欣赏他，鼓励他争取直升本校的研究生，小卓差些，不是不聪明，是不用心，她不喜欢数字，财务会计课笔记本上全是漫画，俏皮又灵气。阿毅宠她，补习的时候总狠不下心，每当他非常严肃正经地给她演算示范，她就定定地看他，那眼神有点儿怕，却又不知不觉痴迷起来，什么也没听进去。总是这样，他只能叹着气合上书，捏一下她的鼻子了事。

事情发生在六月的那次全国等级考试。

那是一次重要的考试，成绩在八十五分以上的同学，将获取直接保送研究生的资格，阿毅不担心，他闭着眼睛都能考过，担心的是小卓，她本没有读研的雄心，但是，她想和他在一起。

考试前的那个月，她算刻苦的，只是，一点儿信心也没有，尤其是许多许多公式，总进不了脑子，看久了，竟然看得像一火车的动画。

她把那张小纸叠成指甲那么大，藏在眼镜盒里，她不是成心作弊，只是壮胆。

考试开始了，阿毅就坐在她左边，隔一条走道，抬头瞧瞧，四个监考老师密布着天罗地网，她心慌得很。

题目的数据好像翻脸不认人的熟人，公式，公式，她头疼，摸纸条的手势太不老到，还没来得及打开，先被自己碰掉了，就掉在明晃晃的通道上，随即，她看到监考老师的鞋尖。

完了。

“谁的？”老师捡起来，打开，冷冷地问。

她垂下头，把卷子合上，准备老师来缴。却听到阿毅说：“是我，是我传纸条，你看，是我的字。”

小卓的声音急切响起，“不对，那纸条是我的。”

“你还说什么，都怪你，给你纸条你不要，还往地上扔！”阿毅生了气似的，把卷子往桌上一摔，监考老师很快把他带走了。

她呆在那里，半天醒不过神。

他们的学校素以严苛闻名，考试作弊一次的代价，是失去取得学位的资格。

他们呆呆地站在教室的阳台上。

阿毅转过身，止住小卓不住的自责。

她亏欠他这么多，他却只叹口气，“你不知道吗，你要不好，我一个人好有什么意思。”

小卓掉下恨悔的泪，“我担心你怎么和你爸说。”

阿毅沉默了，许久，他虚弱地说：“我难受，你抱我一下吧。”

她很紧很紧地抱他，用尽全身的力气还是觉得不够，心里又是痛又是悔，她想从此为他命都可以不要了，可以不要，只要为他。

4

只不过，誓是不能随便赌的，老天好像是来验证小卓的真心，才有了圣诞夜的那场血光。

事情久了，已经忘了具体的情形，大概是圣诞晚会散了，他俩出来吃夜宵，那晚人很多，学校门前的几间大排档都满人了，就手拉手一路找下去，不知怎么转到那条街，有点儿偏，但人也不少，然后他们就要了砂锅粥。粥还没上来，打架的人就来了。

他俩很无辜，还没弄清什么事，就有人抓着西瓜刀砍过来了，阿毅呆子气，还在那儿嚷“搞错了，搞错了”！小卓却看见那细长刀锋上的光，白惨惨地向他头上去了，什么也来不及想，狠扑出来一挡，那刀落在她肩上。

当时还是没感觉疼，只感觉钝钝的一下，阿毅拽着她没命地跑，跑得没了气，才停下。看看她纸一样白的脸，阿毅惊叫起来，小卓吓得赶紧自己摸摸，肩上黏黏的一片血，一路滴下来，后背已经湿了。还记得那天穿着件浅紫色的灯芯绒外套，后来脱下来洗的时候，有一边已经被血浸成深紫。

她登时感到一阵头晕，心里又怕又凄酸，以为自己活不长了，靠在阿毅怀里哭着说：“我死了，你要照顾一下我妈。”

那一刻，除了担心妈妈，她真的一点儿也不后悔。

不后悔里还隐隐有着一些快乐，她这样爱他，以这样的极致。

所幸刀口并不深，小卓恢复得很好。

小卓恢复得很好，和阿毅的努力有关。

那年在东区十一栋住过的女生，都不会忘记那一幕场景，阿毅午饭和晚饭前抱着那个淡绿色的保温瓶，站在门口等小卓宿舍的女生，等她们为他送到小卓床边。

他站的地方是个风口，冬天的风总是把他的头发吹得很乱，也许是出来得急，他不是忘了戴帽子，就是忘了穿大衣，但那只保温瓶，却捧着心似的护在胸口，那副样子初看上去是有点儿可笑的，那么牛高马大的一个男生，寒风里抱着的不是大束玫瑰，却是个那么家庭主妇气的保温瓶，站得又傻又可怜。

可他分明是浑然地忘了自己，他的眼睛只盯着六楼的那个阳台，那阳台没什么特别，晒满了女生们花花绿绿的衣服，他却只有透过这些衣服、这楼、这墙，凝望他最亲爱的小卓。

淡绿色的保温瓶里，热着的是精心熬制的汤，有当归老鸡，有鱼胶排骨，间或有几样炒菜，都是他自己弄的。

他从前是不下厨房的，父亲疼他，一心培养他远庖厨的大男子主义，可现在，他借了老师家的厨房，从菜市场开始到油盐酱醋，他铁了心一样样学，一样样干，一个男人乐意为你做饭，还有比这更实在温暖的表达吗？

再后来，小卓能下来了，他就看着她吃，不说话，只是不时地帮她整整额前散下的发，那么温柔的手势。

那真是永恒的一幕，东区十一栋的女生们都以为，并祈望，那就是永远。

5

他俩何尝不这样以为呢？年少时的永远，好像是件不吃力的事情。

转眼就大四了，他们商量到眼下和将来。有一百样计划，说的时候兴高采烈，跟去春游似的，脑子冷下来，算来算去，谁都放不下苦守在家里的，那位单亲。

小卓是母亲的世界，阿毅是父亲的天。

小卓记得那个春天的傍晚，街上飘着粉霰似的杨花，母亲去幼儿园接她，拉着她的小手，一路不说话，街口有卖面人儿的担子。小卓甩开母亲的手跑去看，母亲狠狠地追上来抓住她，她抓得好紧，手腕都被抓疼了，小卓想哭，却看见蹲下来的母亲那双已经红肿的眼睛，她记得，母亲看住她，衰弱地哀求："小卓，爸爸走了，你可不能再离开妈妈啊。"

阿毅关于母亲的记忆就显得模糊了，从记事起，父亲从不提她，好像本来就没有这个人。父亲很沉默，他笑得那样少，只有九岁那年，在一个漂亮阿姨面前，才整个人明亮了一下。只明亮了一下，据说那个阿姨不愿意给人当后娘，父亲不肯放弃儿子，事情就没了下文。从那以后，父亲的笑更少了，除了阿毅考上大学的时候，他把通知书足足研究了一个小时，忽然想起忘了做饭，站起来拍拍脑袋，不好意思却十分快乐地笑了。

他俩突然都很想念彼此的父母亲，带着一点儿愧怍，相爱是这样占据身心的事啊，他们有多久没想念过父母了，那寂寞安静等在家里的、依靠每月一两分钟的电话聊以为生的、悄悄老去的无怨言的痴心父母。

心思就有点儿乱了，小卓想着这次回去该用家教的钱，给母亲买一件真丝衬衣，母亲是有点儿虚荣的，每回给她买了好东西，她总要在街坊前后显摆，小卓曾暗下决心要让她常有这样的快乐，她知道，在没有什么可以显摆的日子里，母亲曾隐忍了多少年的委屈和谦卑。

阿毅想的却是父亲的胃，他的老胃病是熬的，什么都舍不得吃，总是怕阿毅吃不够，好吃的有营养的一味地留给孩子。上次回家，冰箱里竟然还留着一块儿八月十五的虾仁儿月饼，领导慰问发的，父亲想着阿毅也没吃过，就一直留着，留到发了霉，谁也不能吃了。那天站在父亲面前，自己已经足足大他半个身量了，看他佝着身子，那样惋惜地擦着月饼上的霉，阿毅拼命忍住了泪。

所以，毕业时各自回到父母身边，这感觉，他俩互相是懂得的。

深深约定，毕业一年就结婚，却没说定，谁到谁那儿去，这是个难题，只好先跳过再说。

6

这一年的相思苦得很。

他们的城市不算远，不过四百多公里，只是不能直达，兜兜转转地换车，一段拉得这样曲折的思念。

小卓常加班，周末总是阿毅过来，他要周五晚上八点从C城坐车到A城，那里有一个小站，开往小卓方向的火车凌晨两点会在那里稍停，当然很难准时，多数会晚点，遇上雨天也许还会忘了停。挤上火车通常是没位子的，阿毅下次就学聪明了，在旅行包里放一只小折叠椅，累了随处就打开坐下。到了B城站下车，通常是中午了，买个盒饭，小跑着到汽车站赶班车，上车才吃饭，这时才能吃得安心，再坐两个小时的车，就能看到金红色的凤凰树，树下等着的小卓。

相见难，离别也不容易，见面的时间攒起来也不过八个小时，周日一大早，阿毅就得往回赶，小卓送他，话突然多得说不尽，送着送着也跟上了班车，到了B城，阿毅好歹劝住她，不然她还真的会送下去。

有一回，是台风吧，下很大的雨，小卓说好不让他来，到了往常的时候，阿毅忍不住又上了车，但是走了一半，前方的公路浸了水，车都停发了，他就坐在那张小折叠椅上，看着黄莽莽的水发呆，看得天色暗了，才肯回家。

最难的一次是他阑尾炎，小卓心急火燎，又不敢常常打电话去他家，一颗心悬了几日，等他好了，听见他那头病弱嘶哑的声音，她冲出喉咙的第一句就是：不行了，这样下去受不了，我要调到你身边，一分钟也等不得！

刚好阿毅叔叔的单位要人，阿毅求爸爸托了人情，先留了个职位。

这一切，小卓都不敢跟母亲说起。

她一直想找个合适的机会，但是所有的机会似乎都不合适，母亲不会让她离开，五岁那年就拉过手指的，母亲一直对此深信不疑。

她也知道女儿似乎有个感情很好的男友，在外地，从那些个长的密的电话，还有每个慌慌张张的周末，母亲该知道的。

可她就是不问，不问也是一种态度，那态度当然不是赞许。

她还放出话去，三姑六姨地请人家做媒，条件不高，有房子，有工作，人老实，最重要一点，要近。

小卓不能再拖了。

那天阳光不错，母亲赢了牌，心情也不错，娘儿俩把洗净的床单合力抖开，晒在院子的竹竿上，在淡淡的芳香里，好像谈什么都不会过分。

小卓说了，轻描淡写，却说得很快，不然她有限的勇气就难以为继了。

母亲没听见似的面无表情，手指一遍遍地拉平床单上的褶子。

小卓只好又说了一遍，这次，她支吾得厉害。

"小卓，你说你要到C城去结婚，那妈妈呢？"母亲眯起眼睛看她。

"我会经常回来，每周回来一次。"

"不可能，你们姓卓的都是骗子！"母亲突然激动起来，"你爸当年说永远不离开我，但是他离开了，你五岁的时候和我拉过手指说不离开我，但是现在你还不是要走！"

小卓低下头，她最不忍看母亲这个表情。

"长大了，小卓，对不对？看这事办的，那边工作都找好了，就差打发妈了是吧？"母亲悲凉地笑了，了无遮拦的阳光，照见她脸上所有的皱纹。

7

小卓曾百思不解过，母亲当年是怎样的心态，那一天，她邀上那些嘴碎世故的亲戚邻居，他们摇着扇子坐在院子两边，像两列吵嚷的阵营。

阿毅和父亲是下午到的，白花花的阳光里，走来风尘仆仆的两个人。

母亲妥协的条件是，让那小子和他老子，亲自带着聘礼来。

那是小卓第一次看到阿毅的父亲，他比阿毅瘦小，拿的东西却一点儿也不比阿毅少，他确乎是个少笑的人，因此在小卓母亲面前堆起的笑容，因为太殷切太用力而显得滑稽起来。

母亲的倨傲也有点儿滑稽，小卓知道她是装的，许久之后才能慢慢体会，也许母亲以为一开始帮女儿把台阶抬高，嫁到人家的地方才不会被别人看低，不受人欺负，那是她坊间小市民的社会学。

母亲啊，她开始得那样错误。

阿毅的父亲局促地找着话，母亲的眼睛却满天飘着，只让一个婶婶应酬。

刻意造成的冷淡，照母亲的战略，是先杀杀对方的威风，爷儿俩本来就没带着威风来，又饥饿劳累地奔波了大半日，早已是萎靡不堪。

小卓几次小声地提醒开饭吧，有一桌丰盛的酒菜摆在里屋，大圆桌子还是新买的，母亲其实是个嘴硬心软的人。

可这时她不理会小卓的哀求，却把阿毅父子的礼物拎起来掂掂分量，转头向亲戚邻居们道：“咱们看看，辛辛苦苦养大个闺女，能值多少东西。”她说着，就把礼物一样样地在院子里的水泥地摆开，有些打了包装的，她也非常耐心地一点点撕开。亲戚邻居们的脑袋凑近来，指指点点。

小卓惭愧地看看阿毅他们，阿毅父亲窘迫地搓着手，而阿毅，他的脸冷得像一层冰。

“我说句不厚道的话，你们不是海滨城市吗，就凑不成一副像样的鱼翅吗？要不几斤敏肚鲍鱼也算了，拿些虾米瑶柱蚝豉来哄咱们没见过不是？我们小卓也是手心里捧大的，你们别以为弄点儿便宜的就到了手！”母亲刻薄地数落着，手里拈起一只蚝豉，扁着嘴给婶婶看，“这么小也拿得出手，上次我在锦江酒店吃饭，人家的蚝豉比这大两倍！”

没人能阻止她说下去，她的场子拉得这么大，入戏入得过了火，她要等这父子自卑得无地自容，开口求饶，然后她便开恩大赦天下，让他们感激涕零谢主隆恩。

不会有这出了。

阿毅父亲那个让他受罪的笑已经僵了许久，他看着儿子，那种无力又自嘲的眼神，像小时候他买不起儿子喜欢的玩具，抱愧、自责，却又不肯折了最后的尊严。

“儿子，恐怕咱们高攀不起了——”

阿毅非常决然地拉着父亲说：“咱们走！”连小卓也不看一眼。

他们真就走了，连道别也不说，赶路似的匆匆，小卓想也不想就追出去，却听到母亲在后面喊：“小卓，你要跟他们去，我马上就在这儿撞死！”

小卓回头看见母亲站起来，眼睛血红血红，她的声音尖厉得可怕，小卓知道，她会那样做的，她的场子拉得太大，面子掉了一地，她总得捡起一块儿，越不幸的女人越输不起面子，那是她唯一可以示人的资本。

这么多年来，母亲是可怜的，不是吗？

她感觉到自己的脑子要裂成两半，一边还紧紧追随着阿毅，一边却血肉淋漓地挣扎在原地，硬生生地，疼。

小卓慢慢地站住了。

8

小卓病了差不多半个月。

病起得急，许是急恨攻心，偏强作压抑，着了凉，又撞了火，先是感冒，咳嗽，爬不起来，接着又发烧，急性肺炎，在医院里住了十多天，整个人像枝蔫掉的花。

母亲一不在身边，她就挣扎着打电话给阿毅，阿毅的电话总是打不通，要不就是关机，再后来就是号码过期。她从来没有这么慌，这么怕过，曾经两人间的那种感应，一点儿信号也搜索不到了。

原来，不管多亲密的人，一下子渺如天涯也是可以的，只要他突然没了消息，另一头就是无边无际的消散，你凭什么认证、寻找、相许？

每日的昏昏然里，小卓能做的事情只有胡思乱想。

她确定阿毅是生气了，他气着，不接她的电话，不给她机会解释，他狠狠地恨她，这都可以。

只要他是好着的，他没病没灾，安然无恙好好的就行。可是她突然间怕了，会不会他有什么事，他出了什么事，那么远，没人来得及通知她？他上班的那条路，人行道没有红灯，车开得那么快。他常加班，下班回来经过的那条小巷子，是三不管地带，他脾气耿直，有许多看不惯，喝了酒会不会和人动手？

一切都难以预料地危机四伏。

她神经质起来，病病歪歪地撑到医生值班室翻报纸的社会新闻，不管人家嫌她讨厌，厚着脸皮提着心肝，一张张细细地查，直到头晕恶心了，被护士抓回去吊针。

不祥的念头越来越强，她控制不了，急怕得想哭，又觉得哭不吉利马上擦干眼泪，她木然地躺在床上，看着输液瓶里一滴一滴的药水，她默默地数，单数凶，双数吉，她在自己设置的占卜里胆战心惊。

多少次她这样秘密地向上天祈祷，只要他平安健康，她宁愿自己担上所有的灾祸，甚至搭上这段感情，她什么都舍得，只要确定他是好好的。她蒙上被子，眼泪流了一夜。

小卓刚出院，母亲又突然患了面瘫，她的日子紧张得喘不过气，每天带着母亲针灸、检查，买菜、熬药，很累，又想到母亲也是这么累过来的，看着母亲在病中显出那无望的老态，心里戚戚然地就谅解了许多。

然而，什么也无济于她汹涌的思念，这一个月来，她的分秒是一粒粒掰来过的，她的心每晚都来回地煎熬炒煮炖。八月的一天早晨，连夜的大雨不停，天色暗沉沉的，她实在挨不下去了。

母亲睡着，她悄悄煮好了早餐，背叛需要狠心，她狠心地不去看母亲。

她在背包里放了衣服，一大瓶送给阿毅父亲补胃的春砂仁蜜，还有户口本，早些日子偷出来的户口本，这时候她想也许先去把婚结了，以后的到时候再说吧。

雨相当大，但她冲出去的时候，一点儿也没犹豫。

9

如果是因为好事而要忍受的多磨，那也就认了。

到了A城，却被告知通往C城的铁路浸水，火车都停开了。她不死心，冒着大雨出去拦出租车，没有一辆出租车愿意走那条路，雨下得那么大，估计公路也断了，傍晚的时候才拦到一辆小货车，出了高价，却一路走一路修，到了离C城三十多公里的地方，没路了，前方是洋洋的一片大水，夜是黑的，水却是白亮的，就那么浩大地横在面前。

小货司机劝她回去，水退了再来。

她问，水要多久才退。

小货司机说，就两三天吧。

可她一分钟都等不下去了。

小货司机开玩笑，铁路位置高，水退得快，明天早上应该能见到路，你要急就走着去。

“那我就走着去。”她不假思索地说，人家一定以为她疯了，她是疯了。

那天晚上她就坐在铁路边上等水退。大水漫在前方，看上去很平静，无边无际的平静，雨停风歇，天上是急匆匆的流云，流云比她快，她羡慕它们的快。

她一点儿也不累，耳边是一些虫鸣和蛙声，她的心在说，阿毅，我已经离你很近了。

后半夜露水重，有点儿冷，茫茫夜色中自己孤零得像只鬼，她感到有些悲苦，随即又想，如果这些都是必需的过程，也没什么。

天快亮的时候，水慢慢地退出一条窄路，黑色的两条铁轨清晰起来，泡在枕木上的水也浅了，小卓摇摇晃晃地站起来，往前走。

她往前，像走在水里，水色很黄，上面漂着断木残枝，有几回她眼前有点儿晕，以为自己也和它们一样在顺流漂着。

她是有点儿晕，一天一夜都没吃过什么东西。

她走进他家院子里的时候，已经是下午五点了，天还是有点儿阴，但薄西的日头，斜斜地在院子里插进几线金色的阳光。

她很疲惫很疲惫，却仍然提着那口气放轻了步子，他房间的小窗户开着，远远看见书叠得高高的，这样安闲平常的情景，她的心一松一热，眼眶又紧起来。

她看见他在写字，是，阿毅，你好好地在那儿写字，真好。

她慢慢地走上台阶，放下沉甸甸的背包，双肘伏在窗台上，脸上微笑着，好像准备用很好的耐心和脾气去哄一个孩子。

“写什么呢？这么认真。”

阿毅迅速地抬起头看她一眼，她马上感到不对，那眼里没有惊喜，甚至没有惊奇，他好像知道她会来，但是已经等得太久太久，等得灰心了。

他用那种很平淡的语气说：“要赶在明天把这些请帖发出去，只好快点儿写。”

他笔下是大红的请帖，左边一沓已经写好了，装进同样大红的信封，她强压着突突的心跳，若无其事地笑着，“我看看，什么喜事啊？”

她随便挑了一张翻开，上面的字几乎冲出来给她一拳，“为小儿江永毅、媳朱庆芳新婚之喜敬备薄酌”，她感觉一切都戛然止住了，脑子是惨白的，血停在脉管里，没了循环的力气。

眼前那个人，低下头去，他的手还在写着。

她看着那手，不认识了吗，那手曾经怎样伸过栏杆抓住她的，那手拉着她奔跑、漫步，紧紧地热热地任谁也分不开，无数无数次，那手给她擦泪，轻轻地穿过她的肩膀，那手从不允许她头上有一丝乱发，总是用最温柔的动作给她理好。而现在呢，她满面烟尘，头发蓬散着，她这么一步步苦苦走来，它不问，它不管，它不认她。

它不认识她了，一切都不算数了。

她反而笑了，“也不请我一请，谁都不请也不能忘了请我，你说是不是，你说是不是？”

他的喉咙哽住，不敢抬头，只是写，写得又快又乱，他都不知道自己在写什么，眼睛模糊了一片，许久他才能勉强吐出字来：“我爸回来的路上吐了血，我不想让他再受伤害了。”

没声音，他抬起头，不知小卓什么时候走了，他追出去，路上已经没人了，天色暗下来，院门边，一只装满春砂仁蜜的大瓶子，静静的。

10

事情过去多年了，他们各自活下去。

有同学去看阿毅，他喝酒太多，人很瘦，同学笑问他和他那认识两个星期就结婚的太太感情还好吗，他眯起醉醺醺的眼说：“你不会问点儿别的吗？”

大家不知小卓是怎么过来的，只知道有一次，她和人逛街，走着走着突然在人群中站住，号啕大哭了一场，搞得很多人停下看。那条街有间金铺，某年某月某日阿毅曾和她进去试戴过戒指，那时，他们说好了永远在一起。

他们班的同学聚会一直搞不成，少了他俩谁，心都像缺了一块，大家都有些伤心，他们分开了，世界也不完整了。

小卓也结了婚，这么多年她只证明了一件事，嫁给不爱的人也可以生活，丈夫不错，她却总是爱不起来，她想是不是因为这辈子的爱情能量已经耗尽了，她没有力气爱人了。

有天晚上电影频道放旧电影，恰是那部《落山风》，她终于看完那晚的电影，只是不是和他。

她曾以为那风很美，该是种悠扬的风，飘然下山的样子，错了，落山风，从阿尔卑斯山的北坡下来，从终年积雪的山顶，穿过垭口，穿过平原，风起时，比强台风还要猛烈强劲，它不费力气地摧毁一切。

她突然很想打电话告诉他，错了。

却又想，该说是什么错了，是那风，还是他们?

这晚的月也是弯弯的，像谁小心剪下的一片指甲，不很透明的白。

却早已，不是当年的月亮。

两边

当然用得着两个，这世界靠得住的东西本来就少，管他什么，多个备份总错不了。

1

可是她两样都想要，这真有点儿为难。

慕燕云最头疼的就是做选择，这事情好伤脑筋，要轻重称量要高低权衡，取了一样便得舍了一样，贪心的人，放弃了哪样都觉得亏，心底停不了的恋恋念念悬悬。干吗要让她选择呢，要么没有选的余地一条道到底，要么统统给她放心满意皆大欢喜。

其实没什么，不过是美容院开卡的小赠品，临近情人节，上面很体贴地印着血红的心形图画，送给爱人再合适不过。

一个苹果造型的水晶烟灰缸，雪银色，散发的光芒清凉雅致。

一盒惟妙惟肖的电子烟，黑色镶金边的真皮烟盒，神秘里透着霸气。

慕燕云瞄了该有半小时了，还是拿不定主意。

"我两样都想要——"她笑着试探着店员的反应，"行不行，破个例嘛！"

店员摇头，"真对不起，这是总店的规定，赠品对应消费名额，您只能选一样。"

慕燕云不甘心，"可是两样我都很喜欢，两样我都很需要，怎么办呢？"

店员笑，"小姐您仔细看看，这两份情人节赠品，一个适合吸烟者，一个适合戒烟者，您男朋友不可能同时吸烟和戒烟对不对？其实您真的用不了两个。”

慕燕云有些不快，却还是有说有笑地继续磨，终于那店员扛不住，同意打电话和经理沟通。

当然用得着两个，这世界靠得住的东西本来就少，管他什么，多个备份总错不了。

所以，手机她有两个，担心辐射的时候用天翼，信号不好的时候用全球通。

所以，订酒店她总下两单，如果预计十五日到，那就十五日一个单，顺手再订十六日的一个，这很重要，万一飞机晚点呢?

所以，养老保险她买两份，社保那个是最基本的，可要是老的时候不够花呢?

所以，她兼职，打两份工，白天是办公室的行政职员，晚上是咖啡店小老板，要是某天不幸下岗，至少自己还有个店，同样的，要是生意难做倒闭，至少还有份固定薪水。

人生是场大冒险，最保险的事情，是不要把所有鸡蛋放在一个篮子里。

你已经猜到了吧。

是的，男人，她当然也有两个。

2

那个烟灰缸很适合周玮南。

他们搞设计的，灵感不来的时候就抽烟，玮南抽烟的姿势很特别，斜靠在阳台上，缭绕烟雾里，默默地望着某个地方，拿烟的手臂伸得老长，怀里却抱着个大破碗，装烟灰的。

他那么帅的一个人，偏偏有这样落魄迷蒙的气质，有时会叫人无端心疼起来。

慕燕云就说："把那破碗扔了吧，一个烟灰缸值多少钱？"

玮南把几点烟灰弹在碗里，"房子是我表叔的，我随时就得搬，工作是试用的，我随时就失业，就连你，也是不确定的，来无影去无踪，既然如此，能有个破碗肯给我当烟灰缸，还有什么好嫌弃的呢？"

话有点儿酸，但燕云知道醋在哪里。

玮南不是好哄的人，心细，管道就小，枝杈也多，她一向留神这点，常常赔多些小心呵护，可上周是临时情况失他的约，而且失约三次，天，少不得一番唇舌心思，还要说得浑圆无缝。

"周二晚上关机，是我手机没电了，在办公室做报表头都昏了，年底就是加不完的班，有什么办法呢，打人家的工，我们主任一把年纪不也还是陪着？"

玮南抽了口烟。

"不只我和主任，还有小王、阿健、丽娜，完了主任还请我们吃夜宵来着。

"周四晚上我都在半路了，主任打电话让我和丽娜回去找一份文件，2009年的文件哪有那么容易找，找了差不多两小时，档案库全是灰，我们也是一身灰，丽娜那条新羊毛裙子还是白的，都不能穿了。

"周六偏又那么巧，我大学老师张老师来了，张老师对我好过，我当然要陪人家吃个饭聊个天逛个街什么的。"

玮南抬头，巴巴地望了她一眼。

"张老师是女的，都五六十了。"燕云笑，"女人聊天能计时吗？送她回酒店的时候都十一点了，累死我了。"

玮南把烟头掐进破碗里，斜斜嘴角露出一抹笑意，他就是那样笑的，多开心的时刻也是斜斜嘴角那么一抹，淡得好像手帕纸一擦就没了，但燕云知道没事了。

她从包包里捧出雪银色水晶苹果烟灰缸，动作轻柔地换掉他怀里的大破碗。

"玮南，这个才配得上你。"

“很漂亮。”

“他们说改变世界的苹果有三个，亚当的、牛顿的、乔布斯的，我说第四个在你这里，你的灵感和杰作会从这里开始。”她觉得自己真挺会说的。

“你信吗？”玮南眯着眼睛看她。

“当然信，绝对信，凭什么不信！”她睁圆了眼睛。

“眼球都是血丝，累成这样，生理周期也不会保养一下。”玮南勾起食指，轻刮了一下她的脸，“炖盅里的鸡蛋红糖应该还热，你的。”

真的还热着，家常的青花瓷矮炖盅，捧在手心里，温度一直传开去，眼里头，心里头。

也是家常的鸡蛋红糖羹，两粒小红枣，几片碎桂圆，所有加起来都不会超过二十块，但是这温度、这火候就能把她整个儿融了。

她笑得很软，一勺一勺吃着，想着该说点儿什么好听的让他欢喜，也让他知道自己的欢喜，可是却什么也说不出来。

其实她越大声的时候越心虚，其实她没那么相信那第四个苹果。

现实是残酷的，越温和纯善的人现实待他越是残酷，她看不出周玮南的前途在哪里，现在做设计的人比农民工还多，他不是“211”学校出来的，又没有什么业界的关系，敏感骄傲天真，不会也不愿意出去结识些圈子里的关键人物，结识几个人，哪怕是不关键的人物也好啊，就算是天才，也需要有人帮你吆喝打旗开道吧。

有时她会帮他排完十年之后的走势，如果不是中大奖天降巨额遗产的运气，他大概十年之后也是这样，会略微发福，但相貌还是一等的帅，落魄迷蒙的气质会添加几分迷人的沧桑，一样住在别人的房子里，一样打着散工，有时饥有时饱。他会结婚吗，他会生小孩吗，他的老婆和孩子也同样挤在别人的房子里，电脑桌上会多些奶瓶杯子卡通胶碗爽身粉，他还会这样意态潇洒地在阳台上抽烟吗，那雪银色水晶苹果烟灰缸还健在吗，说不定早被他的小孩当玩具摔得粉身碎骨了吧？

她有时完全不懂自己，即使这样清楚明白的前景，怎么她还会算好日期地如闹钟定时地牵肠挂肚心急火燎地来，你舍不得什么呢？

就是这口鸡蛋红糖羹吗？

3

多神奇，杨克竟也会记得她的生理周期。

这个奸商，他连自己的星座是天秤还是天蝎都搞不清，连她的年龄是二十六还是二十七都记错，竟然会记得她的生理周期。

杨克总是自称奸商，他说这是一种策略，一般的顾客听了反而觉得他老实爽快，不一般的也会摸不清虚实不敢小觑。

也许杨克将来会成为一个名副其实的奸商，虽然他目前显然资历尚浅。按照他的发展态势，两年里白手起家，从三名员工四十平方米的电子门店壮大到二十名员工五百平方米的批发行，读原一平、拿破仑·希尔、朗达·拜恩，好交游、讲义气、出手大方，加上头脑灵活、意志坚强、工作狂，除非特别倒霉、背运、天灾、人祸，否则他的成功只是时间问题，没有什么可以阻挡。

如果她一直跟在他后面，不用做什么想什么只是紧紧跟着，她就是成功男人背后的女人，这也是时间的问题，有时这样想下，未来还是很值得憧憬的。

但你知道吗，杨克记得她的生理周期，不是要给她炖鸡蛋红糖水，而是因为周期前后那几日的安全期里，“搞活动”可以不戴套。

杨克嘴里的“搞活动”，含义是模糊丰富的。

生意场上要打通关节，搞搞活动就是送礼托人拉关系，员工客户假日联欢，搞搞活动就是喝酒唱K赌麻将，而他对她表达爱情的方式，就是一个大大咧咧的电话，“喂，今晚咱们搞搞活动吧。”

“哎，不是跟你说过了吗，二、四、六我要去咖啡店。”

“有毛病啊，搞活动我还给你看日子！”

"咖啡店我有股份的，老做甩手掌柜啊。"

"大不了卖掉，我养不起你吗？好啦好啦，今晚必须搞搞活动，我得泻泻火，要不就前功尽弃了，再说一遍必须来，求你了。"

平时他没那么黏她，忙起来一个月没有饮食男女也很正常。这两周他戒烟，抽了十年每天一包的人立誓戒烟，过程应该挺折磨的，晚上哪儿也不去对着一大堆代口的零食，心不在焉地拉着她的手，一根手指一根手指掰开又一根根合拢来，好像那是他的烟卷。所以她也大致明白了些，他接连地迫切地要她，不过是一种欲望代替另外一种欲望。

"干吗非得戒呢？搞得自己那么惨。"

"必须得戒！在客户面前拍了胸脯的，这可是本年度最大的客户，事关本奸商的诚信形象。"

"客户是女的吧？"

"我的人民币可不分男女。"

他的人生就是这么实在，所谓事业就是在经营圈里搞搞活动，所谓娱乐就是和员工哥们儿搞搞活动，所谓爱情就是和她搞搞活动。他的活动轨迹不超过店里、KTV和家，固定的位置和不同的配件，有时慕燕云会想，不一定非得是自己吧，她这个配件的位置，随便换一个又会有什么不同？当然也没那么傻气，好位置是那么容易占的吗，哪肯随随便便就让人换了，打死也要站稳脚跟不放手。

她撒谎了，没有什么加班找文件和张老师，周二、周四、周六她都跟杨克在一起，关机是因为他们在搞活动。要不是戒烟的脆弱，杨克没那么多时间陪她，没那么多热情黏她，她嘴上虽然唠唠叨叨抱怨他霸道专制俗气粗心不解风情，心里却难以否认那些轻飘飘的自喜，那些自喜使她几乎忘了关于配件的胡思乱想。

只是不知怎的，当身上的汗静静地凉下来，感觉冷了，把被子拉上胸口，看见他嘴里神气地叼着电子烟，上身赤裸，把遥控器夹在腋下套裤子，电视里一个什么镜头让他嘎嘎嘎地笑，电子烟和遥控器噼啪两声掉在地上。

她转过头去装作累了，那种淡淡的不快乐，究竟是嫌厌还是有所失呢？

玮南从不这样苟且。把这事做得高雅还是苟且，她想这是人和动物的区别吧。

那十五平方米的小屋一点儿都不寒陋，那月光一般的音乐，那帘影重重的灯火，那百合初绽的熏香。他也不说什么，就是笑着看她，微红着脸目不转睛地深深看她，好像这世界只有她这一样可看的景物，让她觉得自身无限地美好与柔软，像水，像最自在妖娆的水。一切都是那么自然愉悦，有时她在他怀里睡着了，醒来才想起做了什么，又好像是重新生了一回，每个毛孔都想笑着和世界说嗨。

最后总是这样，躺在杨克身边的时候，她开始想玮南。

4

公司里的空气有点儿不对，慕燕云吸吸鼻子。

上两个月的补贴还没发，差旅费也报不了，连换一部打印机都拖三拖四，理由编好几个了，什么财会出差、审计查账、新公司投资，等等，等来等去就是没钱。主任开完行政会回来沉着一张大脸，“说咱们行政部养的闲人多，个个又肥又白没事干，喂，你们明天开始都别吃饭，饿出个瘦骨嶙峋皮包骨头，谁不瘦谁就收拾东西走人！”

大家一阵哈哈哈，笑过之后心却惶惶起来。

燕云便想，得花多点儿心思在咖啡店那边了，公司这边看样子有散伙的迹象。

于是人就散漫不少，上班时间也跑到咖啡店里，也没什么事情能干的，一会儿跟厨师说两句食品卫生，一会儿在吧台拈起玻璃杯望望有没有水印，一会儿把折叠好的餐巾排成几个小分队，她把这些说成是加强管理。

那天晚上的事，却有点儿吓着她了。

两个男客人，一胖一瘦，瘦的点了热牛奶，端上来嫌热得不够烫嘴，又端去微波炉加热，这回不但热得烫嘴，也能烫死人，偏他自己手抖，不知怎么泼洒了大半杯，“啊呀”一声左手烫掉层皮。

这就糟了。

慕燕云打电话给周玮南的时候，胖客人和店长阿明扭成一团，别的客人都散了，有几桌还没买单，女店员们只会缩在旁边尖叫，瘦客人冷冷吹着左手，打电话好像在叫什么人来。

周玮南刚睡醒的样子，电话里啊了半天还没反应过来，燕云急急地又说了一遍。

玮南钝钝地啊了一声，说：“那怎么办啊？”

“就是不知怎么办我才问你。”

“那你跑吧。”

“我跑哪儿去啊，我是老板！”

“要不报警吧。”

“报警事情就大了。”

他还在吭吭哧哧，吃奶似的费劲，不是又要苦苦构思等待灵感吧，眼前这一摊子玻璃碴儿翻桌倒椅的狼藉喧嚷。

燕云心里一灰，“算了，不指望你了。”

“我用不用去一趟？”他赶紧说。

她挂电话，拨通另一个。

“别怕！我五分钟到！千万别报警！”

杨克一共就这三句话。语气一贯的大大咧咧，但她当场就飙泪了。

奸商信用很好，三分钟就到了，效率也高，拆架、劝说、道歉，拍胸脯称兄道弟，亲自开车送胖瘦客人上医院，带来的员工也分工明确，两个在外面派烟和红包给瘦客人电话召来的那群摩托仔——准备来打架的，两个在店里指挥布置店员，谁负责阿明的伤口，谁负责收拾桌子杯盘，谁负责统计损失。

她真的后怕，从窗口偷偷张望，看到那群发动车子绝尘远去的摩托仔，后座一卷卷报纸包着还没亮刃的家伙。

她也同时看到了周玮南，站得远远的，两只手插在牛仔裤口袋里，伸长脖子躲躲闪闪地望过来一眼，那帅和畏缩，那潇洒和怯懦。

她假装没看见。

5

玮南知道她生气了。

二、四、六她都没去找他，连解释都懒得说，只说忙。

他发来很多长长的短信，让人看得累，累也还是看完了，有些话烟圈似的散了，残余一点儿不新鲜的气味，有些话触落到心上，却又轻飘得像雪花，都是虚的，浮的，没重量的，不实在的。

近来她突然觉得自己累，公司和店来回折腾不累吗，一三五杨克二四六玮南天天周旋能不累吗？有时候在两边之间的路上，刚好遇到夜晚，灯火都是别人家的，堵车，时间停滞在无意义的途中，心会特别觉得乏。

“劳碌命哟。”她这样可怜自己，“往哪里赶呢？”

公司陆续有人走，主任明示大家提早寻后路，此刻更证明自己的先见了，她不走，走得那么快连遣散费都拿不到，再说啦，万一情势突然又好了呢，反正自己身后还有个店，两手都要抓紧，抓到手里的才算是自己的。

只是，杨克算不算在她手里呢?

她现在知道怎样对付杨克了，暗示是没用的，等待也是自讨苦吃，想干什么想要什么最好直说出来，就直接告诉他明天是我生日，我要礼物，我要花，我还要到CRU扒房吃牛扒。

杨克眼睛都不眨，“没问题。”

生日那晚她赶到一看，奸商果然是出手大方啊。

包房里坐满了人，桌子还拼得满满当当，杨克的员工客户男女老少几十口乐呵呵地围成一圈，团拜会似的。

杨克招呼她，“礼物在这边，你自己随便取一份，花在那边，你喜欢哪束就拿。”

她倒抽口冷气，站在那儿发傻，杨克店里一个小姑娘举举手中的礼物和花笑着说：“快去拿吧，我们已经拿过了哟！”

燕云也笑，“今天都是来过生日的哟。”

杨克说：“手足们这段时间特别辛苦，今晚顺便一起搞搞活动，听说这里的牛扒最好，今晚都点最贵的，有福同享嘛。”

燕云咬着牙低声问：“为什么她们也有花和礼物？”

杨克也咬着牙低声答：“都是女人，你有她们也有才利于安定团结。”

可今天是我的生日！

可我是你的女朋友！

我怎么可以跟她们一样！

我原来跟她们一样！

她没有机会低吼出来，敬酒的人已经围上来了，整晚她再没能和杨克说一句话，她坐得很偏，从很偏的角度看他们喝酒像喝白水，一会儿蜂拥地站起来为屁大一点儿事欢呼碰杯，开始她还勉强欠身做做样子，后来发现这完全是多余，没人注意她，她站不站起来举不举杯没人在乎，没人在乎她是不是老板的女朋友，没人在乎是不是她的生日，底下人最有察言观色的本事，老板不尊重不在乎的人，他们怎么会尊重在乎。

她寂寂地切自己那份牛扒，切得很慢很慢，嚼得很慢很慢，这么慢才显出专心的忙，这么慢才显得无所谓。

她听到什么女人在杨克身边叫：“电子烟哟！好像真的哟是不是！让我看看，让我试试。”

她听到有人说：“该吃蛋糕了吧？”

她听到杨克说：“妈的，我忘了订。”

“要不要现在去补一个。”

“算了牛扒都吃饱了，蛋糕有什么吃头。”

没有人注意她已经走了，不像走的样子，牛扒才吃了几口，刀叉餐巾整齐地摆着，好像只是走开一会儿，补个妆便会回来。

早春的夜晚飘着点儿冷雨，行人早早还家，街道像她的胸腔一样空旷，她不能容忍这种空旷，她必须抓点儿东西来填。

“玮南。”电话接通她不知该说什么了，今天很累，没有足够的力气说浑圆无缝的谎和解释。

“等着你呢，来吧。”他温和地说，语气如常。

6

她不出声地看着。

小桌上铺了块彩条热带风情台布，清水瓶里两枝香水百合，蛋糕是电饭锅烤出来的，朴素至极，却是油黄油黄的蛋香，上面嵌了几颗珍珠番茄，惹人想吃的欲望。

“蛋糕自己做的？”

“嗯。”

“就用你那破电饭锅？”

“嗯。”

“我都说不来了，你何苦还准备这些？”燕云拈了一颗番茄玩着，“难道你算准了我最后会来？”

“我没那本事。”玮南笑笑，“就打算给你过生日，你来也好，不来也好，我就是这么打算着。”

“如果我今晚没来呢？”

他愣了下。

“如果我今晚没来你怎么办？”

他忽地一笑，“我就这么坐着，想象你在这里的样子，我自己想象。”

她也笑，却突然难过起来。

玮南说：“老板上周签我了，碰巧有个师兄叫我去深圳，后来想想还是算了，这个老板对我不错，就一心一意跟他干吧。”

“不要把所有鸡蛋都放在一个篮子里。”

“什么？”

“哦，我是说，你不要太信一个人，完全把自己交给他。”燕云随口说说的样子，“譬如你的老板，老板就是老板，他用你给他赚大钱，你跟他赚生活费，各取所需的关系，所以有更好的槽只管跳去，打工皇帝的身价都是跳出来的。”

玮南斜斜嘴角，“多麻烦啊。”

燕云叹气。

“好了，你闭上眼，我送你生日礼物吧。”

“又玩什么啊。”燕云装作无奈，又有些好奇。

灯关了，她慢慢睁开眼睛，黑暗的墙上闪现出一行七彩激光的字样。

亲爱的燕，生日快乐。

她惊喜地叫：“你怎么弄上去的啊？”

玮南不答，拉她跑到阳台上，一手张开印着空心字的透明胶片，一手打开激光电筒，对面大楼的墙壁上也跳出这行亮字，再仰起头，激光电筒照亮低垂的云幕，光束里漫天银色粉尘般的雨茸，一两粒星子在流云间隙晶莹如钻，像是做梦吧，春风湿重如微醺的鼻息，那写在云上的呢喃——亲爱的燕，生日快乐！

她眼里亮晶晶的，脸颊红着，两手撑着阳台，像个小姑娘一样跳着。

玮南握住她的手，一串红宝石手链凉凉润润地环住她的腕。

“你哪儿来这么多钱？”

“第一个月的薪水。”

“全花了？”

“全花了。”

“明天你吃什么？”

“大不了去财会预支。”

“你怎能全部都花了呢，也不留条后路，你想干什么啊？”

“想——给你全部。”

这个不现实的人，这个没脑子的人，这个中看不中用只会玩浪漫招式的人。

可是，这个有心有肺的人，这个让她的心不停地软掉软掉，总也舍不掉的人。

那晚心胸里满涨着无法命名的非哭非笑的情绪，接连几天都消减不去。

不要那么快让我选择吧，就现在这样好了。

她翻来覆去地想。

手机不定期会收到一些笑话短信，很多笑话其实一点儿也不好笑。

这天却有一个老笑话，让她扑哧一声笑开了。

古时候，齐地有个女子，两个男人追她，东家小子丑，但很富，西家小子帅，但很穷，她拿不定主意，世间事哪有十全十美，女子说，我要吃在东家，睡在西家。

奶奶的，这不是我的前世吗？

7

那天晚上，杨克还真没发现她已经走了，他醉得不成样子，被人抬回去的。

隔天酒醒他才打电话来，这些应该算是哄的话吧，“你要有老板娘的度量，跟员工计较什么？你要会行事做人，你要给男人面子！想要什么拿钱再买就是，我的人民币不分你我，我的就是你的，随便拿。”

她想，拿就拿，不拿白不拿。

可是还没开始拿，杨克倒向她要钱了。

怪他不带眼识人，天天什么兄弟手足有福同享挂在嘴上，偏偏坑他的就是这些人，经理李大嘴和客户串通，提了两百万的货然后人间蒸发，现在厂家要钱租户要钱员工也跟着要钱，看来这关他是栽了。

“我能有什么钱啊，也就几万块，都给你也不够啊。”燕云说。

“把咖啡馆拿银行抵押，贷个几十万救急。”

“那是我的咖啡馆啊！”

“什么你的我的，到现在你还跟我分谁的。”

“我不管，我总共就这么点儿东西，眼看公司大批炒人，要是连这小店都没了，我喝西北风去啊？”

“你怕什么呢，周转过来我加倍给你，现在最重要是救燃眉之急！”

“我怎么不怕？要是你也跑了呢，我手上什么都没有，那我怎么办，我找谁哭去，你怎么不为我想想？”

杨克脸色铁青地瞪着她，不恭地笑了声，“你就是不信我嘛。”

“不是不信你——”

“那就是人民币比我亲嘛。”

“不是钱的问题——”

“不求你！”他摔门而去。

不是，不只是钱的问题，山一般的门响震得她微微发抖。她不能手上什么也没有，什么也没有的人怎么等待明天，什么也没有恐惧就会找来，一堆一堆地来，成群结队地来，像夜色迅速占领街市、草坪、房子、房子里的每个窗口。

杨克一定很恼恨她吧，他不会懂她的解释，他现在也不需要解释，如果解释后面不是现金。

其实她也难受，怎样都算亲密地走过一段，本来还想过走得更远不是吗？

她当然希望他好，他好她也能跟着好，可是就像一场合作，各自都有底线，自己本来也不是什么伟大无私的人物，她的投入就这么多，只能这么多，真的不是钱的问题。

这样断了也好，胜于两难抉择，这是不可抗力。

幸好还有玮南。

最近玮南运气甚佳，跟着个好老板，好的机会也跟着来，有件作品入选了亚洲的知名设计大赛，就算拿不到名次，在业界内也算打响了名头。照着这样的发展，说不定第四个苹果还真让她蒙中了，天才总是一开始就蒙着灰尘不被世人所注意，自己差点儿也看走了眼，幸好没轻易放手。

有天却又接到杨克的电话，她的心怦怦直跳。

杨克的语气听不出什么，“很久不见了。”

“是啊，你还好吧？”

“逃亡呢，连十块钱的盒饭都吃不起。”

她不知该接些什么话好。

“吓坏了吧，哈哈哈哈。”他笑了一阵，“开玩笑的，没事了，问题解决了，放心，不用你抵押咖啡店。”

她嗫嚅着，“没事就好。”

“回来吧，好久没搞活动了。”他大大咧咧地说。

“这段时间，我很忙。”她的拒绝不很坚决，是不是潜意识里总习惯不把后路封死，有时候连她自己都觉得可鄙。

8

玮南出事那晚下着很大的雨。

之前他为了一个案子加了几晚的班，有点儿咳嗽，那晚却突然发起高烧，咯血，直嚷胸痛。

深夜，大雨滂沱，好不容易叫来部出租车，半扶半背着玮南从六楼下来，他高大，压得她上不来气，几乎是下两个阶梯就深呼吸一次，四楼转角有片水渍，她重重地摔了一跤，玮南昏昏沉沉地跌在她肩上，她没有力气移动他，也没有力气撑起来，他那么烫，气息如破火车响，他不会死吧？外面的雨无边无际，她抱着他瘫软在昏黄的楼道里，怎么办怎么办，又慌又急又疼，一边哭一边骂一边奋力地挣扎起来。

他昏迷不醒。

在玮南家人赶来之前的二十四小时里，燕云一直守在重症监护室门前，不睡也不困不吃也不饿。

医生初步的诊断，急性肺栓塞。

她追着问："这病会怎样，有没有危险？"

医生背书一般答道："堵塞的血栓越大，堵塞的血管产生的影响就越大，会出现休克、心搏骤停导致死亡。"

她跟着叫："那你们的抢救措施呢？"

"及时复苏的病人若栓塞解除或减轻则能恢复神志，若复苏不及时，出现各个脏器严重缺血缺氧，特别是大脑4–6分钟中断血流，就会造成不可逆性损害，或无法生存，或成植物生存状态。"医生面无表情地递过一张账单，"现在还不能断定，你去交下今天的治疗费。"

捏在手里的账单一直在抖，她没等电梯，走九层的楼梯一路走下来，一路浑身发凉地抖，怎么会这样，怎么成了这样，怎么办，她真有这么克夫吗?

这回她宁愿是钱的问题，如果只是钱大不了她把咖啡店卖了，可是就算卖了十间咖啡店能不能买到一点胜算？怎么办怎么办?

玮南的父母和亲戚们都赶来了，她坐在角落里的塑胶椅上，看着他们围着医生询问争论，这才觉得累，觉得饿，觉得自己是个有肉身的人。

他们并不知道她，玮南从来没说过有这么个女友，她该觉得失落还是轻松，顺势地，她也只说自己是一个朋友，这个说法，听的人都会以为是普通的那种。

医院是个让人恐惧和绝望的地方，如果她不眠不休不吃不喝地再多留一天，她想自己会直接从九楼跳下去。

只想逃离，尽快逃离，什么念头都被累死了，活生生地只剩这个。

主任打电话让她回来上班，小徐小吴被抽调到销售部走乡镇，办公室里没人干活儿了。

“我去我也去。”她急忙叫着，“我也要走乡镇。”

主任还挺奇怪的，“不是你今年想争先进吧，从来不肯出差的人。”

匆匆忙忙收拾东西，跟着销售部的大巴走了十几个乡镇，十天的时间，夹杂在一大群人中间没有思想的间隙，这很好，这个时候她不需要记得自己。

想过打个电话，需要打个电话吗，不敢，终于还是不敢。

倒是经常和杨克通通电话，回来那天杨克去公司接她，换了新车。

在车上杨克随随便便地说：“咱们都快三十了，不如结个婚吧。”

这样的求婚，没有戒指，没有花，没有梦想，没有温情脉脉的空气。

她突然很想很想玮南，眼泪奇怪地流下来，满脸都是。

杨克很久才发现她在哭，笑了声，“激动成这样啊。”

9

要不就结个婚吧。

结了婚就不会两边摇摆，结了婚就消停了，结了婚就必须一条道走到底了。

身边多少那样的夫妻，合伙做生意般过日子，外面看起来也还行。

她淡淡的不是特别热情，结婚的事情，任由杨克做主去，但是这天杨克说：“我找了个律师，哪天咱们去做个婚前财产公证，签个协议。”

“为什么？”她叫。

“这样好啊，你的人民币是你的，我的人民币是我的，将来再遇到什么，至少不用担心你的咖啡店。”

“你是在记恨我。”她忍住气。

“我要记恨就不找你结婚了。”杨克静静地说，“虽然我难受过。”

他马上又笑笑，“人情有冷热，还是我们人民币的温度比较稳定，关于钱的事情说清楚好，特别我俩这么精明现实的人。”

这婚还能结吗，当真是合伙做生意，可是做生意还按股份制分红不是吗？

杨克不懂她，她不是他想象的那么精明，那么现实，他永远不会懂得，他所懂得的爱情永远只是搞搞活动。

而那个懂得爱她的人，那个她扔下的人，那个她夜夜搁在心上辗转的名字，你还好吗？

那个人会懂得，会懂得她的恐惧和逃离，会宽恕她的懦弱和纠结，他曾给她全部，她不是不肯报以全部，她只是天生的胆小鬼，习惯退缩几步之后再往前，而一旦决心往前就再不后悔。

是的，她世故，她爱自己比较多，然而他真诚展示给她爱的风景，她一辈子都难忘的细节、体验和恩情，她珍惜的她在乎的，她不是说放就能放下的。

面对吧，面对自己的心虚和不安，这些日子，哪天早晨醒来第一个念头不是关于他？

无论玮南怎样，只要他一息尚存，她就陪他，认了吧。

她是一口气跑上九楼的，在医生办公室门前却突然怕起来，会不会太迟，还来不来得及？

“周玮南？走了。”

她浑身冰冷。

“误诊，他是急性肺炎，好了，那还不出院啊。”

“谢谢，谢谢！”她语无伦次，走了几步又回头，“谢谢！”

谢天谢地谢谢日月星辰谢谢医生谢谢祖国谢谢神奇的宇宙谢谢万物众神！

她心里乱七八糟的念头上跳下蹿，急匆匆赶去玮南的小屋，平常她很注意仪态容颜，今天全顾不上了，敲门时手还扶在腰上喘粗气。

开门的果然是玮南，好好的玮南，整个的玮南，最正常最迷人的玮南。

“你终于出现了，可今天不是二、四、六。”他微微挑起眉毛，有些惊奇。

她不说话，跳上去抱住他的脖子，她紧紧地抱他她要深深地吻他她要咬他。

谁知玮南稍稍退后一步，轻轻挡住了她的手臂。

“燕云，我屋里面的人刚睡着。”

她心底一惊，有不好的预感，却还笑着，“女人？”

“我女朋友，前些天专程来护理我的，她在北京读研。”他相当自然地说道。

“你什么时候有个读研的女朋友？”她冷笑。

“我们中学就开始了，家里人都知道。”

“不要脸！”

“不可以用这个词。”

“那我算什么？”

“你也不只我一个吧。”

“你早知道？！”

“不要把所有鸡蛋放在一个篮子里，你教过我，我不是一个好篮子，你也不是。”

“你也不是什么好鸡蛋，你是浑蛋臭蛋皮蛋王八蛋！”她急得乱骂。

玮南反而被她逗笑了。

她也觉得可笑，笑着又觉得心里悲凉，“原来你全部都是骗我的。”

“不可以这么说。”玮南不笑了，“跟你在一起的每句话每件事，我保证，都是真心的。”

他把手放在胸口，深深望着她，“那你呢？我差点儿病死，我从昏迷中醒过来的时候，你在哪里？你要说来话长地解释一下吗，我知道你很擅长解释。”

顷刻间好像所有眼泪都要涌出来，不能哭，不能，回去，给我回去，她咬咬嘴唇，佯装镇定，“我是来说再见的，对了，是以后都不用见的意思，我就要结婚了。”

他没有什么惊讶的表情，只是站在门口目送她下楼，摆摆手，似乎有一些落寞，当然也许那是她自作多情，因为他天生就是那副落魄的气质，站在门边容易给人那样的错觉。

他站在那里看了她多久呢，一直没听到关门的声音。

“那你呢？”她想起这句，眼泪已经流了满脸。

那碗鸡蛋红糖羹在手上和嘴里的温暖是真的，躺在温柔臂弯里笑着迎来清晨的甜美是真的，看到自己名字亮在春夜的云端心就甘愿地彻底覆没是真的，大雨的夜里背着他摔在楼梯转角那疼和眼泪是真的，许多个日夜的不忍不舍不安不忘不放是真的，是真的，可是，你知道吗？

她边走边哭，走出小区，走到大街上，身边一辆摩托车驶过，劣质化油器喷出一股黑烟，刺鼻的汽油味把她熏醒了。

此时此刻，他和青梅竹马的女朋友在一个屋里睡觉，想象不到的香艳旖旎温柔快活，你傻乎乎地站在马路上，哭个屁啊。

人生是场大冒险，这世上谁都靠不住，但至少杨克还有诚意签一份法律协议。

她站住，背转身拿出小镜子，理顺长发擦干眼泪补补妆，甩甩头。

找杨克去。

平沙落雁

那晚月圆，他抱琴而睡，梦中，听到《平沙落雁》的箫声呜咽，悱恻悠扬，眼闭着，心里很清楚，箫声就在耳边，仿佛还带着清凉的气息。

1

月白风清，院子里的红砖地像一幅幅小笺，上面或密或繁，是斑驳的相思树枝叶倒影。

有沉郁的古琴声低低拨响，轻盈虚飘的泛音，如一只行止不定的孤鸿，起而又伏，起而又伏。

那抚琴的年轻男子安坐于廊前的石阶上，夜色如水，他的白衣分外似雪。

他叫平沙，平沙落雁的平沙。

屋门轻轻地推开，一个静雅却又憔悴的妇人披衣而出，她无声无息地望着他优美的背影，眼里幽幽忡忡。

琴声倏地收起，平沙回头，歉意地说：“妈，我吵醒你了？”

妇人忙摇头，“没有没有，年纪大了，哪里还能睡个完整的觉？”

“我也是睡不着，想着明天进录音棚，就再练练。”平沙抱琴站起，他是个相貌儒雅的男子，眉宇间很淡然，但是却蕴藉着一种清傲。

在他即将进门的那刻，母亲似乎漫不经心地问：“沙儿，你又做那个梦了？”

平沙的身子停了停，“妈，睡吧，离天亮还早呢！”

做母亲的只得抬头望望渐渐西沉的满月，却不敢叹出气来。

2

丽音唱片的录音室。

一个长发的男人手里闲闲握着杆尺八洞箫，跷着脚和录音师玩笑。

隔音的玻璃墙外，精瘦的监制正苦口婆心地劝说古琴演奏师。

“平沙，你开点儿窍，这个机会来得不易，要不是张教授的面子，你就是弹断手指头也出不了头！”

平沙小心地把他的琴装进藏青色的棉布套子，“他的箫太闹，我们没法子合作《平沙落雁》，雁都叫他给吓跑了！”

“可是你得知道，人家名字响，是人家出专辑，你来伴奏，他是红花，你是绿叶，当然你也有做红花的一天，可是你的琴必须先响起来啊！”

平沙一笑，“不是知音，琴怎么会响？”

“迂腐，迂腐，跟你死鬼老爹一个脾气！”监制气得拍桌子，“我倒要看你到哪儿弄钱修房子！”

平沙的脸色一变，仍然从容地起身离去。

屋里抓箫的长发男子踱出来，大大咧咧地说：“玩什么性格啊，不就是钱吗？给我叫他回来，加他两百什么都搞定！”

监制应声追去，仓促间肚子岔了气，蹲在地上揉个不停。这时平沙已经下楼，一个衣着鲜艳的女孩哼着歌上到楼梯转角。

“快快，艾妮，帮我叫住那小子！”监制气喘吁吁。

“哦，哪个？穿白衣服那个？”艾妮放开嗓子叫着，“穿白衣服的那个男的，许监制叫你呢！”

平沙充耳不闻，只一径前行。

监制急道：“帮我追他，赶着开机哪！叫他平沙！”

艾妮瞪瞪眼睛，“看他长得不赖我才帮你追的啊，要不你以为我是什么人都能随便使唤的！”

“好好，你是天王巨星！”监制一脸痛苦。

艾妮这才轻快地追向平沙，一把扯住他的衣服，“平傻子，叫你呢！”

平沙皱着眉回过头，身后这个饱满活泼的女孩马上松开手龇牙一笑。

“我不叫平傻子，我也不认识你。”

“你不认识我？你什么年代的？我，艾妮，唱《今生爱死你》那个啊，快问我要签名吧！”艾妮扬扬自得。

平沙淡淡一笑，摇摇头要走。

艾妮气得又扯住他，“你什么意思！”

“没事就不要总是扯我的衣服。”平沙轻轻推开她。

“许监制要你回去！”艾妮突然记起。

“我不会和那个人合作的，你回去告诉他！”

“就这样？”

“对，就这样！”

“那我呢？你真的不想对我说什么？”

“对不起，我很少听流行音乐。”

“可我想和你说啊，给你一个机会认识美女不好吗？”

平沙看看她，干抱着琴却无可奈何。

艾妮笑着碰碰他的琴，“这是什么啊，电子琴？”

平沙下意识地躲了躲，“古琴。”

“古琴？哦，我知道我知道，就是古筝，叮叮咚咚！”艾妮活泼地做了个弹琴的动作。

平沙不以为然地笑笑，“弹琴不清，不如弹筝。琴和筝是两回事。我要走了。”说罢欲走。

“等等，我的电话。”不知何时抽出笔，艾妮突然抓住他的手，按住他的掌心写下七个数字。

平沙脸有点儿红。

“我也要你的！”艾妮把笔塞进他的手，俏皮地把润白的小手伸到他面前，平沙只得在上面留下电话，笔画有点儿颤抖。

“哼哼，以后你就是我的朋友了！”艾妮快活地合拢手，笑着且退且跑。

平沙害羞地转身离去。

3

母亲正在扫院子，红砖地上留下细细的扫痕，干净而寂寞。

这是一座老宅院，几百年的历史，历尽繁华沧桑，已经被列为市级保护文物。

太老了，堂屋的椽子已经有点儿蚀空。西厢的几间暖房，瓦也剥落得差不多了。文物办的人来过几次，说如果他们自己再不修缮的话，只能收归国家，总不能这样倒废了。

平家祖传的家业我是不会让它倒废的！

平沙当时那么斩钉截铁地说过，但是他们靠什么呢？乐团早就名存实亡，只剩下基本工资，人人都组草班子登台，夜总会伴奏。

母亲伤心的，不是祖屋的颓老，不是日子的清贫。

只恨哪，当初为什么肯让平沙选择了古琴！如果是古筝、笛子、二胡，甚至胡琴都好，那些热闹的、有烟火气的、容易变通的乐器。

只有古琴，一定要孤高、寂寞、远离人群、曲高和寡。

平沙九岁习琴，那么小就离群寡言，如今已经二十六岁，连个女孩子都没往家里带过。

还有那个月圆之夜的梦魇——她心里一痛，她恨那具叫作“惊鸿”的宋代古琴，她更恨丈夫当年为什么要倾尽一切地把那琴找回来，为什么要送给平沙，从此让他再也走不出来。

院门一响，平沙回来了。

母亲连忙笑着迎上去，“沙儿，歇歇，看你这一头的汗。”

平沙有些不安，“妈，没录成。”

母亲的脸上有点儿失望，但还是轻松地说：“没关系，没关系，喝点儿水吧。”

平沙进屋，院门虚掩，母亲在树荫下闲坐着发呆。

只听得“嘎吱”一声，门外探进一个脑袋，眼睛骨碌碌地四下张望。

“谁？”母亲警觉地问。

“嘿嘿，是我，我是平沙的朋友。”艾妮有点儿尴尬地走进来，笑得热乎可爱。

母亲有些慌了，女孩子上门，这是从未有过的事，她站起来，不知怎样招呼这个外面花花世界闯进来的新鲜热辣的女孩，只得一遍遍叫平沙出来。

平沙看见艾妮笑盈盈的脸，脸一沉，但终究不大忍心，所以抱怨的语气听起来不乏温情，“你跟踪我，这怎么行？”

艾妮松了一口气，四面看看，“你们家好像文物馆，好大！”

母亲自豪地搭话，“那是当然，这还是明初的府第呢！当年在整个省都是有名气的！”

“哇，真厉害！”艾妮夸张地叫道。

平沙尽量严肃地又重复了一遍，“你跟踪我，这怎么行？”

艾妮半笑着道：“咱们不是朋友吗？我怕你不找我，那我以后想见你怎么办？”

平沙愣了一下，艾妮又笑了，“其实，我是好奇，我想看看，古琴长成什么样子，好不好？”

平沙仍在踌躇，母亲催道：“好好，沙儿，你就带她看看。”

艾妮跟着平沙进来，屋里很暗，多年的红木家具暗里发亮，地上很潮，不知何处焚着檀香，昏沉沉地缭绕。

平沙细致地捧出古琴，摆在艾妮面前。

艾妮不禁失望，“呀——这是什么宝贝啊，木头又破又旧，还有裂缝，买个新的吧，我送你！”

平沙傲然地笑笑，修长的手指轻轻扶着琴座，“这面板，是桐木，这十三粒徵，是白玉石，这七根弦，都是蚕丝，这断纹，是梅花断。这琴叫惊鸿，宋仁宗天圣六年制。在所有乐器中，也许只有古琴，越老越尊贵，越旧越清响。”

艾妮目不转睛地望着他，迷恋地听着。

平沙笑道：“看够了吗？”

“我能听你弹琴吗？”艾妮痴痴地问。

“欲将心事付瑶琴，知音少，弦断有谁听？我有五不弹，其一就是，对俗子不弹。”平沙将古琴重新装好。

艾妮气道：“你是骂我俗啊！等着，我非要把你收了不可，我就是认定你了！”

平沙怔怔地不解地看着她，艾妮脸倏地红了。

4

平沙不太懂女人的友谊。

像母亲和艾妮，不过几天工夫，就好得不行。

许多时候，他在屋内专心打谱，听得院子里清脆的笑声，从窗子望出去，竟是艾妮，不知几时来的，和母亲在树下，或者剥一篮毛豆，或者看一本老相册。她们如此融洽，竟好像忘记了他一般。

家里零零碎碎地有许多改变。

譬如一口新的锅子，一张别致的桌布，一束怒放的非洲菊，点点滴滴的热闹艳丽的色彩，让古朴的家别添新意。

母亲也活泼多了，每天的话里总是有“艾妮，艾妮”的，平沙并不特别喜欢这个女孩，但是她让母亲快乐，母亲寂寞太久了，他感激有人能使她快乐。

可是常常，艾妮却让他无可奈何。

一次午后，他听见屋外有泠泠的箫声，很清越，心头一喜，可知道他这辈子就是要找一把箫！他疾步奔出，竟是艾妮，娴静地危坐，手持一管长箫，乐声袅袅，竟是她！

平沙突然脸色一沉，慢慢走到她身畔，不去看她得意的眼神，却忽地从她的口袋里扯出一部微型的MP3，断然按停。生气地转身就走。

艾妮反乐，“高手啊，这样都被你识破！”

平沙漠然道：“箫是竖着吹的，横着吹的是笛子。”

艾妮嘻嘻哈哈地跟上去，“看，我就需要你这样的高手指点啊！”

平沙不理她。

艾妮继续跟着他，“你梦里的那把箫声是不是这样的啊？”

平沙恼火，“是母亲告诉你的吗？”

艾妮满不在乎，“朋友之间不该有秘密的啊，我还知道你小时候练琴不喜欢穿衣服的事呢！”

平沙脸又红了。

艾妮笑，“心理学有一种强迫症，就是无法摆脱一些虚幻的念头，总是很焦虑啊睡不好啊，其实都是自己想象出来的！”

平沙驳道：“我没有！”

艾妮道：“那你为什么总是做那个梦？做了十几年！”

平沙沉不住气，“你不懂，世上有一种知音，不用言语，心灵相通，是值得一辈子去等的！”

艾妮哈哈笑道：“好文艺啊，你看言情小说长大的吗？”

平沙气道：“话不投机半句多！”

艾妮继续气他，“我们可是说了好久啊！”

看看，就是这样的女孩，所以当母亲一再暗示他和艾妮如何如何的时候，他总是摇头，他们是两个世界的人！

然而他那个世界里要等的人，到底在哪里？

5

他从九岁那年开始做那个梦。

就是那年，父亲花了重金费尽周折地找到那具宋琴“惊鸿”，深夜父亲抚琴落泪，小平沙悄悄走近，小心触碰琴弦，那一道“铮铮”声，从此打进他的心。父亲全力教他练琴，一个月已经能看懂减字谱，三个月指法浑熟，四个月能独奏《平沙落雁》。

但父亲说，最好的《平沙落雁》一定要和箫，只有知音的箫，才和得上你的琴弦。

那晚月圆，他抱琴而睡，梦中，听到《平沙落雁》的箫声呜咽，悱恻悠扬，眼闭着，心里很清楚，箫声就在耳边，仿佛还带着清凉的气息，是的，那清奇的箫声，他于世间再也没有听过，多少大师的版本，他都找来，不是，不是那管箫。

他奋力挣醒，想捉摸游带般的箫声，耳边却又空空荡荡，寂寂无声。

只好在银色的月下，怅然抚一曲《平沙落雁》。

那梦，缠缠绕绕他十几年。

看过医生，做过法事，求过诸神，吃过各种奇怪的药引子，那箫声赶不去，到后来，他不愿更不舍它去，已经成为一种私隐的快乐，他话不多，朋友少，父亲死了，他把心事全寄在七根弦上，能解这弦的，只有那箫，只有那梦，那满月之约。

这么多年，如果在等，如果在找，就是那管箫声。

如果是虚幻，箫声不可能那么真切，那么咬准他的心思律动。

如果是真的，何时何方何人？

不管你是谁，美与丑，年轻或苍老，让我慢慢向你靠近，让我慢慢感觉，让我看到。

平沙的琴弦，流出多少寂寞，又被风和太阳发散、蒸干。

6

骄阳似火，市少年宫开了个古琴班，竟然有两三个学生报名，乐团找平沙去教。

天热，他怕坐公车碰坏了琴，宁愿这么抱着，大汗淋漓地走回去。

艾妮开了车去接他，他倔倔地不上，一意孤行地快步走在前面。

艾妮又好气又好笑地慢慢跟着他，看见他湿了大半的白衣，心里忽然一酸，连她自己都不明白，为什么这个有点儿迂腐的男子会这样吸引她，让她想不计一切地对他好。

“喂，我是心疼那琴，琴都给太阳晒坏了，你上不上！”艾妮喊道。

平沙抹了把汗，看看怀里的琴，犹豫了一下，艾妮打开车门把他扯了上来。

平沙有点儿好奇地看着艾妮熟练地开车，艾妮回头瞅他，“我教你开车吧。”

平沙道：“我没想过买车。”

艾妮笑，“非要买车才能开吗？这车也是我借的，还不照样开！”

到家艾妮也自然地进门，母亲收拾了个袋子，见了艾妮就说：“准备好了！”

“你们去哪里？”平沙奇怪。

“不是你们，是咱们，咱们一起去海边玩！”艾妮说。

“我怎么一点儿也不知道？”平沙问。

母亲笑着解释，“我那天刚说好久没看海了，艾妮今天就借了车，咱们一起去散散心吧！”

艾妮在一旁顽皮地点头。

这么热的天，平沙忽然很向往那片蔚蓝的海，他欣然笑了。

这一天过得似乎非常快，乘快艇，数海鸥，拾贝壳，吃海鲜，阳光般耀眼的艾妮给平沙母子带来从未有过的体验，那飞扬那蓬勃那带着野性的生命力就像晚来的霞光一样，染了他们一身。

在洁白的海滩上，穿着泳衣的艾妮吵嚷着要拉平沙下水，平沙迟迟疑疑，刁钻的艾妮不声不响地抓了把沙子偷偷放进平沙的衣领，平沙被惹起玩心，也抓着沙子追了她跑，两个俊美的年轻人在海浪中追逐笑闹，多么生动悦目。

母亲在太阳伞下欣慰地微笑，她一直期待儿子能活跃点儿，哪怕俗点儿，甚至市井气都好，那样才结实好养，才让她放心。

感谢艾妮。

海岸边平沙那把沙子到了艾妮的颈畔，又戛然停住，艾妮缩着肩头回头看，平沙温雅地笑道："我忘了说谢谢了，又怎能恩将仇报？"

艾妮扑哧一声笑开了，冷不防却扬手拂起浪花，湿了平沙一身。

平沙一边抖着衣裳一边忍不住笑道："果然唯女子与小人难养也，近之则不逊！"

他是开心的，艾妮甜蜜地笑了。

在岸边的酒店，有几个年轻人认出艾妮，推搡着过来签名。

艾妮甩着濡湿的头发，骄傲地向平沙眨眨眼，可恨平沙没有反应。

7

中秋节晚上，艾妮迎来自己的第一场歌友会。

母亲也拉平沙去，他们坐在第三排。

演唱开始，灯熄灭了，歌迷们群声沸腾，荧光棒的光线交错闪烁。

平沙有点儿烦躁，这时，他眼前一亮，舞台光柱下的艾妮，艳丽无比，光彩万丈。

强劲的节拍响起来，艾妮且歌且舞，灯光不断变幻，艾妮在五颜六色的灯影里如梦如幻似妖似魅，平沙有点儿头昏脑涨，他的心律，多年来已经和平缓舒展的琴声合而为一，这么强烈的节奏让他喘不过气来，还有艾妮唱的歌，“今生爱死你，你死爱不死，永远不过期！”这是什么歌词，但是满场的男女却如梦呓般和她一起高唱。

平沙想悄悄离场，他刚欠起身，突然一束强光落在他身上，音乐乍停，歌声骤止。

他一时睁不开眼睛，却听到台上传来艾妮深情款款的声音：

“我要和大家分享我的喜悦，因为我终于找到我的梦中情人，今晚月圆人也圆，我要当着月老和各位歌友的面对他说，平沙——我喜欢你！”

台下掌声呼声震天，平沙在灯柱下惊慌失色不知所措，然而他哪还走得出去，狂热的歌迷挤过来，潮水般把他拥上台去，艾妮热情地伸出手臂，他木然地站在她的身边，理不清头绪，一时竟恍惚得不知身在何方。

整个晚上他都是这么魂不守舍地，迷迷糊糊地任由艾妮带着他去，在高朋满座的酒宴，在迷离嘈杂的舞厅，在飞速奔驰的车厢里，在灯光柔和的软床上，萨克斯柔媚暧昧地缠绵，他不知怎的喝了点儿酒，头疼。

半梦半醒间，月圆之夜的箫声寂落落地响起，他的心醒着，身体却绵软绵软，箫声清细清细，孤单柔弱地抗衡着铺天盖地的萨克斯，他开始痛苦地呻吟。

这时艾妮柔软温热的唇有力地抵上来，“平傻子，别怕，我给你治病。”

热血涌上来，箫声退下去。

他还想抗拒，但那细成游丝的箫声已经无力承受他的牵引攀援，他感觉自己沉下去。

8

这样就是一夜，有时，这样或许也是一生。

天亮的时候，平沙匆匆寻找散落的衣裤，沙发上，地板上，厚厚的窗帘缝隙里一点晴朗的日光。

艾妮半裸着，倚靠在枕上轻笑。

平沙慌忙扯过件衣服遮住身体。

“现在才想起来遮掩，昨晚我还有什么没看见的！呵呵。”艾妮笑他。

平沙窘迫，又莫名地恼火，更多的还是懊丧，实在不知如何是好，只得背向她，“对不起，昨晚我不该喝酒。”

艾妮温柔地贴上来，“我是愿意的，因为我喜欢你，真的。”

平沙不自然地摆脱她，“艾妮，也许我们弄错了，我不懂你的世界。”

艾妮更紧地贴近他，“我会让你懂，我会对你好，我会给你没有过的快乐，我会让你功成名就，让所有的人都羡慕你！”

“不，不，我没想过功成名就。”

“那你想什么？”

“我只想过宁静的日子，心里自在坦荡。”平沙用了点儿力气，离开艾妮。

“怎样才是自在坦荡？”艾妮不甘心地问。

“我只想好好弹琴。”

“我让你弹啊，我还会让更多的人喜欢你的琴，让你出名，让你开演奏会，让你在全世界巡游演出，这样你的知音不是越来越多吗？”

“知音只要一个就够了，艾妮，你不是懂琴的人。”平沙穿好衣服，平静地向门口走去，“琴到无人听时工。”

艾妮愤愤地把被子掼了一地。

平沙在晨风里走着，衣袖翩然，他越走越快，仿佛要狠狠甩掉什么。

他匆匆地回到家，母亲去买菜了，宅子是阴凉的寂静。

他三步两步进了房间，他的琴，静静挂在墙上。

再次抚琴，悲喜交加，竟好像是隔世般。他把汗热的脸小心贴在凉凉的琴板上，如是良久，直到琴也变得温热。传说抱琴而眠，琴感染了人气，声音会更加清亮，所以他幼时，常常抱着琴睡，甚至怕梦中压坏琴弦，一夜醒上数次。

那琴是有灵气的，此刻只有这琴可以平复他燥热的心。

后来，他听到母亲回来的声音，门开开关关，脚步细碎。

再后来，他听到有陌生人敲门，院子里仿佛一下子多了许多声响，有人高声地发问，有人语重心长地劝说，母亲的声音无助得像是旋涡里一条被围攻的鱼。

平沙出来的时候，他们已经走了，母亲关好门转过的，是一张疲倦的愁容。

“文化局的领导又来了，如果咱们月底再不动手修缮，就要封屋了。平沙，去找艾妮想想办法吧！”母亲少有这种哀求的神色。

平沙抬起头，阳光刺得他闭上了眼睛。

9

秋分过后，天气如水般凉。

平家院子里罕见地热闹，来往的工匠，搅拌机的声响，院子里堆满了沙泥砖，简直无处下足。

艾妮找的古建筑修缮工程队，是最合适的价钱和最好的质量。

条件是——

“我帮你搞定一切，但是有条件！”艾妮曾这么扬着明媚的脸，半笑地看着平沙。

“你说。”平沙没有选择。

“搬来和我住，听我的。”

平沙不语，傲岸的神色充满了受挫感。

艾妮怕他走，复又软了调子，“傻子，那边装修，吵得很，我这边有空房子，母亲也一起过来暂住，多热闹！”

艾妮又笑道：“这笔钱是找人借的，我们得一块儿还吧，我觉得你的琴可以尝试打开市场，让我给你包装，就当为了祖业，俗一回嘛，又不用死的。”

平沙只得同意。

艾妮争取先让平沙在公众前亮相，正巧丽音在时代广场要举行个募捐演出。

艾妮很忙，她要重新打造一个可以在商业化操作中脱颖而出的平沙。

譬如说演出服，总是白色唐装，太土，现代点儿才能出位，她给平沙选了一套缀满小亮片的黑色紧身装。

头发嘛，最好是戴个假的长发，现在搞艺术的都是这个标志。

平沙抗拒，“当众奏琴已经有悖琴道，还要奇装异服示人，我不去！”

艾妮怕他的倔脾气上来，只得同意。

饶是这样，平沙心里仍然满是疙瘩，古琴本是“自弄还自罢，亦不要人听”的乐器，在喧闹的人群面前抚琴，博取满堂喝彩掌声，实在是和当众宽衣解带一般难堪。

演出那日，排在节目单后面，前面歌手营造的热烈气氛还没平息，琴声低低奏起，好多人还不知怎么回事，琴曲旋律感本不强，声音又太过沉郁，纵是平沙技艺超绝，还是有人大声谈论“不好听”“那是什么东西”，等等，台前有小童追来打去，摔了一跤，哇哇大哭，马上有大人箭步冲上去，奋力拎起，打骂不绝。

唉——

平沙手指一颤，第三弦咔的一声崩断，琴声哑然。

观众马上有人大喝倒彩，气得艾妮在台下连连跺脚。

“好的好的，我们不该在太多的观众面前表演，应该保持一种距离感、神秘感，对了，我们的定位是这样，平沙你看，我们想了几天的——E时代超炫古琴手，怎么样，很有时代感吧！”艾妮兴奋地把方案拿给平沙看。

平沙一头雾水。

艾妮依次指点，“上次你弹的古曲，太高雅了，很多人说听不懂，这次我们制作这个个人专辑，就换上些现代流行的曲目，像新时代出的金古筝，全都是流行曲，热卖得不得了！”

平沙辨去，全都是节奏热辣的歌曲，什么《大花轿》《纤夫的爱》《九妹》《流浪歌》……

“艾妮，这个不行，古琴弹不出这么热闹的曲子——”

“别人不行你行，才是本事，回去练练，咱们就是要出位，要与众不同，再加上宣传，这样才能一炮打响，到时候啊，大家争着请你登台，你就名利双收了！”艾妮不容他多说，顺手塞给他一张陈美的演奏会专辑，“今晚你好好揣摩一下人家的台风，头啊，肩膀啊，表情啊什么的，要营造一种动感，这就叫酷！”

平沙默然接过，他觉着累，但是又无处停栖。

艾妮善解人意地过来，轻轻在他脸上一吻，“出唱片是够忙的了，但是一分耕耘一分收获，对不？”

平沙无话可说。

艾妮又道：“周末我请了几个高层吃饭，你把琴带来，唱片怎么出，都看他们呢！”

平沙点头。

10

周六晚上，月亮很好，而月亮照不进贵宾嘉会楼，照不进芙蓉阁，照不到杯里的酒、筷子上的手，还有那些酡红丰满的笑脸，除了平沙。

他靠窗坐着，回头望望天上的月，他的琴，冷在一边的沙发上。

艾妮已经有点儿醉意了，还豪爽地四处敬酒。

“吴总，来，我再敬你一杯，李监制，你敢不敢干了？”

“妮子好仗义，这么死心塌地为情郎啊，让吴总好吃醋！”有人打趣。

谢了头发的吴总马上像孩子似的皱个愁脸，“对呵对呵，我心酸死了。”

艾妮佯装打过去，“作死，唱片赚了钱，还不是你吃的甜头最多！”

“那我现在就想吃些呢，怎么办啊？”吴总涎着脸直直看着艾妮。

平沙起身整整椅子，发出很大的响声，人家看看他严峻的脸，这才有点儿收敛。

艾妮打圆场，“平沙，你的琴呢？让他们见识见识！”

大家听说是宋琴，都纷纷要开开眼界。

平沙默然地褪下琴衣，把琴捧出来。

艾妮接过来一一指给他们看。

“哇，古香古色啊！”

“可惜有了断纹，如果修补一下——”

有人用手指勾了琴弦一下，“铮”，“这声音好特别，你试试。”

又一个指头“铮铮”地上去试试，于是每个指头，长的短的胖的瘦的，都跃跃欲试在弦上“铮”一下，以示总算是弹过宋代的古琴了。

没人注意，平沙的脸色已经很黑了。

“看这里，这是什么鸿？”有人不认识繁体的“驚”字，“马鸿吗，什么东西？”

“是惊鸿。叫你们练练字，总是不听。”吴总自负地纠正，他练过几年书法，一直引以为傲。

艾妮趁机说：“我看吴总的字写得比这上面的还好，不如吴总给我们题几个字，流芳千古？”

大家只恨“好”字叫得不够多不够响。

“可惜我身上没带着笔——”吴总遗憾地说。

马上有人叫服务员，一问，最多也只是有粗芯的签字笔，不过好在是油性的，洗不掉。

“那再好不过了，永远深刻嘛！”大家怂恿着吴总，他兴致勃勃地提笔——咦，琴呢？

平沙已经把琴好好地装起来了，他旁若无人，强忍着怒气。

“平沙，你干吗啊，琴呢？好不容易吴总答应题字了啊！”艾妮急问。

平沙不卑不亢地看了众人一眼，抱起琴，“对不起，这世上没有人配在上面题字。”

说完头也不回，开门扬长而去。

11

艾妮凌晨一点才回来，摇摇晃晃的一身酒气。

平沙独自在阳台上弹奏《平沙落雁》，满月的光，洒了他遍身都是。

艾妮自己倒了杯水，晃到他身后，“怎么，又梦到你那老相好的箫了？”

平沙重重按弦，停下，漠然地收起琴，进屋。

“你还知道回到我这里，我以为你就此失踪了。”艾妮跟着他，脚步踉跄。

“你怎么喝得这么醉？去洗个澡吧。”平沙语气缓和地说。

艾妮一肚子委屈，“你还问我为什么喝得这么醉？你怎么不想想你就那么丢下我一个人我怎么办？”

“我实在受够了，艾妮，我和你们不是同路人，这些日子我挣扎得很辛苦，我无法变成你要的那个人，你……你根本就不懂我！”平沙深吸一口气，“我是等你回来，告诉你，我们真的不合适，明天我就搬走，钱我一定还你。”

艾妮笑，“是啊，我不懂你，不懂你为什么年纪轻轻就跟个老古董似的，不懂你为什么那么自闭保守不晓得变通，不懂你弹的那个什么破琴，要节奏没节奏，要调子没调子，不懂你干吗那么死守着一个幻想出来的箫声等待什么知音！不懂你是神仙还是活人，不懂你如此清高为什么还要吃喝拉撒还要和女人睡觉！”

她的眼泪忽然滚落，“我还不懂自己，犯了什么傻，一眼就喜欢上你，死了心地对你好，为你操心，四处求人，末了还没听你说过一句好话——”

平沙黯然地低下头，“艾妮，我感激你，你是我的好朋友，但我要找的是一个知音——”

“再别说什么知音了！你要是敢欺负艾妮，我就不认你这个儿子！”母亲不知何时醒来，厉声打断他的话。

“什么叫知音，那些玄而又玄的东西，你中琴的毒太深了，打你学琴起，我就一天没睡过好觉，谁知你后来还沾了那么多奇怪的东西，我不知多恨你爸让你学琴，好几次我都想把你那琴卖了。”母亲很少这么动气。

平沙叫道：“妈，你怎么——”

“我只想要你过正常人的日子，过热闹的日子，我不要什么琴痴、琴魔，明天你就把那琴给我卖了还贷款，找份工作踏踏实实过日子！”母亲喘口气。

“艾妮多好的女孩子，我不管她是不是什么你的知音，我只知道你需要她！我和你爸也从来不说什么知音的话，日子不也过得平平静静好好的。”

平沙不禁抢过话头，“所以他宁愿躲在屋里弹琴也不肯出来和我们散步，所以他一辈子都寂寞，一辈子都不开心，所以爸爸才会那么早就死了！”

他登时后悔了。

太迟了。

母亲的脸煞白煞白，嘴唇不住地哆嗦着，枯瘦的手捂住胸口，摇晃着倒了下去。

“妈！妈！”平沙惊慌失措地叫着。

艾妮反应快，一边过去扶起母亲，一边沉着地打电话叫车。

救护车的呼啸划破静寂的夜，急救室外边，平沙呆坐着，艾妮不忍心，过来抱住他的头，平沙没有抗拒，他脑子里什么也没有，琴、箫、唱片、演出、过去、未来……什么都没有，只有眼前艾妮温暖的胸口，母亲说得对，他需要艾妮。

抢救了六个小时，手术室的门开了。

“你母亲有很严重的心脏病，记住不要再刺激她了。”医生郑重地交代。

他连连点头。

白色的病房里，憔悴的母亲睡着了。

她一生中可睡过几个好觉？难怪她永远那么清瘦，眼圈永远青黑。

她的心脏怎能没病？多少的负荷，多少的担忧，多少的伤。

平沙跪下来，抓住她的手低泣，哭声哽咽在喉咙里，如闷云里滚动的雷。

“妈，我……卖……卖琴，我……我不离开……艾妮。”他艰难地许着誓。

艾妮的泪流了下来。

“平沙，卖了琴，咱们再买个筝，现在很多人都喜欢筝，咱们热热闹闹地过日子，哦？”

平沙木然地重复道：“热热闹闹地过日子，热热闹闹地过日子。”

12

深秋天气，院子里的相思树叶子风一来就哗啦啦地响个不停。

工程已经接近尾声，母亲精神爽利些时，也过来看看。

这天艾妮带回来一个消息，省城的报纸，一连几天都在重要的版面登载一个“求购宋琴”的启事，标价高到三十万，这是前几个买主未曾给过的好价位。

艾妮要平沙和她走一趟。

平沙再次细细地把乌黑的桐木琴板、滑韧的七根蚕丝琴弦、白色的十三粒玉石徽擦拭干净，没有太多的感觉，前几次也许浓些，也曾含了泪水依依不舍，但转了个圈子又原封不动地抱回来，心反而淡了。他希望这琴能卖掉，他更希望这琴卖不掉。

到了省城，找到酒店，等了一两个小时，才见到买主，竟是来自太平洋岛国汤加的客商，高胖的身材，态度高贵恭谨，而且，竟说得一口流利的汉语。

“主人今晚游江，你们今晚到船上来吧。”

又是十五之夜，平沙在江边看见月亮初升，心头没来由地一凛。

又等了许久，看来这客商排场还真不小，江边的豪华画舫上，来来往往着许多身宽体胖的汤加保镖。

艾妮附在平沙耳边轻笑，“难怪，汤加人是以胖为美的，看来来者是个人物啊！”

他们被邀请上船，白天的客商把他们引进灯火辉煌的船舱，里面端坐着一位衣着华丽但身材相当丰满的女士，平沙想起艾妮的话，有点儿想笑。

他把琴送上去，女人并不细看，却有两个保镖恭敬地捧过来，翻来覆去地检查一番，又用仪器测试了一会儿，才点头。

这时女人才拍拍手，吩咐人把琴送进里舱。

她笑着解释："还要等我们图普王妃过目才能回复你们，我们王妃有贵国的血统，对中国古典乐器可是行家呢！"

艾妮吐吐舌头。

又等了一会儿，有人出来，满脸紧张，在女人耳边说了一会儿。

女人在胸口划了划十字，站起来，"王妃请平沙先生一个人入内。"

艾妮看看一脸迷惑的平沙，小声开着玩笑，"如果人家看上了你，你就说按体重收费啊！呵呵。"

平沙装作听不见。

13

保镖带着平沙转了几个弯，出了船舱，独有一片干净优雅的甲板，只点着一盏灯。

保镖悄然退下，平沙四处环顾，他先在甲板上看见自己的琴，安然卧在一张小巧的琴桌上。

甲板一角的一张椅子上，是一个黑发女人等待的背影，她的长发像一匹缎子，光滑流畅，顶端环着一小圈蓝钻，在月下熠熠发光。身上是一袭玄色的纱袍，江风轻拂，纤细的身影飘飘欲仙。

这位就是图普王妃吗？平沙不知怎么开口。

这时他听到那女子说话，清泠泠的声音缓缓如小河淌水。

"君子无故，不撤琴瑟，这琴，你真的忍心卖吗？"

平沙心里一痛，他在琴桌前坐下，两手摩挲着弦与柱，叹道："来往怜幽独，怕伤情，古调难复。"

那女子沉吟一会儿，说：“先生愿奏雅音一曲吗？”

平沙的手指轻轻立在弦上，这一回，也许真的要永别了，他不敢多想，指尖已经落在弦上，是一曲《平沙落雁》，他最后的《平沙落雁》。

江上很亮，月亮自大江流中涌起，白色的光晕轻纱般在江面上洒开。

琴声沉沉而起，不经意间，一道清越的箫声幽幽汇入。

乐音起而又伏，绵延不断，听见时隐时现的雁鸣，在清秋寥落的江上，沙平水阔，何处而起的雁，回翔瞻顾，上下引颈，翔而后集，惊而复起。

沙上并禽池上瞑，云破月来花弄影。

风声，水声，飞鸟落地，两翅扑扑，又有许多雁，于空中盘旋，一只两只，慢慢落下，渐落渐多，成群结队，沙上是许多声响，来往呼唤，展翅扑拂，落起不定。

忽然，风声，水声，鸣声，翅声同时停住，眼前风景霎时消灭。

只有冷月无声。

平沙悠悠呼出一口气，艰难地说：“竟然是你。”

那女子并不回头，只微微笑道：“总算是你。”

平沙温柔地回想：“我九岁起就听你的箫声。”

那女子道：“每个月圆之夜，我定然在海边练箫。梦里一定有你的琴声应和，直到上两个月，琴声消失。”

平沙艰涩地应道：“对。”

“祖母是中国的侨民，我总得来一次中国。你的琴叫惊鸿，我的箫也是。”女子轻抚着手上的紫玉长箫，“总算能，得以辨认。”

平沙心思杂乱，又应道：“对。”

“你叫平沙，可知我就叫——落雁？”女子缓缓转过身，那惊鸿一瞥。

平沙极力忍住，但一颗泪却急急堕在弦上，“对。”

恨不相逢初逢时，但总算相逢，然而，相逢又如何？

月白，江上沙渚白，一切都已大白。

这世间，本有他，也有她，不是梦，不是幻，不是狂想。

在今夜的月下，这样徒然又怆然地对望，一黑一白的两颗棋子，多么近，又多么远，远到——永远。

她宝石般美丽的眼睛里慢慢渗满了泪水，珠子似的，一颗，一颗。

突然，平沙双手运力，“惊鸿”古琴轰然砸在甲板上，琴碎弦绝。

几乎与此同时，落雁挥挥衣袖，手臂一扬，紫玉长箫脱手入江。

拂弦一笑，何必惹尘埃？

保镖们听到声响，踢踢踏踏地跑来。

艾妮也赶来，看着一地碎琴，惊愕得说不出话。

14

银盆似的月亮，慢慢地转到西边。

平沙一夜不曾睡着，艾妮以为他心痛那琴，少不了反复劝慰。

惟将终夜长开眼，报答平生未展眉。

因为一直醒着，这个月圆之夜，总算没再做梦。

从此，再也无梦。

破浪

他们含泪紧紧相拥，有种相依为命的感觉，他第一次觉得，只要能抱着她，无论在哪里都行，就算是没有这高尚住宅区的二十层三室两厅，也无所谓。

1

老实说，对于爱情，他本没有多大的野心。

方戬想到这句，微微侧头看看肩畔的李玉琢，她正双手捧着个烤红薯，龇牙咧嘴地咬着。

他笑了，收回视线，装作没看见，即使她吃得这样不雅，他也喜欢，连这次，他们也不过约会了三次，三次都淡淡的，不是越淡越冷那种，是那种慢慢地、慢慢地浮上来的茶香，连用力吸一口气都舍不得。

他是在同乡会的闸坡一日游上见到她的，当然还有别的女孩。说实话，开始他一连注意了几个，他是现实主义者，专业是经济学，擅长根据实际的需要来预测成本。他要找的女孩，必定能胜任他的妻子，他的妻子不必太美，太美容易自恋；不必太有才，有才难免自以为是；不必太有性格，但也别太矫情世故，这几种，都让人费心招架，公司的事已经够烦了，他宁愿她是道简答题。

闸坡的海滩真美，穿着泳衣的女孩子热带鱼似的从他身边游过，那时他开始紧盯着李玉琢，只她敢叫这个名字，她的肌肤白得那样美好无瑕，当她上岸，边踢着沙子边拨着头发上的水珠从他身边走过，他感觉那些水珠都是洁白的，像新鲜的牛乳。

她友善、自然，年轻清秀使她另有一种温良的美，个子固然不高，但身材是典型的梨形，都说这样的女人好生养，他连这个都想到了。

坐大巴回去的时候，他使尽办法换了个她前面的座位，一路上又是说笑又是买水果，偶尔也装作漫不经心地提到自己就职的公司、靠近湖边的房子、新换的奥迪A4，玉琢是个好听众，说什么她都不嫌烦，但也没多大艳羡，她看着你说："哦，是这样。"平平的语气，有一点点迟钝，好像不明白奥迪A4和一部山地车的区别，这使他低调的炫耀没什么意思，但话说回来，这份朴拙是做贤妻的好品质，不是吗？

正式提出约会的时候他竟有些紧张，几个字含混地重复两次，他懊恼自己认了真，要是她拒绝，就太没脸了。玉琢等他说完，偏着头看看他，笑眯眯地像表扬一个孩子，"你呀，一天都忙活，又使劲儿地表现，我哪里还好意思说不去。"然后笑一笑，有些奖励的意思，而他已经是一头汗了。

不到半个月，约会三次，吃饭、看戏、打球，这样的进程还算正常吧，放眼周围，全世界的男女也不过如此，试探、逢迎、接近，他喜欢这样有条不紊的频率，未来稳稳地在掌握里，只等你慢慢靠近，如果顺利，快的话半年就可以结婚了，当然了，首先得等她大学毕业。

再看一眼玉琢，白皙的后颈绕一根拴玉佩的红线，那样的柔弱稚气。

他忍不住多看一眼。

2

因为心情不错，早上方戬是一路笑着来公司的。

他的笑在车库入口处戛然而止。

这一点他分得很清楚，为了赚薪水供房子，他可以为公司卖力气乃至卖命，但是不卖感情。

他神色冷峻地步向电梯，在那里等待的同事也是如一的表情，大家只是公式化地问好。

大厦有两部电梯，但是上班的员工都云集在二号梯，人太多，电梯发出“嘀嘀”声，几个人只得出来，打卡时间即将进入倒数，搭不上电梯的人宁愿去跑楼梯。

一号梯是专线，只有蔡总和夫人才有钥匙，他们是业内最著名的夫妻档，男的色，女的泼，无论做人还是做生意，因其准、狠、辣、绝，被誉为“黑风双煞”。公司里面规则严苛，进入各个鸽笼般办公间的人，自动成为高速运转的庞大工作机器中的部件某某，只要干活儿，不要感情，因此C公司又被人称为“绝情谷”。

方戢是习惯了，从业务员到部门经理，一路上就是这么谨小慎微地拼出来，在C公司，没有不可以代替的人，你要是掉以轻心行差踏错，第二天就有人坐你的位置，正如蔡总说的，没有人愿意和钱过不去。是啊，到哪儿都是打一份工，想拿人家的高薪，就得把棱角削齐整了再说。

所以，你要赚“黑风双煞”的钱，忍辱负重是必修课。

中午玉琢打电话来，甜甜地说：“我买了杏仁豆腐花，是你下来吃，还是我拿上去？”

方戢蒙了，“你在哪里？”

玉琢道：“我在等电梯，在你公司楼下。”

方戢忙说：“你就站在那儿别动，我马上下来。”

他急急地带上办公室的门，迎头却见蔡夫人，她抬起粗腕看看时间哼出一句：“嘀，方经理，不是还有两分钟才下班吗？”

方戢只得逼出一句：“我——拉肚子。”才如蒙大赦。

玉琢穿了紫红的裙，人越发显得洁白，她笑吟吟地说：“你这一身汗啊，怎么还把领带系到喉咙上去了。”

“走，我们出去找个地方。”方戢拉她。

“也不带我去你办公室玩玩，不是说那里可以看到护城河的吗？”她娇憨地要求。

“办公室有什么好玩，一点儿都不好玩。”他敷衍道。

“好玩不好玩我明天就知道了。”

“啊？”

“是啊，明天开始我要到行政科实习三个月啊。”

方戬这下吃惊不小，“你怎么会到这里实习，我一点儿也不知道！”

玉琢看着他笑，“不好吗，我还以为你会高兴呢，系里面联系的，我都不相信这么顺利。”

方戬脑子飞快地转了一圈，行政科，十个人，八个女的，至少有一半是蔡总宠幸过的，还有一半在争宠中，他再次忧心忡忡地看一眼她无邪的笑容，不算漂亮，也不风骚，不是蔡总喜欢的类型，而且现在蔡夫人监管得紧，谅他也未必有机会。

“我当然高兴，可以天天见你。”方戬舒缓地笑一下，“但你要记住：送文件给老总的活儿让别人干。”

“为什么啊？”

“因为……因为人人都抢着去啊，如果你也抢，就会——”

他话还没说完，就听玉琢叫了一声：“哎呀，还说呢，豆腐花都融成豆浆了！”

3

看来自己是有些多虑了，方戬想。

这几天上班总煞费苦心地找事去行政科，表面是一本正经公事公办，眼角却四下觑着玉琢，那女孩乖巧得很，坐在角落里，低着头整理文件，动作轻捷安静，你要是不认真找，还真注意不到她。

她感觉到他看过来，真是一种秘而不宣的感应，稍稍抬起头，花儿似的，一笑。

他正跟人说着公事呢，忙绷紧嘴角，锁紧眉头，铁面无私。

只有回到家才可享受自然放松，晚上在他家的大阳台上喝茶，夜风凉，城市的灯火像一条河，玉琢的身影忙进忙出，多么温暖的家常。

“这房子还行吧？”他仰躺在白色的凉椅上，把身体伸展开来。

玉琢随意道：“比我家宽敞，不过打扫卫生就多费点儿时间。”

方戬继续兴致勃勃道：“你不懂，这个地段，这个楼层，这个面积，这个设计，这个朝向都是一流的，今后这房子是坐升其值啊！”

玉琢应：“哦，是这样。”

“供三十年，我算是把自己卖给公司了。”方戬半笑半叹。

“你又不是货，怎么用‘卖’字啊？”玉琢打趣道，边给他的茶杯续上滚水。

“不是货，是机器人。”方戬吸了口茶香。

“你们公司就这点不好，大家都不爱笑，像机器人。”茶气蒸腾中，玉琢说。

“忙着干活儿呗，哪有时间笑？”

“不忙的时候也不笑，连你也是，你也不笑。”

“现在补给你好不好，呵呵呵呵。”方戬龇牙咧嘴傻笑了一气，惹得玉琢几乎呛了口茶。

“还有，大家也没抢着送文件给老总啊，你净哄我不是？”

“啊？没抢吗？”

“可不是，让我去，开始我还想要不要推托一下。”

“你送文件给蔡总？怎么样？”

“没怎么样啊，送了好几次呢，他还好，会笑。”

“会笑你才要小心，他是个老色鬼，公司里面长得像样点儿的他都要占便宜！”

玉琢笑，“你就爱这么紧张，光天化日，我堂堂正正干活儿，有什么好怕，就算他要欺负我，不是还有你吗，你还不过来救我啊？”

方戬抬抬眉毛，“你……没和谁说咱俩的关系吧？”

玉琢故意温吞吞地道：“我和你，有什么关系啊，好像没什么关系吧？”

方戬笑，趁势拉过她的一只手臂，真是雪藕般的手臂，忍不住深深地吻了一下。

“玉琢，玉琢，你真是粉雕玉琢，天生的冰雪肌肤。”

玉琢咯咯地笑，带了一点儿自矜，“今天蔡总还问我用了什么面霜，他要介绍给夫人，我不好意思说是天生的，就随便说了个牌子。”

方戬怔了一下，他总觉得，自己的担心并非毫无理由。

4

眼见秋天就来了，街上都是纷纷落下的黄色叶子。

“看那些叶子，像蝴蝶飞呢！”下班的路上，玉琢突然把车窗摇下。

要不是玉琢提醒，方戬还没注意到，办公室里每天开着空调，玻璃窗永远密闭，天天都是西装领带的行头，四季轮转是多远的事情啊。

“一到秋天我就想去山里，去海边。”她孩子似的兴致勃勃。

“秋天公司是最忙的，好几个展销会。”方戬扫兴地说，怕她不高兴，又道，“那你一个人去好吧？玩得开心点儿再回来。”

她不语，轻轻地拍了拍他的手背，“以后啊，咱们到哪儿都一块儿去，好不好，我等你啊。”

侧头看她，那么温暖安静的笑容。

那一瞬真让人有安定和沉淀的想望，当天下班回家，方戬干脆把车开到珠宝行，牵着玉琢的手看钻石。

“你不是现在就向我求婚吧？”玉琢睁大温柔的眼睛，“可是我还没准备好，要是我说不行，你会不会很尴尬？”

方戬扑哧笑出了声，“你真是个没心眼儿的姑娘，一定要求婚才送戒指吗？我求爱不行吗？”

“求爱送花就好了呀。”

“谁说戒指不行，我要把戒指套在你手上，告诉别的家伙生人勿近，你是我定下的女人！”

玉琢忽然笑了，“哎，我想起我姑家的小狗，总在自己的地盘上撒尿，不让别的小狗靠近，真有意思，像人一样哦。”

方戬翻白眼，“你可真聪明。”

买戒指的时候，玉琢执意不要钻石，只挑了个极普通的金指环，他知道她为他省钱，供楼一个月要花掉三分之一的薪水，她最不高兴听他说把自己卖给公司。

好像让他放心似的，她戴上金指环，笑眯眯地在他面前闪一闪，“瞧我的手，能把金的戴得比钻石还漂亮！”

那一刻，方戬的心里一动，他觉得自己越来越喜欢她了。这种感觉真美好，这样好的一个女人，这样好地陪在他的生命里，活着真幸福，幸福得让他有点儿掉以轻心。

5

那是个再平常不过的黄昏，因为展销会的事务多，公司最近都在加班加点，蔡夫人特意从香港提前赶回来指导监督，她叫上方戬和另外三个经理，拿了货单去找蔡总商议。

总经理办公室在十五层，大得像一个足球场，走廊很静，落日的余晖抹在墙上，有点儿沉沉的味道。

突然隐约地听到有人叫了一声，然后是闷闷的纷乱的脚步声，蔡夫人反应最快，已经小跑着去开总经理办公室的门。门锁着，声音是从这里传出来的，蔡夫人厉声叫：“老蔡，里面怎么了，开门！”她等不及，从包里取出钥匙，狠狠地拧几下，猛地把门撞开。

门里门外的人都愣住了。

蔡总的光脑门都是汗，那唯一一绺用来遮掩秃顶的头发搭散在一边，他用巴掌去寻摸那绺头发，好像用来遮掩自己的窘迫，“想让小李帮我搬张桌子，女孩子就是没力气，看弄得这一塌糊涂。”

真是一塌糊涂，地上散着文件、笔筒、夹子、摔倒的椅子，女孩白皙的小腿在裙子下面微微颤抖，她的手死死拉紧衣襟，衣襟被扯掉了两个扣子，红线拴着的玉佩被甩了出来，无辜地荡在右肩上。

谁也没看清蔡夫人是怎么冲过去的，谁也没看清她那一巴掌是怎么打在玉琢脸上的。

“小贱货，不要脸，个个都要骚上来！”她摆出要生要死的架势，自己先嚎了出来，“可怜我在外面拼死拼活帮你打江山啊，你好好地怎么惹了这么多狐狸骚啊！”

大家上去把她们拉开，方戬半搂半抱地把玉琢带走，她是吓坏了，脸是一张白纸，连哭都不会了。那婆娘下手真狠，玉琢的一边脸生生的几条指印，眼瞅着红肿起来。

几个保安已经跑上来，更多的脚步跟在后面，公司这么大，这么一点儿事就惊动了这么多人。

玉琢软软地瘫在他臂上，一直到了楼下车库，她才凉凉地吐出一句：“我去死了吧。”

6

那天回来玉琢整整一天一夜都不吃东西，人像丢了魂似的，无声无息的，像个影子。

方戬把房间收拾出来，让她先在这里休养一段时间，自己则在旁边的客房将就一下，夜里他把门打开着，时刻留心着她的动静。

她睡得不好，总是起床，听见她开灯又关灯，在屋里走来走去的声音。

睡下了大概又做了梦，他听到她哭，嘤嘤地忍着声，有一阵没一阵的。推开门亮了灯，玉琢蜷缩在地上，抱着枕头，眼睛受不了光线避开了，他走过去，看见她一脸都是泪水。

方戬蹲下来拉她到怀里。

她哆哆嗦嗦地啜泣着，“方戬啊，从小到大，我没被人这么欺负过啊。”

他的心又疼起来，“他妈的，我要杀了他们！”

他没骗她，开始的时候，方戬是杀人的心思都有了，那天他带玉琢回家，脑子里一阵一阵地隆隆响，他记得后备厢里有一把大扳手，他已经想好返回公司的路线，想好怎样拎着那把扳手敲碎那色鬼的脑壳。

要不是得知老色鬼只是拉扯几下，并没占到便宜，说不定他真的去了。

冷静下来想想，事情尽管可气，幸好没什么损失，这口气是难咽，但是君子报仇，什么时候都不迟。

这样安慰自己还勉强可以，只是玉琢不会这样想。

白纸一样单纯的女孩，这份羞辱要如何才能刷得去啊。

第二天他起床的时候，玉琢已经坐在客厅等他了，她梳洗清爽，尽管脸庞有些憔悴，但是神色很温和。

“我煮了白粥和咸菜，你吃一碗再去上班吧。”

方戬松了口气，“你也别在家闷着，出去逛逛街，我把信用卡给你。”

玉琢摇摇头，“方戬，我不要你为我杀人。”

方戬一怔。

“杀人是要坐牢的，我不要你冒险，但是你肯为我这样，我死也心甘了。”她说得很认真，认真得让他愧疚起来。

“玉琢，一切都会过去的，不开心的东西忘掉它。”

“我知道，但我要讨个公道，不然没法给自己一个交代。”玉琢的语气很平静。

方戬有点儿头疼，这世界什么都太多，就是公道太少，尤其是弱者向强者讨的公道，但你怎么跟她说得明白。

“等一下我就去找那个蔡夫人，我得清楚地告诉她事情的真相是怎样的，她要向我道歉。”她坚定地喃喃道，“她必须向我道歉，还有蔡总，作为一个长辈一个上司，他更要为他这样的失态和无礼道歉！”

方戬第一个念头就是千万不能让她去，那只是羊再入虎口，他抚着她的肩，才几天，她就瘦了这么多，肩上的骨头都尖了，这屈辱着实把她折磨坏了，他又一阵心疼，“玉琢，答应我留在家里，这些事交给我，不是说过，你是我定下的女人，让我来保护你好不好？”

玉琢感动地点点头，露出些笑容。

7

方戬站在总经理办公室门外，敲门前他深深地吸了口气，也许玉琢要比他勇敢，试想如果是他自己，曾在这里经历过那样的屈辱，他未必有勇气亲自回来讨公道。

老色鬼坐在大班椅里，人模人样地问他有什么事。

开口是艰难的，不知道为什么话到嘴边就变了样子，“蔡总，关于那个行政部的实习生李玉琢——”

“怎么了？”

“她……她的实习薪水应该怎样支付？”话说成这样，他在心里狠狠地骂自己。

“哦，那个李玉琢啊，白白嫩嫩的那个，被我老婆打了一巴掌的那个是不是？”

“那巴掌好像打得不公道吧！”方戬大着胆子说。

老色鬼打哈哈，“女人都不讲道理的。”

“但是对于李玉琢，就太无辜了是不是？”他大声了一些。

“呵呵，她是你的谁啊？”老色鬼眯起眼睛半笑着看他，他有一点儿慌。

“同乡，一个朋友的妹妹。”为什么不说真话呢？

“我说呢，那也难怪，老乡是应该多帮扶帮扶的，这样吧，她的实习期未满三个月，我们按三个月算，按正式工算，我等下写个条子你送会计科，就算是精神补偿吧。”

方戬憋着口气，却发作不得。

“对了，千万别跟我老婆提这事，要不她又跳脚了。那个李玉琢，要是还想来我们公司干，让她来找我啊，总部待不得，还有下面分公司啊，我会好好关照她的。”

站在这里看他的秃头，是一个绝佳的攻击角度，方戬想，如果抓起桌子上的大理石笔盒，往那颗秃头上狠狠一摔，他还能不能说出这些恶心的话。

他没动，但是。

老色鬼正说到年底分红的事，“你今年业绩不错，我想再给你提一个百分点。”

下班了他还待在办公室里找活儿忙，晚饭也没吃，到了十点，实在混不下去了，才开车回家。

他把车停好，独坐在小区的花园里，能在这个冰冷的城市有一块属于自己的地方多不容易，有了这样一块地方，才可以有个家，有了家，才有个安稳温暖的去处。

仰头望去，他的房子在二十层，不知道玉琢此刻是不是正坐在阳台上看夜景，二十层的阳台看下来，人是个多么卑微的小东西，埋头赶路而不自知。

玉琢，对不起，我也是那样渺小啊，他心里轻轻地说。

8

总得要面对她。

他想自己的表演还算到位吧，可是玉琢只是睁着温柔的眼睛，一眨不眨地看着他，看得他心里发毛。

“你不懂我的意思吗？玉琢？”

她抱歉地摇摇头。

“那我再说一遍好了。蔡总和蔡夫人都很愧疚，知道对不起你，托我转达歉意，人家是很有诚意的，还送上慰问金，其实这只是个象征，就当精神损失费吧。”

“不能当面道歉吗？”

“只要有诚意，其实也不一定要当面，见了面可能大家会难堪，他们也忙，你从来最会体谅人家的不是吗？”

“不当面道歉怎么能算道歉，要不我明天自己去。”

“去什么去，你自己去，你就少给我惹点儿事吧！”他的声音不知不觉就焦躁了。

“我哪里有惹事？我不过是给自己讨个公道！”她噙着眼泪，语气仍旧是温温柔柔的。

“人家不是给了你公道吗？”他把装钱的信封推到她面前。

玉琢默然，良久，她把那个信封推了回去，“如果这就是他们还的公道，我宁愿不要，你告诉他们，我不要钱，只要把那巴掌还给他们就行了。”

“你能不能现实一点儿啊，他们是什么人，你去找老虎恶狼讨公道啊，我怕你去了反而受到更大的伤害，你没法跟他们讲道理，你得知道自己有多少力量。”

“可我至少得把自己的尊严讨回来吧，我也有尊严的，不是随便让谁欺侮的！”玉琢喊了一句，带了些哭腔，但她抑制住了。

“玉琢，算我求你。”方戬低下嗓音，“我们都是小人物。”

“小人物和这个世界过不去，就是和自己过不去，你明白吗？小人物要活下去，有些气只得忍和吞，这是社会规则，逞一时的意气，代价也许就是血本无归。

“是的，我今天有机会拿起大理石笔筒砸烂那老色鬼的头，但是后果是什么，失业甚至坐牢，房贷、车贷还不起，一夜间在这城市就一无所有。

“我要跟你结婚的，我能有什么给你？只想给你一个舒适的家，我是在为我们的家忍气吞声努力工作，你委屈，我更心疼，更难过，你知道吗？”

他有些心酸，玉琢却已轻轻握住他的手，“我知道了。”她的眼圈红着，却仍是笑笑的模样，带着些鼓励的意思。

他们含泪紧紧相拥，有种相依为命的感觉，他第一次觉得，只要能抱着她，无论在哪里都行，就算是没有这高尚住宅区的二十层三室两厅，也无所谓。

9

早上起来的时候，玉琢的早餐照例准备好了。

今天的早餐非常丰盛，豆浆油条小笼包，她还特意煎了两只太阳蛋给他。

“你下楼去买的豆浆油条？”他心情很好。

“是，顺便跑跑步，早上空气特别好。”

“看到你好起来我就放心了。”

玉琢笑笑。

吃完他抢着洗碗，却在冰箱上看到他送她的金指环，想是摘下来忘了戴上。

“你把戒指忘了。”

“哦，知道了。”

他出门，已经到了楼下，却见她又从电梯里追下来，跑到他面前。

“怎么了，玉琢？”

“我忘了为什么要追下来了。”她有些难为情，却不禁伸手拉拉他的外套，“对我笑笑吧，待会儿到了公司，可要老长时间拉着脸。”

方戬笑了。

她一直站在小区门口，望着他的车一溜烟地开远了，还不动。

邻家的老太太买菜回来，招呼她看新买的小猫，她这才如梦初醒。

“市场上买的，你看多好玩。”老太太热心地和她搭话，“你成天一个人待在家，不如买一只做伴？”

玉琢笑着摇摇头。

下午方戬打电话回家，没人听，他以为玉琢午睡过了头，傍晚再打，想告诉她出去吃，还是没人听。

她的手机关了，连语音留言都关了。

他感到不安，下了班匆匆赶回家，暮霭时分，屋子里暗沉沉的，非常不舒服，他已经习惯了回家一开门就见到玉琢和满屋的灯光。

他连叫了两声，开了灯，却不见玉琢，屋子很干净，屋子很寂寥，他从不知道少了一个人，这屋子竟然空旷得像一片荒野了。

在冰箱上他看见了玉琢留下的短笺。

方戬，我要离开一段时间。如果公司有人问你认不认识我，你就说我只是你的同乡，或者同学的妹妹也行。你放心，我会好好的，别找我，迟一些我会联系你。到了要离开的时候才知道，我真的很爱你。

P. S. 记住不要连笑容也卖给公司了啊。

玉琢

便笺旁边放着那枚金指环，和早上的位置一样，她是存心放在那里的，她一早就打定主意离开了。

他攥着那小小的指环，颓然地躺倒在沙发上，她脱下戒指不告而别，她不再是他定下的女人，他说过什么，他会保护她，生人勿近，她一定是看穿了他骨子里的懦弱吧，她看不起他，他也看不起自己。

10

日子缺乏生气，越过越没意思。

玉琢走了三天，于他来讲，好像走了一辈子。

每天下班，他都要在花园下面坐一会儿，也许……也许什么时候玉琢突然回来了呢，也许她在上面开着满屋灯光等他吃饭，她说只离开一段时间，一段时间是多长时间，一个小时，一天，一个星期，一个月，还是一年？

然而打开门来，仍是一屋子的暗沉和整日关窗的不新鲜气味。

方戬变得懒惫，睡觉的时候他就想，要是公司明天突然破产或者被炸弹炸了就好了，那样他就不必上班了。而太阳照常升起，他赖在床上，没人打电话来告诉他公司遭遇不测，还得上班，还得卖命，还得夹着尾巴，还得绷紧面孔，还得看人脸色，还得对厌恶的人毕恭毕敬，干得这么不开心，为什么啊，他问自己。

蔫蔫地赶到公司的时候，已经迟到了十分钟，这是没有过的，迟到十分钟的后果是扣除当月奖金的百分之十，让他扣吧。

进了电梯才想起今天开部门会，已经迟了这么多，那泼妇又该骂人了，他不觉紧张起来，小跑着赶去会议室，谢天谢地，会还没开始，“黑风双煞”还没到，少有啊，他松了口气。

等了大半个小时还没开会，大家纷纷议论着，后来秘书来说，蔡总身体不舒服住了院，蔡夫人要照顾他，会议取消。

难道昨晚想的还成真了，方戬偷偷乐了一下，公司虽然没破产没爆炸，老色鬼却多少有点儿麻烦，活该他。

然而表面功夫还是要做的，方戬和几个部门经理买了花篮去医院探望，快到病房的时候，看见两个护士从那边出来，边走边议论，“这么大年纪还学人家玩SM，真是不要命了。”“你不懂，有人就是喜欢被虐待，要的就是这种刺激。”“哎哟，那这次也够他受的了。”

方戬几个面面相觑，大家的表情都有点儿怪怪的。

一见方戬，蔡夫人马上从病房里冲出来，“方戬，那个李玉琢是不是你同乡，你把她给我翻出来，无论上天下地黑道白道，我几笔账跟她一起算，我跟她没完！”

方戬的心咯噔一下。

11

事情大概是这样的，根据人们悄悄的传播，方戬猜想。

玉琢自己去为自己讨公道，他这才明白她突然离去的用心，她脱掉金指环，要他对别人说她不过是同乡或者朋友的妹妹，是怕牵连他。

她真勇敢，一个人去找他们，可没说两句话就给撵出来，也许骂的话还相当难听。

那时她该相信了，他的话没错，然而她不罢手。

接下来的事方戬总不大相信是玉琢干的，她是那样温良柔弱的类型啊。

然而，她干了。

她主动约了蔡总，开好了房间，老色鬼欢天喜地地去了。

然后玉琢说，要玩新鲜的游戏，就得听指挥。

老色鬼很合作，他乖乖地坐在椅子上任由玉琢把他五花大绑，绑左边裤脚的时候，也许他会奇怪地问一句，这也要绑啊，玉琢只是笑笑。

然后，然后她拿出一只猫，轻轻地塞进他的另一只裤脚。

到那刻老色鬼都不是很明白发生了什么，他问，怎么回事，玉琢早已绑紧了猫儿的退路。

那一幕有点儿惨，你去想象猫儿在裤裆里四处寻找出路的情景吧。

最后，玉琢把一只苹果塞进老色鬼大叫的嘴巴。

带上门，没忘记在门口挂上牌子，“请勿打扰”。

然后她去找蔡夫人。

老色鬼告诉她的，每周的这天下午蔡夫人一定去金夫人美容院做护理。

她悄悄地进去，对前台小姐说是蔡夫人的朋友，特意带了样东西给她。

蔡夫人那刻该是半梦半醒着，她躺在美容床上，盖着白被单，包着头发，脸上是白惨惨的一张面膜。

玉琢的脚步很轻，到跟前了她还没发觉，甚至玉琢温柔地说：“现在我把这下子还你啊。”她的脑子还在网络连接中。

接着是一记清脆的耳光，蔡夫人仰面躺着，受得不偏不倚，结结实实。

等那泼妇惊天动地嚎出来的时候，玉琢早就不知去向。

你永远别以为蚂蚁就不能扳倒大象，弱者就不敢狠狠反击。

我的玉琢，她干得多么痛快！

方戬只要一想起来，就浑身血气，双眼发潮。

12

玉琢的短信是次日中午发来的。

方戬，你可能知道我干的坏事了吧？对不起，既然没有公道可言，我只好以牙还牙。

方戬忙回，你在哪里？

玉琢没再回短信，手机继续关机。

也许她担心，他会把她供出去，她一个人孤军奋战，连他也不相信了。

也许她眼里的他，是一个只知道公司分红、房子月供，谨小慎微，窝窝囊囊，自愿把命卖给钱，把尊严揉成抹布的人。

自己确实那样过的，不是吗？他苦笑。

“黑风双煞”几乎天天都催他去找李玉琢，老家的地址，学校的电话，上天入海，掘地三尺，也要把她翻出来。

这晚，他留在公司，拨了蔡夫人的电话。

“我知道李玉琢在哪里。”

“马上带我去！”

“你们先来公司，我们先商量一下，可别打草惊蛇。”

打完电话，他慢悠悠地坐电梯下来，快十二点了，控制室里，值班保安对着闭路电视打瞌睡。

“老王，你去睡一会儿，我帮你看到十二点，等会儿蔡总他们来我再叫你。”

保安谢了他，去值班室睡觉了。

他坐在控制室里，看见蔡总的车开进车库，下车，蔡夫人的步子很急，蔡总却脚步蹒跚，想是旧伤的缘故，他有点儿想笑。

他们进电梯了，专线一号梯，电梯冉冉上升。

方戬在这时打电话，“蔡总，我忘了跟你说件事，李玉琢不只是我同乡，她还是我未婚妻，我们就要结婚了。”他一边说着，一边果断地拉下一号梯的电闸。

电话那边叫成了一片，只听蔡总急急地叫着：“方戬你先别说这个，你马上去找老王要电梯钥匙，电梯停电我们出不去了。”

他不应，笑着挂上电话，到值班室叫老王，“你先别睡，蔡总忘带电梯钥匙了，你把备用的给我再睡。”

老王骂了一句，解下一号电梯钥匙给方戬。

方戬不回头，哼着歌径直去开了车，一打方向盘，开上大路，车窗全部摇下，夜风清凉迅猛，他感觉胸襟满满的都是风，真畅快啊。

车经过护城河，他想起什么，抓了那把电梯钥匙，一个漂亮的姿势，钥匙跌进黑暗的河流。

真想大声地笑，这个时候，要是玉琢在身边该多好啊。

他想好了，辞职，把车卖了，房子租出去，那个地段的租金足可以交月供了。

其实一切可以很简单的。

然后，他要立即去找她，他要纠正她，是的，方戬把公司分红、房子月供、现世安稳、大好前途看得很重，但是所有这一切加起来都比不上一个女人。

这个女人给他温暖，给他停栖的想望，教他享受快乐，更教他懂得人可以渺小，而尊严却不能不高贵。

她是他此生全部的野心，他要找到她，从今以后，到哪儿都一块儿去。

是的，那个女人，叫李玉琢。

相见不如怀念

也许这是让他一辈子都爱她的，最好的办法。

1

杨佩恬这次回家，是一个人。

儿子参加学校组织的冬令营，刘俊从来就不愿意年年山长路远地跟她回来，这个小城，是她的梦萦，却是他的负担，是她的温暖，却是他的荒凉。

再加上那场大吵，冷战一个月，大家懒得求和妥协，他更负气不来，她更赌气一走。

看起来再温柔耐心的男人，结了婚，也会慢慢变脸，更何况，结婚十年。

她嘲讽地一笑，心里有点儿落败。

曾几何时，在感情上总是稳操胜券的、高高在上的她，聪明自信地教导着姐妹们。

“宁嫁给爱你的人，不嫁你爱的人！”

“不要让男人感觉太容易，越是得不到，他越上心。”

那是十几年前的杨佩恬，脸色莹润，高挑明艳，亮晶晶闪着慧黠的眼睛，笑声爽脆，小小的腰肢，系在长长的白底碎花裙里，摇曳在春风过处。

有多少眼睛，也随她摇曳。而她在意的，只有一双。

周渊龙的眼睛永远朝上，一个才华横溢又刚好潇洒倜傥的男孩，在这个小城是绝对不会被埋没的。

可她恨他的傲慢。上课十几分钟才慢吞吞地来，不喊报告就扬长直入，老师讲课他总是不停地说话，考试不够半小时他就交卷。而他永远第一，且遥遥领先。所有人都诚惶诚恐地迁就他，奉承他，所有的女生都给他笑脸，天天有人乐意买早餐送到他桌上，吃完了垃圾还让别人扔。他参加国际奥林匹克数学竞赛拿了一等奖，连市委书记都去他家拜年，希望他明年拿个全省的高考状元。他想要的东西，是没有得不到的，李成喜有一块电子表，在广州买的，他喜欢，就死缠烂打地要人家卖给他，人家不肯，他甚至贴上奥林匹克的奖牌。他是被宠坏了，眼里哪还有旁人，邻班女生写来的情书，他折成飞机在教室里飞，一边用眼睛偷看她的反应，周渊龙的眼睛永远朝上，只除了，看她的时候。

而她，在他面前，从不正眼看他。

2

他有时很笨，真笨，想接近她，竟用问题的方式。

“我不会，有什么问题我能比你更懂呢？”她平静地瞅了他一下，高大的个子，手里拿着一个本子，讷讷地站着，“对不起，我正忙呢。”她拿起本书装作看得用心，他只好走了。

他送过她一块丝巾，是他去北京领奖时买的，鹅黄色的，用一张报纸包着，他放学时在车棚胡乱地塞给她。

“我最不喜欢黄色了，而且，我脖子不够长，戴丝巾不好看，谢谢你。”她若无其事地把丝巾放回他的车篮。看他的失望、沮丧，有些心疼，转瞬提醒自己，一个男人的爱，是得不到才最好。

困难越大，他越起劲儿，每天下自修，都暗送她回家，她，就干脆搭一个追求者的摩托车，在他面前风驰电掣，绝尘而去。他主动过来给她补习，她没拒绝，但是一会儿就轻轻地打了个呵欠，“我听得好吃力，你的口齿再清楚点儿就好了。”见他黑着脸离去，她一阵快意。

高考后的暑假，他正式约她，约了四次，她都说没空儿。最后一次，同意在北山冰室，但是她，让他等了一个晚上，没去，还是没去，他气得喝了好多酒，不会喝酒，喝出个胃穿孔，在医院里躺了十几天，女友拉她去探望，他憔悴地躺在病床上，犹自负气，她无辜地轻叫：“哎哟，那天晚上我忘了，真是对不起啊！”然后甜甜地笑着看他，她看见他的眼神再次软化。

北山冰室早就杳然，而今那里是一座大厦，底层有宽大的玻璃窗，行人可以看见里面，那铺着绿格子台布的方桌，闲闲的几个男女，面前淡色的咖啡杯袅袅升起的热气，现在这里叫绿岛咖啡语茶。

那天几个女同学出来坐，聊起当年，语气里对她仍是激赏。

“你当年杀周渊龙可是够狠啊！”

“真是大快人心，瞧他后来那一脸晦气。”

杨佩恬淡淡笑着，“不是他想要什么就有什么吧，哪有那么容易的事。”

“他可是从来没遇到过挫折啊，你就是他的心头恨，哈哈。”

“听说他后来上了清华还去找过你，你就一点儿也不动心？”

“其实周渊龙除了有点儿狂，条件还真不错，他后来去美国读博士，好像没再回来过。”

“不知道他会不会娶个鬼妹呢？”她们猜测着谈论着。

3

他是来找过她，春天，晚上，下了自习，她抱着书回宿舍。

“杨佩恬。”他在一棵相思树下叫她，黑色风衣，头发很乱，神色很累，但眼睛炯炯有神。

她惊喜极了，且不及掩饰地跳过去，一把推他的手臂，“你怎么会来！”

他那样深地看着她，欢喜又有些艰难，但还是说出来：“我很想你。”

她半低着头笑了，浑身满是那轻暖的温柔的喜悦。

他们先在操场上坐着，他是旷了课，坐了两天的硬座，来看她，来讨一句话。

她笑着听他滔滔不绝，容他坐得很近，容他的汗酸味，容自己难得的温柔乖顺，满天闪亮的星子，她在心底偷偷对自己说，就缴械投降吧，输给他，只输一次，那不是自己甘心地、幸福地输吗？

夜色如水，春寒料峭，她只穿了件薄薄的嫩黄色连袖裙，不自禁打了个喷嚏，望望他，仍然说得兴起，她半是暗示半是撒娇地说：“人家冷死了，怎么办啊！”

然而他却很好笑地说：“你们女孩子，就是娇滴滴，打个喷嚏也大惊小怪的。”只是这一句，那么蠢，不会用他的手臂和胸膛给她送炭，连立刻脱下件衣服给她披上的颖悟也没有。她的不快就是从这个细节开始的。

他是被人宠惯了，根本就不会想到别人的立场和需要，遑论去关心宠爱？可是，一个女人的矜贵和快乐又怎能少了被宠？她有点儿后悔今晚的退步，男人，都有点儿贱，一放松警惕，就会对你轻慢。

后来他们去逛夜市，在学校后门的小街上，有好多大排档和地摊，熙熙攘攘。

他走得快，是无意识的，她走得慢，却是有意为之。他常常把她丢了好远，才发现，才肯停停找她，她想，他的眼里还是只有他自己。

有一个地摊，十几岁的中学生，埋头在地上用白粉笔写自己的悲惨家世，围观的人很多，也只是袖手而已。

他却满口袋找钱，统统放在中学生空荡荡的钵子里。

她低声提醒他，“这种事，你也信吗？”

他认真道：“如果有天轮到咱们呢？这种事，不得已谁会这么干啊！”

他的聪明还是少些生存的世故，她并不欣赏这种盲目的善良，而且，还嫌不够，又爽性褪下腕上的电子表。

“你傻了，这块表是你用奖牌和李成喜换的呀！”

“给他算了，我都戴腻了，赶明儿有钱换个新的。”他随随便便地说。

这话听了很伤心，对表的态度，未尝不可拿了参照，想要的时候使出浑身解数，千方百计，到手了，腻了，就能随随便便地给人，她越来越警醒，虽然这警醒令人丧气。

也许，她的价值，是不让他得到。她悲伤地却越来越清晰地肯定，不能，不能投降。

在一间大排档的桌前坐下，热乎乎的鱼片粥端了上来，他是真的饿了，有情是不能饮水饱的，就忙乎乎地盛来吃，她冷眼看着，这个人，是先盛给自己，现在已经如此，以后呢？是因为爱他，就无止境地让步、将就、被动、忍让、牺牲？爱得比较多的人，永远被亏欠，尤其是女人。

还因为，杨佩恬的骄傲，从来不曾少于他周渊龙。

“明天我不能陪你去玩了，我也建议你早点儿回去，旷课太多总是不大好。”

他讶异于她突然的冷漠，他还是大意，不曾注意在回来的路上，她一直沉默。

“怎么了？今晚我们不是很开心吗？”

“你也许误会了我的意思，我只是——毕竟是老同学，我的意思，我们只是老同学。”

“你该知道我喜欢你！”他急了。为什么只有他痛苦、他急的样子才能让她放心？

她从容地一笑，“没有这样的逻辑，你喜欢我，我就要喜欢你。”

“为什么，你就一点儿机会也不给我，你希望我怎么样呢？”他无助如一个孩子，“我只喜欢过你一个，我不知道怎么办才好，你希望我怎么样呢？”

她心里一酸，表面上笑得更云淡风轻，“周渊龙，别说这些，好吧？”确信姿势优美地转身，“我得回去，宿舍马上关门了。”

“你难道从来都没在意过吗？”他无望地问。

她顿了顿，回头嫣然一笑，“何必要知道呢？”说完就轻轻跑起来。那晚她穿着嫩黄色的连袖裙，她以前骗了他，黄色才是她最爱的颜色。她知道，从周渊龙的角度，那是绝美的背影，飘若惊鸿，离散的长发，翩跹的裙裾，美丽而且悲哀——-永远不是他的。

笑且流泪，她想，也许这是让他一辈子都爱她的，最好的办法。

4

聚会散的时候，手机响了，是刘俊的号码，她得意地笑笑，故意不马上接，响了四下，才闲闲地接起说：“喂，你好，我是佩恬。”

对方沉吟了一会儿，说：“佩恬，我有事对你说。”

连对不起也不先说一声，想蒙混过关，她有点儿生气，“什么事？”

“我想了一年多了，考虑到孩子，一直没同你商量，但这样下去，不行。”刘俊的语气平静得让她发慌，“其实咱们的感情坏成这样，再下去也没意思了，对孩子也不好。”

“阿俊，这样的玩笑下次不许你开，妈妈给你做了你最爱吃的炒米饼，我明天就回去，好吗？”她强装镇定。

“佩恬，你知道这不是玩笑。”

“我知道我架子大，脾气不好，是我错，总是挑剔你，对不起嘛，你就别生气了，嗯，好不好，好不好嘛！”

“咱们还是分开吧。”

…………

“分开来好。”

…………

“我起草了协议书，这段时间我们都能各自冷静一下，想想将来怎么走。”

“是那个王海燕对不对，你休想，回去我就找她算账！”

“与旁人无关！”

“我早知道她勾引你！”

“怎么不想想你自己！”

“我怎么了？我对你怎么了？”

“你对我好过吗？你关心过我吗？你爱过我吗？”

她一时语塞，“我不爱你怎么会嫁你？”

“你只爱你自己！永远高高在上，我不是太阳，无条件地给，我也有要求，我也要回报。”

“那……那你也得给我个机会。”

“佩恬，算了。”

“不，不，我会尝试着改变。”

“我下周要去香港参加一个年会，估计要一个月回来，我的东西已经搬走了。”刘俊叹了口气，重新平静下来，“你还是先看看那份协议，不满意的部分，可以修改。”

“我不会看的！我要撕掉它！我不会同意！不会！不会！不会！”她歇斯底里地喊，对方的电话断然挂掉。

连刘俊这样的男人，都会有今天，她又气又恨又痛地边走边哭。

选择他，当初，还不是贪他肯无条件地对她好？心细如发的男人，体贴入微的男人，把她捧在手心里怕化了的男人。

只有一碗粥，刘俊怎么饿也会给她一个人吃。冷了，大冷天就是剩下一件背心，刘俊也会毫不犹豫地把衣服全脱给她穿。累了，刘俊就背她，大街上往来侧目，他浑不在意。她喜欢一件衣服，刘俊一个月不吃肉省下钱买来给她。结了婚，所有的家务，都是刘俊做，她看电视，他拖地；她早下班，宁肯闲得睡觉，也要等刘俊回来做饭；带孩子，除了月子里她喂了几口奶，其余的，冲奶、换尿布、哄着睡，都是刘俊，还是刘俊。有时她想，这些，是周渊龙不可能做的，爱不爱，在切实的生活上，又有什么不同？

刘俊欠她的，谁让他爱她那么多，她的福气。

嫁给他，是舒服的，惬意的，无忧无虑的，坐享其成的，被爱的好处。

只是这安全满意，原来也维系不长，她始料未及。刘俊懒了，长脾气了，摆架子了，想从奴隶到将军？做梦！她何曾认过输的，吵得多了，感情坏得无法修理，等谁低头来修？事实上，他们已经分居一年多了。

还是因为得到了，就不再稀罕了，男人都贱。她好恨，又忍不住阵阵难过。

超出估计的事态发展，下步，怎么走？

5

次日八点，明娴打电话来，心情低落，不接，电话却不依不饶地顽强地响。

“你干吗啊！”

“佩恬，你知道谁回来了？”

“关我什么事啊！”

“就关你的事！你记得吗，我们昨天说谁来着？”

“啊？”

“周——渊——龙，他从美国回来了！”

“是吗？你怎么知道的？”

“你忘了，他姐住我家隔壁。哇，他好帅，潇洒，稳重，而且他现在在美国一间跨国大公司任副总裁，说是明年回来负责亚洲区的业务开发呢！”

“哦，他全家都回来吗，不会真的娶个鬼妹吧！”佩恬淡淡地调侃。

“呀——他还没结婚呢！”

佩恬的心突突地跳着，“不可能！”

“是真的，他姐说，他想回来找一个。我看他还对你念念不忘吧！”

“瞎说。”

“难讲，他昨晚一见我就问你，还要了你的电话呢！”

“你都和他瞎说些什么啊！”

“我警告他，少胡思乱想，我们的校花嫁的老公不知有多好，生活不知有多幸福！”

“哦——”佩恬若有所失。

“你要不要记一下他的电话，什么时候老同学聚聚。”

“我要他的电话干什么，我哪儿有空儿打给他。”

“我想把我表妹给他介绍介绍，可是个金龟婿啊！到时候你可得帮忙美言几句啊！”

…………

这消息冲淡了刘俊电话带来的忧患。他回来了，而且还是一个人，她的心乍惊乍喜，整一天都不知干些什么好，时刻神经过敏地守着电话，然而他没打来。

第二天，也没有。

第三天，又是一天。

他怎么会打来呢？还有什么理由值得？当年她的决绝，对他足矣。可是她想念他，这个时候，纷乱中，十几年来从未试过这么强烈的、婉转的想念，她是否该让他知道，当年他要的一句话，真实的答案。

第四天傍晚，他终于打来电话。

“佩恬，是我，周渊龙。”他的声音，清晰，沉稳。

“哦？周渊龙——啊，我想起来了，是有这么个同学。”她天真地惊喜了一下。

他笑了两声，“好久不见了，我一直在美国。”

“你什么时候回来的？”她随随便便地问。

“二十四日，后天又得走了。”

“这么忙啊。”

“都是俗务，我，想见见你。”

她的心跳怦然。

“方便吗？相夫教子，定是很忙吧。”

“嗯，是挺忙的，我尽量抽时间看看。”

“那好吧，明天晚上，北山下的那间什么啊……啊，是绿岛咖啡语茶，离你那儿较近，八点好吗？”

他学会征求别人的意见了。

“我尽量。”她笑眯眯地，淡淡的语气。

6

她一夜无眠，像个刚恋爱的女孩。

她拿捏不定他的意思，所以也拿捏不定，到底以什么样的形象出现。婚姻美满的幸福女人，来加深他的失落感？深情款款的怀旧恋人，来唤起他初恋的甜蜜？还是有机可乘的寂寞妇人，来鼓励他抓紧机会，重拾旧情？而千真万确的，这是她的机会，这是她唯一用心爱过的男人，也爱过她，从前她不肯俯就去爱，现在不同，她愿意投身让步、将就、被动、忍让，她愿意为爱牺牲。何况他，如今是那么优秀。

这一天，她很忙，小城的美容院虽然简陋，紧急时刻，毕竟聊胜于无，从头发到脸、眉、眼、指甲，都修葺一新，腰间的脂肪也“烧”了一次，不知烧掉多少，反正她自觉轻盈。

她本来想穿黄色上衣，她的肤色白，黄色年轻细嫩。但黄色膨胀感太强。灰色有气质，但显老。挑来挑去，她决定穿黑色，收身，而且有神秘感。

她很早出门，早于八点，虽然近，还是打的去。到了门口，想想不妥，就让司机把车停在路边再多坐一会儿，太准时，岂不是显得急不可耐？

她看到他了，他准时到，穿着条纹的休闲衬衫，胖了些，但恰恰好。他那么玉树临风地、翩翩然地推门进去，自信、从容，所有人都在看他，太过卓尔不群的气质。

时间，给他的，都是最好的，成熟、味道、智慧、内敛，他不见老，三十五六岁，看起来不过三十，他优雅地拉开椅子，端然坐落，眼神温和睿智。

她蓦然心酸，他不会知道，时间，拿走的，却是她最好的。

不能再见，绝对不能。

她在黑暗的车里，他在明亮的屋里，她不会让他看见。

他等急了，有点儿坐立不安，电话不断打来。她故意不接。

司机不耐烦了，“我还有生意要做呢！”

“我今晚包你这车，一百块够吧。”

“要一百五吧。”

“算了算了，待会儿给你。”

一个钟头过去了，她这么定定地看他，仿佛要把这一辈子看完似的。他站起来，欠身望出来，又懊恼地坐下，为什么只有他痛苦、他急的样子才能让她放心？

他又一次打电话来，她接了。

“佩恬，你没事吧，怎么还没到？”

她怔了一下，语气夸张，“噢——对不起，我忘了，我刚才去接我先生了——对不起，不能赴约。”

“那算了，不打扰你了。”他的语气掩饰不住失望，她是他的挫折，永远都是。

而他最后的印象，便永远是当年春夜她绝美的背影，飘若惊鸿，飞扬的长发，翩跹的裙裾，美丽而且悲哀——永远不是他的。

回来的路上，她笑且流泪，也许这是让他一辈子都爱她的，最好的办法。

司机打断她的思想，“肥姨，你在哪里下车？”

萤火

他把眼光放出去，茫茫的海，茫茫的天，天地无限大，在眼前。

1

黎东累了。

刚好这一刻办公室静极，晚冬的落日，大幅大幅的金黄，从十一楼落地玻璃的细薄窗纱透进来，铺了一桌子。

这一刻很好，女友曾黛的电话尚未通缉，老板娘珍姐的专线且不催命，分秒勤于补妆的小秘书黄蔷还没找到下一个借口敲门，隔壁办公室的女同事赵钱孙李等也忘了来借东西。

他攒着眉头笑一笑。

世界上就是有这么命好的男人，不过是长得帅一点儿，脾性体贴一点儿，脑筋精灵一点儿，事业上能干一点儿，就有那么多女人靠近倾心了，不怪她们目光短浅，只怪好男人太少吧。

他女人缘好得出奇，身边从不寂寞，不知他很多时候，就想寂寞寂寞，如此刻。

黎东站起，向窗而立，伸直长臂，拥抱这长河落日。

偏偏这时门就敲响了。

细细碎碎，犹犹豫豫，未语又停留，只有女人才这样敲门。

他有点儿烦，进来吧，听门响，听脚步轻怯，女人。他故意不回头，淡淡地问："有事吗？"

来人停了一会儿，道："黎经理，对于这个季度的预算，我有些不同的看法。”

声音轻轻的，语气有点儿紧张。

他内心轻笑，她们总有不同的借口敲门。

他累了，他没有义务总是陪她们玩，于是好像较上了劲儿似的，偏不回头。

“你把意见放桌上吧。”

脚步停了停，她走了，带上门的最后一刻，黎东不经心地回头瞥一眼，白色洋装的背影，瘦瘦小小，并不眼熟，也不扎眼。

桌子上并没有留下什么意见，黎东又是笑笑。

走出来时，秘书黄蔷刚端着一杯咖啡回来，皱皱鼻子甜笑，“黎经理，刚想给你送去。”

“原来你走开了，难怪刚才有人来我都不知道。”

“哦，是苏荧吧，我刚才看见她过去。”黄蔷撇嘴，“她能有什么大事啊，小眉小眼的一个人。”

黎东扬扬眉毛，笑笑。

2

周五例会，三大部门的员工济济一堂，公司的新楼盘就要上市，老板娘发话，给我拿个新鲜热辣的营销方案出来！

自由发言时间，人声涌涌。

黎东兀自锁眉权衡，黄蔷忽然凑过头来，扑哧一笑，“黎经理，你看那个，那个不就是苏荧吗？”

黎东随便看过去，规划部那边，几个女孩子呢。

“那个，穿咖啡色毛衣的，一根竹棍似的，还梳辫子呢。”

那个苏荧确实很平淡，小脸，细眉眼，却很庄严自若，两条麻花辫子垂在肩上，像民国时代教会女校的小女生。

但黎东厌烦黄蔷的嘴碎，“那又怎样？”

“不自量力啊，不识趣啊，说出来你会笑死。”黄蔷兴致勃勃，“她看上你啦！没事就上来问这问那，想找理由见你，我全帮你挡了。”

“人家也许真有事。”黎东随口说句，没兴趣睬她，低头翻资料。

黄蔷继续，“她们十楼规划部的事情，与我们销售部何干，她们没头儿啊，我们何必蹚浑水？再说啦，她一个新丁，哪儿也没轮到她讲事吧，我们经理忙着呢！”

黎东装作没听见，也不放心上。

散会，他收拾好材料，起来整整衣服，抬头看。

那个苏荧正在等他。

黄蔷的比喻虽然刻薄，但苏荧的确细瘦，全无发育迹象似的，两条麻花辫子愈发显得单薄伶仃。

眼下这女孩好像鼓足了勇气似的，双颊微红，细眉眼微亮，等他。

“有事吗？”他淡淡的，却不停步。

她只好紧跑两步跟着他，“黎经理，我很想调到销售部工作，我觉得更有挑战性，我很想锻炼一下自己。”

黎东笑笑，径自往前，“这我做不了主啊。”

“你能的，谢副总说要看你要不要人。”

“你学什么的？”

“南开建筑系。”

“很好，规划部最需要这样专业的人才。”

“可是我不喜欢规划部，我想跟着你干，跟着你学点儿东西——”

“记住，是公司需要你创造什么，不是公司为你创造什么，好啦，就这样吧。”黎东在办公室门前挡住了她，不管她的欲言又止。

点点头，潇洒推门进去，心里有些浅浅的骄傲，和浅浅的轻慢。

连他自己也要承认，自己的神气是女人惯出来的。

然而这一天还不算完，很晚他才下班，一手插了裤袋，一手悠荡着钥匙去取车，嗬，空旷的停车场，那个小小的苏荧，抱着细瘦的两肩，怕冷似的，低头在那儿转悠。

“你不是在等我吧？”他语气戏谑。

苏荧“呀”的一声惊喜点头，“黎经理，你这么晚才下班啊，我等了你好久。”

他鼻子里哼了一声，只顾开锁。

“黎经理，如果我这次能拿出一个很棒的营销方案，你会不会接受我？”苏荧期待着，细眉眼里也有自信。

“好啊，也许。”他急于摆脱她，匆匆上车，关了车门，客套地连一句“上车吗”都省了，他自己的解释，何必给她希望，那才是害她深陷呢，也就心安理得地绝尘而去。

公司大楼前，他在后视镜里看到财务部的主管会计冼冰，想了想，把车倒回去，摇下车窗，沉着地叫她一声：“冼小姐。”

冼冰显然有些吃惊，她是个拘谨慎言的老姑娘，常年一条褐色花纹的丝巾守着颈子，好像守身如玉。

黎东笑了，传说中最杀人的微笑，浅浅地挂在唇边，恰当的温存和恳切。

“冼小姐，这儿不好等车，我送你，好不好？”

冼冰脸颊微红地点头。

3

年后的房市多少有些淡，新楼盘地段偏远，如何夺人眼球？

交来的方案多、长、大、旧，看得人可恨，晚上十点，该是曾黛走秀的时间，仿佛见伊人纤纤袅袅，眼睛茫然地搜索满纸的铅字，黎东有点儿分神。

忽见纸上有个“黛”字，他眼前一亮。

再定睛看——

“黛瓦、马头墙、翘檐短亭、小桥院落，以中国式建筑和传统园林风格，打造优雅的东方情调家园。”

新！他击案叫好，急急看下去。

“这里不仅是天地相接，房树相映的居所，更倡导家人和睦、邻里和谐的亲情，力图把楼盘打造成蕴涵着浓厚的中国传统人文思想、洋溢着中国式亲情文化的社区——‘小桥流水人家’。”

太好了，这是谁的脑袋啊，他去找签名，笑容僵住。

苏荧。

“小桥流水人家”楼盘的营销方案正火热进行中。

珍姐很是欣赏，只是她把功劳记在黎东账上。

早春二月，苏荧的方案没有忘记这个，方案中早有“寻找春天，放飞希望”的活动。

一大早黎东就忙着开会部署，走廊上步履匆匆，险些就把苏荧撞翻，她瘦小，又穿咖啡色毛衣，不注意看还以为是扫帚杆。

“黎经理，那我什么时候过来上班呢？”苏荧语气轻快地问，眼里闪着点点的活泼。

“这个不好说啊。”黎东推搪，“人事关系的事情不是说动就动的，当然，你的方案做得不错。”

她眼睛一眯笑了，这是黎东第一次见她笑，满脸的喜气，纯粹得像孩子。

“你说不错我太高兴了！”

黎东也笑笑，“你是有潜力的，有潜力在哪里都能出成绩。”

“可是我就愿意在你那里工作，我就想天天看见你。”仿佛受了鼓励，她热情地抬头望着他说。

黎东收了笑容，“好啦，我在忙，‘寻找春天’那个活动还有事情开会布置。”

“那我跟你去不是正好？”

“嗯？”

“我的方案里不是有一个主持人春天姐姐吗？”

“那个我们已经有人选了。”

“为什么不是我？我最了解过程。”

“我们需要一个外形更好的女孩，你知道，这代表公司的形象。”这话有点儿狠，但黎东还是说了。

苏荧脸红了一下，还是平静下来，“形象我无法改变，苏荧就是这个模样嘛。”

黎东笑笑便走，回头补上一句，“对了，咖啡色不适合你，皮肤白的人穿着更好看。”

“这我知道，就因为太喜欢这个色，忍不住天天穿，也不计较好看不好看。”苏荧并不在意。

黎东暗暗摇头。

4

情人节那天下了几点冷雨，但是不影响销售部女孩的热情。

一大早，她们的桌子上，成排竖立的文件夹间，斜斜插着一枝玫瑰，新鲜娇嫩，还有露珠。

这是黎东送的，人人有份，外加温馨小卡片，短短一句，但人人不同。

权当是大众情人对各人心思的回报，得体、讨好又不乏柔情。

女孩子们互相争看黎经理写给别人的话，叫着，嚷着，半真半假地含酸着。

部门里的气氛很好，工作效率很高，下午四点黎东就放大家回去过节。

曾黛开了新车来接他，两个人逛街吃饭，男欢女爱，直到晚上十一点。

次日曾黛要去上海登台，早早要起，她娇娇地推黎东下床，“你回去吧”，妆都没卸就趴着睡了。

黎东在玄关换鞋，隐隐地曾黛的手机响起，马上被按停，曾黛软软地喂一声，忽然停住，试探地隔着卧室门叫两声“黎东，黎东你走了吗”，见没人应，遂对电话那边哧哧笑了起来。

黎东出门就觉着冷，雨是止了，但地上水渍斑驳，倒映着霓虹灯影，反而加倍冷清。

曾黛住得离公司近，他索性跑过马路回去取自己的车。

走近汽车的时候，突然有人从地上站起来，把他吓了一跳。

“是我，黎经理，你总算来了。”又是苏荧，她穿着一件薄风衣，鼻音很重。

“半夜三更，你在这里又要干什么？”黎东本来就有点儿困倦无味，语气不悦地说。

保安老伯在周围转悠着扔下一句，“她下午五点就在这儿等了，电话又不打。”

“我有东西送给你啊！”苏荧热切地把贴在胸前的粉红色小盒子捧出来。

“什么东西，明天给不行吗？”

“不行。”女孩固执地说，“今天是情人节。”

“你不是要送巧克力给我吧？”他戏谑地笑了一声，“我今天已经收够了。”

“可这份巧克力是我自己亲手做的。”她急急忙忙地说，“我用易拉罐做的模型，用鲜奶油和德芙黑巧克力熬的浆，里面还有酒心和栗子——”

“好啦，你看日剧看多了，你以为这能代表什么？”

苏荧止住，眼睛定定看他。

“我有女朋友了，你见过吗？本省最漂亮的模特儿！你以为你做这么多事情，我能给你什么承诺？”黎东不耐烦了。

“可是我从来没要求你怎样对我啊。”苏荧定定看他，一脸无辜的样子。

“小妹妹，别浪费你的时间了，还有我的。”

苏荧摇头，“我知道你有女朋友，我知道很多人喜欢你，但是与我何关？”

她低下头，两只手反复把弄着那个小盒子，“我喜欢看到你，我所做种种，从来不是想有什么企图，只是因为喜欢，喜欢就喜欢，又何必装模作样掩饰躲藏？”

“喜欢一个人让我快乐，这样就很快乐。”

她抽了一下鼻子，打了一个大大的喷嚏。

黎东有些不忍，伸手摸摸她的背。

“我不是哭啊，我是感冒了。”苏荧用手背揉着眼睛鼻子说道。

黎东暗里叹气。

5

只是那晚之后苏荧不再来找他。

黎东以为他的拒绝多少伤了她的心，就像一个初看世界的孩子，单纯而无忌，猛然被骤雨淋个满头。

他实在是没什么时间抱歉，洗冰偶然告诉他，谢副总的秀水居账目发现了问题。这是个机会，可惜珍姐在他面前提也不提。

四月里的一天，春夜迟迟，加完班坐电梯下来，十楼门开，进来的竟然是苏荧。

她是真的惊喜，眉眼里都装不下似的，“嘀，黎经理，见到你真好。”

春天的碎花薄衬衣显得她清秀，笑起来小脸绯红，又无端有些动人，她哪里有什么受伤、尴尬、避之不及的样子。

黎东竟有一点儿失望。

“好久不见了。”

“没有啊，我经常跟在你后面看你取车，你不知道罢了。”她欣欣然地说。

黎东苦笑，换了话题，“你也加班，这么晚？”

“对啊，公司要开发海陵的南朋小岛，我们做规划图。”

黎东问：“是谢副总负责的那个项目吗？”

“以前是的——唉，真希望这电梯再慢些。”

“为什么以前是——”

“我从来没有试过啊，和你，两个人，单独相处，这么近的。”

一楼到了，黎东未及问完，苏荬又说：“挺高兴的，今晚，好啦，我不浪费你的时间。”

眼睛一眯笑笑，动如脱兔，已经先跑出去了。

黎东站着不动，想想拨了个电话，语气低沉温柔，“珍姐，在哪儿？饿不饿，我买夜宵上去，想吃什么，西米木瓜，阿基牛肉面呢？不远，不远，没问题，你等着，半小时内到——对了，披件衣服，晚上有点儿凉。”

深吸口气，小跑着去车房。

6

投资上亿元的南朋岛世外桃源系列工程，现在是黎东跟进了。

六月里他要亲自去岛上做个私人考察，带了秘书黄蔷和工程师小江，这回是珍姐说的，规划部的苏荬，你得带上，她会说海话，又懂行，能跟原住民交流。

黎东沉吟了一会儿答应了，却不由得叹，这小妮子聪明啊，学会找老板娘说事了啊。

前一天，珍姐到办公室等他。

黎东推开门，珍姐背光半坐在办公桌上，吸烟，只看到轮廓和袅袅飘散的烟。

他有点儿嗔怪地，“你又抽烟了，总是不爱惜自己。”

珍姐一笑，“你去南朋，给我带样东西吧。”

他笑，“这世上还有你得不到的东西吗？”

珍姐跳下来，行近两步，撩开耳畔染成栗色的卷发，露出耳环。

“这珍珠耳环是老郑刚结婚时送的，他就送过这一次，当时还是去海南挑的珠子。

“左边这只摔坏了，你去南朋给我挑一只回来，听说那儿的珠子好。”

“这还不容易。”黎东打量了一下答应道。

“真的啊？”珍姐再走近些，用指尖轻轻在黎东拇指指甲上画个圈儿，“要这么大的啊。”

黎东笑了。

驱车半日，他们先到了海陵岛，避开地方官员，找了宾馆，泊了车，又去码头找船，好不容易联系了一只机动船，打算次日一早出海。南朋在南海外沿，风高浪大，长着金鱼眼的船主咬死价钱不肯放，还说一定要当天来回。

晚饭当然是在码头吃海鲜，四个人，黄蔷和小江活泼又好奇，什么都想试试，苏荧背着一只小背囊，一派自若的样子，并不多话，只专心负责用海话和本地人讨价还价。

席间有渔民担着挑子过来，竹篓里是新鲜的海贝，没见过的，个儿奇大，有柳条状的彩色花纹。

黄蔷和小江果然吵着要吃，黎东也被怂恿得好奇，就要苏荧讲价，苏荧慢吞吞地要了三个，价钱倒是不贵。

店家拿去厨房清蒸，黎东问身旁的苏荧，“怎么要三个，你不吃吗？”

苏荧笑着摇头，“我不吃了，我已经很饱了。”

待得海贝蒸熟上桌，黄蔷、小江马上动起来，啧啧喊鲜，黎东一手捏着贝壳，吹着气正要将嘴巴凑近，冷不防苏荧的塑胶凳子一滑，半个人撞在黎东身上，黎东手里的熟贝应声落地，汤汁泼了一手。

“这么投怀送抱啊！”黄蔷尖声笑她。

苏荧脸微红，迅速起来，码头风湿，地上的确潮腻，塑胶凳子又的确易滑，黎东不好发作，只用力擦手。

饭后逛夜市，镇上最大的珍珠养殖店里，黎东选了一颗最好的珍珠，真的很好，来自一只年头最久的老蚌，饱满浑圆不愧珍珠之王，洁白莹润天然，不经加工，却全无微瑕，当然价格不菲，且独此一颗。

他又买了些黎族女子织的锦囊，薄薄的纱，滚着一道道的彩边儿。

苏荧在旁边轻轻问：“你为何要买这么多锦囊？”

“唔——送人啊。”他答，一边从办公室到财务部地心算着，要多少份小手信。

他把珍珠放在一个最漂亮的锦囊里，倒是相得益彰，他笑笑，顺手揣在身上。

7

该是那柳条花纹贝之功，黎东、苏荧没吃着倒好，半夜里，黄蔷和小江却吐个翻江倒海，第二天，面黄脚软地躺在卫生院输液。

无奈，船又不好找，只好黎东、苏荧两个人去。

风大浪高，白浪飞溅成水屑，扑了人满身满脸，一路无话。

南朋是个半荒岛，岛上并无常住居民，从前有个养殖场，现在已经荒废了，镇政府去省城招商，公司签了协议书，想借这岛上的山海沙石，造一个世外桃源的别墅群。

他俩一前一后地上岸，天上的云不知什么时候厚了，风似乎也大些，金鱼眼船主有些忧心忡忡，一手遮了前额眯缝着眼睛看天，叽里呱啦说着什么，苏荧翻译道："他让我们快点儿，这天像是有风雨。"

黎东不以为然，明明东边还阳光万里，哪能说变就变？估计是想早点儿回去再做一单生意。

岛上灌木丛林繁密，黎东在前，摄像机取景，苏荧跟在后面，用仪器测量数据。

林中荆棘处处，偶尔黎东拨开树枝，让苏荧先过去，高低错落之处，偶尔拉她一把。

苏荧良久不语，好像不经心地说了一句："谢谢你啊。"

黎东忙着，"唔，谢什么？"

"这一路的照顾。"

"你们女孩子娇生惯养的，这是男人应该做的吧。"

"但你以前从没有这样对过我。"苏荧轻呼道。

"那——那我岂不是也要谢你。"黎东转了话头。

"又谢我什么啊？"

"要不是你撞翻了我的海贝，我可能也在医院躺着呢。"

"我不是故意的——"

"我说你是故意的吗？"

一时无话，又继续专心工作。

忽然从林里游出一条小蛇，黎东啊呀一声骇得疾走，脚步杂乱，绊了一块石头，重重摔倒。

苏荧却很沉着，折了根小树枝，轻轻引开蛇头，那蛇径自去了。

"只是条过路的雷公蛇，一般不伤人。"苏荧笑着安慰他。

"我天生怕蛇。"黎东惊魂未定地爬起来，马上检查摄像机。

“你的东西都掉了。”苏荧蹲在地上，把黎东的钱包等零碎物件一一拾起递过去。

黎东忙着测试机器，一把抓了，随手揣在身上。

“刚才你那么惊天动地的，反而吓得那蛇咬你，要是咬你啊，那就得天上打雷才肯松口呢！”苏荧有些顽皮地说。

黎东紧张地看地下，“那要是几天不打雷呢？”

“那倒未必，未必这会儿就不打雷。”苏荧下意识地看天。

话音刚落，真的有隐隐的闷雷自云外响起，天上的云，不知何时已经沉沉地压将下来。

“咱们快走吧，要变天了。”黎东扯了苏荧便跑。

岸边船主已经发动了马达，鼓着金鱼眼，急得乱挥手臂，用海话喊：“快！快！快！”

两人急急忙忙上船，喘口气，黎东掏出手机看时间。

苏荧随口问道：“东西都带上了吧，没丢什么吧。”

黎东下意识摸摸口袋，掏出钱包、钥匙、装珍珠的锦囊，锦囊在，可是绳子不知怎么松了，里面瘪瘪地空着，“糟了，我的珍珠呢？”

“不在宾馆吗？”苏荧冷静地启发，“是不是没带在身上？”

“一直在身上！”黎东翻着口袋，“就是怕宾馆不安全，我才带在身上。”

“会不会掉在哪里？”

“肯定是刚才——”黎东说着已经跳下船，“再等五分钟，马上回来，最多我加你钱！”

船主大声叫喊，不知他喊什么，黎东只管狂奔，那珍珠是不能丢的。

8

黎东懊丧地跑回来，没有，不知什么时候掉的，又没时间仔仔细细寻一遍。

算了，只好去镇上找一颗逊色点儿的吧。

抬头找，船呢?

船走了，黑云压头，天暗，风涌，浪奔腾。

只一个瘦瘦怯怯的苏荧，挎着摄像机和背囊，情急地向他跑来。

“他不肯等，连剩下的船资都不要了。”

这下，刚才的气，这会儿的怒，也好像要风云际会，愈见这女孩担忧关切楚楚可怜，愈是忍不住要把火气引发向她。

“你是死人还是猪！你让他跑了，你没脑子，你弱智啊！”他舞着手臂，狠狠地骂。

苏荧的脸慢慢红了。

“我看你怎么办，这个鬼地方什么都没有，我看你怎么办！”

“没鬼用的，一点儿事情也干不好。”黎东喊着，见鬼去吧绅士风度，这个破岛，现在怎么办。

苏荧没有要哭的样子，神情冷冷的，偶尔才看他一眼。

“你快点儿，快点儿打电话给我叫那只船回来，快呀！”黎东把手机递给苏荧指手画脚。

苏荧不动声色地接过手机，停顿片刻，黎东催她，推推她的肩膀。

突然，这女孩扬手把手机扔向大海，银色的手机像一尾飞跃的鱼，倏地没入海浪。

风更猛，浪更高，云更黑，有细细的水星儿偶尔触湿睫毛，不知是浪还是雨。

黎东呆住，忘了发火，只管原地站着。

苏荧平静地看他一眼，也不说话，把摄像机的背带往肩上移移，拍拍手就往岸上走。

走了好远一段路，回头大声说：“你就在那儿站着吧，一会儿潮水涨上来，你等着变鱼吧！”

黎东这才赶紧追上来。

而身后，大雨也紧紧追来。

9

好狠的一场风雨。

纵然躲在密树丛枝底下，两个人还是被浇得湿透。

雨歇，想不到即刻天便开了，阳光在绿叶上闪，不小心碰一碰树枝，千万条晶莹水线。

黎东很狼狈，他的真丝衬衫遇水，又薄又贴身，头发不再有型有款，耷下来就是个垂头丧气。

苏荧还好，辫子湿掉，就索性打松散开来晾，把湿淋淋的蓝色风衣脱下，里面还有一件小T恤。

两个人不说话。

苏荧应该还有气，一脸庄严自若，看也不看他一眼。

黎东只得主动搭腔，“这下可怎么办，你带手机没有，早点儿找人来吧，要不今晚咱们就得在这岛上。”

苏荧听着，却只顾偏着脑袋梳头发。

“我觉得这时候咱们两个人不应该存什么芥蒂，同舟共济对不？”黎东又说，想想又补充了一个笑，只是这笑此情此景看起来多少有点儿滑稽。

“你能这样想最好。”苏荧淡淡地说，“其实我大可和那船一起走的。”

黎东忙笑着说是是。

“不过——我手机刚刚没电了。”苏荧又说，“也许咱们今晚真得在这岛上了。”

她站起来往前走走，故意回头看黎东那一脸沮丧，笑了笑，“我要是你，就把衣服脱了晾干再穿，你知道你这样比不穿衣服还难看吗？”

见黎东站着不动，苏荧又道：“你也知道，刚下完雨，蛇最多，如果你不紧跟着我——”

黎东马上跳起来紧跟她身后。

这女孩披着黑油油的头发，别过脸偷偷地笑了。

午后的日光海岸，蓝莹莹的大海是情人魅惑的眼。

苏荧兴致很好，放下机器背囊，把鞋子扔在身后，拂着头发朝黎东喊：“我在石头这边游水，你可以在那边游，但不能过来，不能偷看！”

黎东懒懒地调侃，“不能偷看？难不成你要裸泳？”

“就是啊。”苏荧脸一红，撒腿往前面跑。

黎东靠在大岩石上，海风把衣服吹了半干，日头令人烦躁。

这是他从未有过的经历，他的才能和聪明，他的潇洒和风度，无用武之地，多么滑稽可笑但又隐隐地可怕，被抛弃荒岛，远离文明灯火，身边只是荒草蛇蝎，枯石乱滩，吃的住的在哪里？他心里慌，又乱，又无措，等躺在医院里的黄蔷、小江发现，再找船，至少得明天，只是眼下，只是今晚，又能怎样？

他双手插着口袋，口袋里有钱有记事本有证件，有各种各样的信用卡和贵宾卡，可是在这个天高地荒的地方，不如有一个苹果一块饼干一杯水！

既然如此，又能怎样？

他把眼光放出去，茫茫的海，茫茫的天，天地无限大，在眼前。

站起来，这莽莽苍苍好像极力敞开，等人入怀般。不远处，隐隐见苏荧的黑发脑壳在碧波里俯仰自由，一两只白色的海鸟叫着，翼尖轻擦浪花，一束束的细银鱼，忽地从海里高高跃起，又齐齐钻个无踪。

心念一动，其实自己有多久没好好耍耍了，尤其是找一个不必刻意对付旁人的，一个寂寞的地方。

他突然有了调皮的心情，脱了上衣，却跑到苏荧附近的大石头后大喊："喂，我要去那边裸泳！"

苏荧尖叫，急急潜到水里。

黎东哈哈笑着跑开，"不过我欢迎有人偷看！"

10

太阳偏西了，黎东才脸膛红红地上岸。

苏荧早编好了辫子，蹲在沙子上忙着什么。

"数沙子呢？"黎东随口打趣，"你几岁啊？"

苏荧扭头看他一眼，"你不吃最好。"

饥肠早已辘辘，黎东上前争看，几片棕榈叶子平铺，上面有一堆大大小小的海贝，旁边还有几棵什么草叶。

"怎么吃？生吃？"他皱眉。

"当然，这是我在那边捞的，新鲜的，以前那边是养殖场，还有坝基在！"

"我是怕了，等一会儿再像小江他们那样……"

"不会，我教你认啊，这些淡灰色的弧形纹，是能吃的。"

黎东多看了她一眼。

"不吃啊，看来你还不够饿。"苏荧自顾自地用小石片撬开海贝，从背囊里拿出一块巧克力，细细地削成末儿，撒在莹白的贝肉上，好像是雪地上的黑森林。

"你还带着巧克力！"黎东佩服。

"不是人家不肯要的吗，只好自己抓紧时间吃呗！"她没好气地说。

她继续津津有味地玩家家酒似的，捏起海贝，尖着嘴去吮，美滋滋地嚼着，又抓起地上的草叶咬了一口，"野生紫苏，杀菌啊。"

“好吃吗？”黎东咽了一下口水。

苏荧只是不理，艳叹着又拿起一只，黎东也忍不住下手。

巧克力的醇，海贝的鲜，紫檄的奇异香辛，在唇舌之间竟是美妙难忘的组合！

看着黎东吃得快乐，苏荧笑得很美，“等一下我还有好东西吃。”

“还有什么？”

“跟我来！”苏荧舔舔手指，站起来拍拍沙子，在前面带路，一步一跳。

另一片沙上，她在一个小沙堆前停下，扒开沙子，下面是烧焦的树叶枝子，她吹着手指头去掏，手指乌黑，洁白的掌心却卧着两个椭圆形的白色的蛋。

“呀，这是什么蛋？”

“王八蛋！”女孩咯咯地笑着。

黎东瞪眼睛皱鼻子。

“是的是的，在岩石那边我看到那只海龟生的，才两个。”

黎东马上抢过来，“太好了，还烫呢，你带了火柴？真聪明！”

“没有啊，我是用镜子反射阳光取的火。”苏荧扬扬得意。

“那你快点快点，弄个篝火今晚用啊。”黎东忙道。

两人忙看天。

可惜迟了，太阳已经沉到了海面上，红彤彤的好像喝得太多吃得太饱似的，一下子就笨笨重重地栽进去了。

11

天暗了，海上是一片黑，只有极远处的几盏渔火。

借着摄像机指示灯的微弱光线，两个人一脚高一脚低地离开海滩。

“我说，你就不觉得渴吗？”黎东唇干舌燥地说。

“水，有啊。”苏荧带他摸进相思树林。

黎东却步，“里面黑乎乎的，安全不安全啊？”

“蛇也要睡觉啊。”苏荧语气轻俏，“只要你不踩到它的枕头。”

黎东只觉得更要紧紧步其后尘。

苏荧说的水，是林子里的一块洼地，白天下了雨，积成的一汪。

光线太暗，检查不了它的透明度，只模糊感到一点亮白。

黎东踌躇，“就没有其他的选择吗？”

“有啊，要是你能忍住，明天一早喝叶子上的露水，那多脱俗啊。”

苏荧笑着，随手从树上扯了几片叶子，也不必借光看，两只手折叠几下，隐约似个杯子，她弯下腰，轻轻从水面上浅浅地斜掠了点儿水，单手递给黎东，“无非大菌吃小菌。”

黎东接过，嗅嗅辨辨，仍在唠叨，“如果喝了拉肚子怎么办？”

“放心，这岛够大，你可随处方便。”苏荧咯咯笑起。

黎东只好在暗处喝了，极力控制不去品味。

摄像机的电池快没电了，他们关了机，找了处干燥的树头，商量下一步。

“等到他们派船来找我们，至少得明天晚上——”黎东的语气又沉重起来。

苏荧打断，“我倒不在乎什么时候有船。”

黎东失笑，“难不成你想在这岛上待一辈子。”

苏荧道：“那倒不是，一晚上就好了，能有一个晚上，和你这么近地坐在一起，呼吸着一种味道的空气，你不会凶巴巴地赶我走，就好了。”

她深深叹口气，“我曾经很努力很努力地让你注意我，我曾想坐在你主管的办公室里，每天看一看你就好；我曾想和你坐电梯时突然没电，只把你困在我身边，一个小时就好；我曾想，全世界的人都睡着了，只有我和你醒着，一晚上就好——”

黎东歉然，“苏荧，你知道我并非你所想象得那么好——”

苏荧笑，“我当然知道你是什么样的人，你冷酷、自私、虚荣、狡诈，一切都从价值出发！”

黎东脸下意识地红了，在暗里，苏荧没有看到。

“可是我就是喜欢见到你，真是见鬼了。”苏荧自嘲，又偏了头问，“你喜欢过人吗？唔，或者你试过‘喜欢’的滋味吗？”

黎东心里有些茫然，只含糊地应了一声。

苏荧的声音温柔绵软，“喜欢一个人，其实非常简单非常简单，我不管你有什么女朋友老板娘，我也不管你有什么选择条件。”

夜色里她的轮廓安恬美好，“我不需要一定得到什么，我也不想那么多，只是用心，想怎么喜欢就怎么喜欢，那种快乐和活力——”

黎东不可思议，但是这女孩的自信喜悦，无意中令自己有点儿黯然。

12

树林里并不是没有光亮，初夏的林间，到处都见流萤，细细的一点儿光亮，东来西去的，好像是夜游的星星，又如秉烛的微尘。

苏荧忽然叫道：“有了！”

她站起来，往树丛里走，随手一拈，指头上已经熠熠闪了一粒萤火，她雀跃着奔过来，向黎东叫：“快快，把你那个锦囊给我。”

她一手撑开锦囊，一手把萤火虫放进去，再扬手去拈，又是一粒星子。

真神奇，她好像是个懂法术的仙子，手指轻盈灵动，眼神敏捷流畅，将满天光闪闪的星星捉放。

黎东看呆了。

几十只萤火虫挨挨挤挤，那扎紧的锦囊竟成了一束照明的光，淡淡的晕黄的光下，苏荧高举的手，眯缝着眼睛，唇角弯弯地笑，满脸的喜气。

黎东赞赏，“你完全可以参加生存大挑战，荒岛余生能拿一等奖呢！”

“哪有，只是小时候每年都到外婆家度暑假，这种地方才是我的地盘。”苏荧把萤火锦囊悬在前面，带着黎东走出丛林。

“我带你去喊海好不？”苏荧忽然提议。

“喊海？”黎东闻所未闻。

“对着大海，放开喉咙喊，能把人喊干净，以前我难过的时候，就一个人到海边喊。”苏荧往前跳了几步，昂着脖子先“啊啊啊——”地喊了一嗓子。

黎东觉得有趣，呵呵笑了。

谁知苏荧继续喊：“黄蔷坏蛋坏蛋真坏蛋！”

黎东惊奇，“你怎么骂人啊！”

苏荧回头看他一眼，更大声地喊道：“黎东讨厌讨厌真讨厌！”

黎东忍不住回敬一句大声的，“苏荧变态变态真变态！”

两人一起哈哈大笑。

夜色里的海，无限宽大，无限黑，只有卷了又落落了又卷的浪花是白的，如千堆雪。

天地如此开阔，黑夜又如此令人安心，黎东从未试过这样的松懈和放任。

他喊上了瘾，扯着脖子直着腰乱叫一通，骂老板娘老丑不要脸，骂女朋友朝三暮四不要脸，骂谢副总明里烧火暗里插刀不要脸，骂到声音嘶哑，大海回报以涛声浪涌，他一屁股跌坐沙床上，旁边，苏荧静静坐着看他，一蓬萤火在她膝上明灭。

半夜海风大了，有点儿冷。

苏荧找了一块背风的山石，两人各自坐下，萤火锦囊挂在矮树上，淡光一晃一晃的。

“或者你在我肩上挨挨，你也很累了。”黎东的声音有些温暖。

“这不行，挨上你的肩膀，我就跟别人一样了。”苏荧笑了，“咱们各睡各的，不准偷看。”

黎东笑着摇头。

海风夹着咸味来回，人脸凉潮凉潮的，黎东的眼皮有点儿重了，隐约间，听到苏荧轻轻地说了一句：“就算我长得不漂亮，但如果，能假以时日相处，你未必不会爱上我。”

黎东睁开眼，想了想，答道：“也许吧。”

那边却再无声息，只听到海潮不断地汹涌。

天快亮的时候，黎东蒙眬醒来，看到苏荧早起了，正悄悄解开锦囊，她站起身迎风抖抖，数十只淡掉的流萤争相涌出，纷纷扬扬地散到天地去。

13

有船来了！

黎东喊着，指给苏荧看，一只机动船正突突突地靠岸，船主危坐船头，正是昨天把他们扔下的那个金鱼眼。

苏荧只抿嘴一笑，手里继续编辫子。

船主叽里呱啦说海话，黎东听不懂，也不打算和他算账，怕他又掉头去了。

总算重返人间，黎东坐在船上，尽管船头风大，他仍不住地整理衣服头发，眼里过尽风景无数，心里却紧张地盘算着上岸后的工作部署，珍珠丢了，要马上找一颗，次点儿的聊胜于无，想珍姐也未必懂行，还好摄像机没遇水，资料保护住了，没白来一趟，对了，手机没了，第一时间要打电话，不知他们怎么找呢。

“其实我真的觉得，规划部不适合我。”苏荧在他耳边说。

“什么？”他回过神。

“我不想在规划部干了。”苏荧又说。

黎东坐直了身子，“其实公司经理也很受限，调一个人上下都要考虑，也不容易啊。”

苏荧不动声色地笑了，“你怕什么，我没说想调到销售部去啊。”

黎东笑笑，转过头看风景，神情凝重不可侵犯。

再后来，见苏荧和船主说笑，他又悄悄地坐开一些。

船进港，黎东第一个跳上岸，转头对苏荧笑说：“你的身手比我好，不用我拉你吧？”

苏荧一句“那是当然”，果然轻巧地跳上岸。

“我先去打个电话。”黎东急着转身。

“等等，我捡到这个。”苏荧伸开手掌，掌心赫然是那颗丢失的珍珠。

黎东惊奇，“怎么你会捡到，在哪里捡到？”

苏荧笑，“当然在岛上。”

黎东半笑着，“苏荧，我有个怀疑——”

苏荧神秘莫测地一笑，转过脸不睬他，只顾和船主结账。

14

红棉花开，又是年底了，南朋的奠基仪式刚刚剪彩，黎东——现在是黎副总经理——又忙开了。

秘书黄蔷端着一杯咖啡甜笑着进来，黎东示意她放下，没空儿说话。

黄蔷不甘心就这么出去，突然叫起来：“黎总，你猜我今天上午在机场见到谁？”

黎东没好气地道：“王菲吗？”

“不是，我见到苏荧，她从苏格兰回来。”黄蔷邀功地说。

黎东心里一动，“哦，原来她辞职去了苏格兰？”

“是啊，看不出吧，在苏格兰的爱丁堡大学读建筑硕士。”

“读建筑硕士——”黎东喃喃地说。

“不过啊，她人还是那么土里土气，真是的，连出国也去个土里土气的地方。”黄蔷嘟囔着。

黎东低了头对她挥挥手，“干活儿去吧，干活儿去吧。”

黄蔷走出去，推门时又被黎东叫住，“对了，你打电话去东海堂，让他们明天下午送一个绿茶蛋糕来。”

他沉吟着，“要五磅，绿茶酱，珍姐喜欢红豆夹心的。”

黄蔷答应着出去。

黎东仰背靠在软椅上，叹口气，一个懒腰没伸完，黄蔷转进来一个电话。

他一边放低声音，温柔地说声“喂，珍姐啊”，一边随便向窗外望去。

窗外是，年底的、寻常的、昏昏的，冬日。

云上的衣裳

那年的记忆回来了，白的绿的淡紫的旧衣裳，随着风轻轻摆起来，那些，那些云上的衣裳啊。

1

到如今，她还是喜欢逛旧货店。

旧货店，不起眼的铺面，檐很低，蹲着似的平易，又灰蒙蒙地伤感。

那些谁穿过的旧衣裳啊，每一件都是仅有的，不重复的花样颜色，不重复的时间地点。她每每不自禁地凑近，却只嗅到细细的灰尘，杂着樟脑丸子气味的惘然。

也许这世上，只有芸姐的旧衣裳，才是香的。

她记得那段长长的日子，惨白，无味，窘。

妈妈似乎很忙，忙着上班、打电话、哭泣，还有和爸爸旷日持久的离婚大战，那样顽强而凄惨的姿态。

她情愿被他们忘了，忘了，她就不必参与那些难缠的爱恨，她不要想自己的立场，她情愿自己没心没肺。

那是个抽条的年纪啊，春天来时，她惊觉自己哪里又长了一截，哪里又鼓起一疙瘩，即使没有关注和爱，即使只有方便面和咸菜的午餐，也无伤她的豆蔻年华。

也许她真是个冷心肝的孩子，那些日子，唯一的落泪，不为别的不为谁，仅仅因为一个暖日融融的晌午，气喘吁吁地跑回家想换件天热的衣裳，然而翻箱倒柜忙了半天才发现，所有的衣裳都小了。

她坐在地上就抹眼泪，确实自己是多余的，他们容她不下，连衣裳也是。

不知多少时候，爸爸回来了，他只敢趁妈妈上班时回来，拿一块手表，或者取几本旧书，提着气儿地悄悄推门进来，像个贼。

然后他看见她，有点儿无措，“呜呜，你怎么不在学校？”

她不作声，也不动。

他难道看不到，这地上到处扔着衣裳，却没有一件能穿得上，谁都看不见她长了，没人给她添新衣裳；他难道看不到，这张绷紧的小脸还有没蒸发的泪水，千万别动，别碰，别说话，一江水随时都会崩堤。

他没了主意，对于女儿，也许是歉疚，所以反而敬畏起来。

“要不，爸爸带你吃冰淇淋去，你看今天挺热的，咱们到江边去吹凉风，吃冰淇淋，好吗？”他真的没看出她长了，他请她吃冰淇淋——七岁那年哄她的方式。

她该恨恨地喊我不去，却喊不出，会喊出一腔哭来的，还有，承认吧，她还是想去的，没有新衣裳，冰淇淋也是好的。

2

那个六月的午后，她第一次见到芸姐。

天上有流云，江边的风很大，红绿黄的太阳伞下，漆成白色的雕花椅。

爸爸说介绍个阿姨给她认识，态度有些含糊，然而那个阿姨并没有给她多深的印象，即使知道那女人是妈妈的宿敌。

她注意的是那阿姨身边的女孩。

女孩静静地看她，从远到近地一直看着她浑身别扭地走来，女孩该比她大，至少大两岁，裙子真美，熏衣草那种浅紫，发带也是浅紫，束起微卷的头发，像束起一大扎花。

爸爸让她叫女孩芸姐，两个大人说了一些闲扯的话，就叫她俩去买冰淇淋。

阿姨似乎很开心地说："这回芸儿可有伴儿了。"

爸爸马上接着道："两个小姑娘一起玩多好，鸣鸣，拉姐姐的手呀。"

她没拉芸姐的手，芸姐也没打算让她拉。

她俩一前一后地穿过许多的椅子，许多的人，许多的冰淇淋摊子，不停步，也不说话。

后来就到了一个水泥钓鱼台，树荫薄薄的，好歹凉快一点儿。

芸姐站住，转头打量她，"你不热吗，什么天气，还穿毛线衣？"

她嘴犟，"我不觉得热啊。"

芸姐笑了一下，忽然伸手过来抹她额上的汗，她闪不及，涨红了一张脸。

"还不热，这一头的汗。"芸姐有点儿嘲弄地说。

她有几分赌气地离远些，一屁股坐在水泥石阶上，马上就烫得弹起来。

芸姐咯咯地笑起来，"大笨蛋，也不看看地方坐，太阳晒了一整天的，还不把你烤熟了？"

"你们初一（2）班就在我们楼下。"芸姐突然说，"我去看过你。"

"什么时候，我怎么不知道？"

"你怎么会知道，你上课下课都睡觉。"

她又脸红了，在芸姐面前，她总是有一种焦急的窘，芸姐最多高她两厘米，然而她却总是觉着自己矮得不行。

她眼睛睃着别处，语气焦躁地说："回去吧，说是买冰淇淋的。"

芸姐轻轻地哼一声："那么急回去干吗，他们巴不得我们去远点儿。"

买冰淇淋的时候，她要绿豆棒冰，芸姐却从冰柜里翻出一支凤梨夹心的明治雪糕，凉冰冰地塞进她手，“听我的没错，这个好吃，我吃过。”

钱不够，芸姐自己只挑了普通的甜筒，两人边吮边走，芸姐偶尔转头看着她吃，有些期待和邀功似的不停问：“是不是好吃？我没说错吧，我吃过的。”

芸姐推荐得很对，雪糕的确很美味。

然而她也只是淡淡地说：“一般。”

3

妈妈后来还是知道了这次“交锋”，是，妈妈用了这个词。

她想，有许多个理由让她去讨厌芸姐，她们的妈妈是对手，她们理应继承着仇恨各自为营，芸姐的居高临下、不客气、霸道、自以为是，不是该讨厌吗？

然而，她讨厌不起来。

认识了，在校园里碰面的机会就多了。

周一早上集会升旗的时候，有人拉她的辫子，恼火地回头，却看见芸姐诡笑着溜回初三的队列，这个人，山长水远地挤过来就是为了拉她的辫子！

上体育课，她练一百米起跑，刚弓起腰，就有只汗津津的手掌上来拍了一记，惊起回头，又是芸姐，笑着道：“整个腰都露了，看你这衣服多短。”

芸姐无处不在，她时刻担心这人什么时候会钻出来，她不敢再上课睡觉，芸姐随时会打窗子边经过，随时会捏起一个小纸团，嗖地命中她迷迷糊糊的脑袋，芸姐会的。

这天放学，芸姐在门口等她。

“给你的！”芸姐把一只大口袋塞给她。

“什么啊？”

“我有几件旧衣裳，你不嫌弃就拿去穿。”

“我有衣裳。”

“什么衣裳，件件都小得像包粽子，你嫌弃我立马扔了。”

她接过那个口袋，低头嗅到一种淡淡的香。

“这几件衣裳你穿了准好，本来就是个漂亮人儿，穿了就更漂亮了！”芸姐兴致勃勃地拉开袋口，按捺不住地取出一件苹果绿的半袖上衣，在她身上热情地比画着，“瞧，正好，再配这条白裙子，多漂亮！”

她不耐烦地任芸姐摆布，路过的人会说些什么呢，会说她呆呆的像个木偶，她开始挣扎，“行了行了。”

芸姐意犹未尽，“对了，明天就可以穿来，我已经重新洗过了，闻闻香不？”

“知道为啥这么香吗，我用檀香皂洗的，大太阳一晒，可香呢！”这人可真是啰唆。

她抱着一袋子旧衣裳走回家，胸怀里满满的。

这是些柔软的旧衣裳，颜色稍稍有些淡了，反而比新衣裳明乍乍的色调多了些温存，暖的，解人的，不招摇的。它们的香，仿佛干净的水、金色的阳光。

她闩上门，一件一件地穿，镜子太小，她要双手举着它，上下，前后，左右，拼图似的照全一个自己。

镜子不经意闪过她的脸，看见唇间的笑意，她是快乐的，衣裳真合适。

试够了，她用塑料衣架把它们细心地挂好，晒在阳台上。

天空朵朵白云低，不慌不忙飘过头顶，她躺在阳台的凉席上仰头看，那些白的绿的淡紫的旧衣裳，随着风轻轻摆起来，就好像……就好像是云上的衣裳。

4

第二天的课间，芸姐来教室看她。

她看见芸姐，总有些轻微的紧张，手指把运动裤的线头缠了又缠。

“你没穿我给你的裙子？”芸姐失望地说，“你不喜欢，你嫌弃是吗？”

身边有同学，她的语气不能弱，“我为什么非要穿？我又不是没衣裳。”

芸姐低了低眼神，没说什么走了。

她装作满不在乎，手指却被缠紧的线头勒疼了。

芸姐生气了，芸姐不要理她了。

下午她换了苹果绿上衣白裙子来，漂亮得让男生们起哄，然而整节课，她都心神不宁地望着窗外。

放学的时候她守着楼梯等芸姐，芸姐和几个女生叽叽喳喳地下来，她别别扭扭地喊了句。

芸姐惊喜地哇出来，“真漂亮，上午干吗不穿？”

她低了头，“上午跑八百米嘛。”

“我说过，你穿这个一定漂亮，没说错吧，还不快谢谢我。”芸姐俏皮地得意着。

“这衣服不是你穿过的吗？”芸姐的同学在一边说。

“是啊，是我不穿了给她的，她穿着多漂亮啊！”芸姐有必要用那样高扬的声调吗？她感觉一丝轻微的屈辱。

她们吵吵嚷嚷的，芸姐正大笑着说什么，她站在那儿，走也不是，留也不是。

就是这时候，林戈下楼来。

她是后来才知道这个挺拔得像棵杨树的男生叫林戈，当时他咚咚咚地一气跑下楼，大家齐齐望上去，芸姐突然安静了，那句笑话收得是这样倏急。

她预感到什么，只一直盯着芸姐，芸姐轻轻转过头去，好像不经心地看向别处，却又飞快地瞥回几眼，那张本来平常的脸，因为七分羞涩而动人了。

男孩昂首挺胸地走远了。

她傻傻地问："这人是谁啊？"

女生们坏笑起来，推推搡搡地道："你问芸嘛。"

芸姐红着脸，那样温柔蕴藉的神色，软软地骂一声："小孩子家的，问什么问。"

她当时就明白了些，只是明白得不够多，她最多知道芸姐对那个男生是喜欢的，只是不知道有多深，多久，多绝望。

那些日子，她就是穿着芸姐的旧衣裳长大的，旧衣裳柔顺地熨帖在身上，仿佛她的棱角也慢慢地柔顺了许多，至少在芸姐面前，防备和高傲是多余而费力的，沉默温顺就好。

日子总算有了些亮色，她们去远足，去逛街，去新成的果园摘荔枝，一路上是飘飞的裙裾，朗朗的笑语，芸姐去哪儿都带她，她跟在后面，偶尔低头，看见芸姐的影子投在自己的脚上。

5

妈妈发现的时候，她已经上初三了。

这不是很奇怪吗，女儿穿着人家的旧衣裳在家里晃了两年，她老人家愣是没看见。

"呜呜，你哪儿来的这些衣裳？"妈妈在衣柜里扒拉着。

"别人给的。"她漫不经心地说。

"谁给的，是谁？"妈妈紧张地问。

"别人不穿的旧衣裳——"她道。

"好端端干吗穿人家剩的？"

“我有新衣裳吗？”她轻轻喊了一句，停了停，把一声哽咽吞下去。

妈妈无语，第二天就拉着她买衣裳，只要她看多了几眼的，妈妈都让她试，有用的没用的买了几大包，两年的补偿。

新衣裳好，可她还是习惯穿那些旧的，她习惯那些淡淡的檀香、轻软的质地、柔和的颜色，就像习惯跟在芸姐身后，乖巧得像个漂亮的影子。

中考的时候，她考了二中，因为芸姐在那儿。

芸姐在那儿，是因为林戈在那儿。

高考的时候，她报了海大，因为芸姐在那儿。

芸姐在那儿，同样也是因为林戈在那儿。

这时候，她们的父母老早不来往了，芸姐的妈妈嫁给另一个男人，她的爸爸认识了新女友，不比她大多少，而妈妈还在继续战斗。

对了，关于那个林戈。芸姐从不和她说，但她总知道的，如果芸姐哪天心情好，定是和他说了几句话，如果芸姐脸上阴了天，定是看见林戈和哪个女孩一起走来着。

听芸姐的同学讲，高二的时候吧，芸姐写了封信给林戈，连同一枚小巧的芝士蛋糕，据说是芸姐亲手做的，一起塞进他的抽屉里。

信没有落款，林戈以为谁捉弄他，笑骂着把信读出来，有个男生说了句促狭话，林戈追他不着，把手里的蛋糕当作弹药掷去，男生躲，蛋糕碎在地上，当时，芸姐就在近处。

她能想到芸姐的神色，那样好强的一个人，从不肯在人前输了气势的，那一刻该怎样挨过来呢。

她曾为此特别注意过林戈一阵儿，这只是个平凡的男孩，喜欢红色的球衣，整天抱着个篮球，长腿长胳膊，站着坐着都是挺拔的腰，说话很冲，笑起来惊天动地，没心没肺。

他怎么值得？蛋糕事件之后，她以为芸姐会明白。

芸姐沉静了一段，天天下午去阅览室，她特意跑去陪。

夏天的黄昏依然明亮，她从一本杂志抬起头，却见芸姐痴了似的望着窗外，她顺着芸姐的视线，那个位置，那个角度，多么煞费苦心，正好完整地看到篮球场，篮球场上许多人，但芸姐眼里，只有那个穿红球衣的。

6

她到海大报到那天，芸姐来接她。

芸姐清减不少，有点儿螽懒的神态。在她面前却还是大包大揽的威风，拉过箱子，又把背包也抢了，风风火火地前面走。

“芸姐你好歹让我拿点儿嘛！”她不好意思地追过去。

“走吧，走吧，小孩子家的有什么力气。”芸姐不回头。

“我还小啊，我比你高了，你的衣裳我都穿不下了！”她半是娇嗔地叫。

芸姐回头看她，静了一下，笑了笑，“真的呀，鸣鸣长成大姑娘了。”

芸姐轻轻拉拉她的裙子，“新买的？”

她嗯了一声，有小小的不自在。

“还行啊。”芸姐淡淡地笑笑，继续往前走。

“要不我找个男生来帮忙，箱子挺沉的。”她跟在后面建议，突然看见对面有个穿红色球衣的男生挎着个背囊，正对身边的女孩笑得山响。

“咦？那不是林戈吗，叫他来帮忙吧！”她兴奋地叫。

芸姐目不斜视地加快步子，“用得着吗，你就那么小看我弄不了这四两行李？”

她不敢再嚷，乖乖地走在后面。

芸姐真的一眼都不看林戈，怎么了，据她所知，芸姐一直没断过给他写信送礼物，只不知道是否留下名字。

然而她知道林戈影响了芸姐的心情，一路上，芸姐都不说话。

是她先受不了，“为什么不告诉他？”

“什么？”

“告诉他你喜欢他，多少年了！”

“你疯什么？”

“你干吗要装呢，你所有的不快乐都是因为他！”说这话时，她是有些动气了。

芸姐垂下眼，“你疯什么，没看见他有女朋友了吗？”

“有女朋友又怎么样！有女朋友也不能放过他！”她不服气。

芸姐已经走了，一个人的背影在蓊郁的树荫里，多少有点儿落寞。

要找他实在很容易，篮球场，红球衣。

她怀着一腔义愤来的时候，球赛已经结束了，人也散得差不多了。

林戈坐在水泥围栏上，球衣湿透了，向上卷起半截，他正仰着头喝水，痛快淋漓的样子。

她恨他这么自在，弯腰抓起个篮球，狠狠地往他背上撞去。

林戈蒙了，猛呛了口水，他站起转身，边咳嗽边找凶手，这时，他看见她。

以前也许很多次他们曾擦肩而过，眼光无目的地从彼此脸上掠过，经年印象模糊，他从未这样近地、这样仔细地看见她。

夕阳西下，柔和的金色绕着女孩背光的轮廓，她穿着浅色的裙子，面貌清丽如新浴，尽管她生着气，抿着嘴，尽管她的拳头攥着，好像要打人。

他蒙了，蒙得结巴起来，“你……你……打我……”

她不客气地回道：“我就打你了！”

他好像愧怍了，“你打我……我都不认识你。”

他的队友嘻嘻哈哈围上来，这幕插曲实在好看。

“今晚八点电教楼320教室，你来我告诉你干吗打你！”她神色冷凝地扬长而去。

7

那怎么能算是勾引呢？

很久之后她寻思前后，还是不服气。

他比她早到，坐在第一排，教室里的空座位，和他一起等待。

她刚洗了澡，头发还湿着，濡黑的头发，皎洁的额，她不是不知道自己那晚有多美丽。

她姿态骄傲地走上讲台，居高临下地，宣判他的罪恶。

“你每个生日都收到信和礼物，你知道是谁送的吗？”

他不语。

“你把人家的信大声读出来，把人家做的蛋糕摔碎了，你有没有人性？”

他还是没话。

“你算什么，值得人家那样死心塌地，本来人家的成绩可以上北大，就是因为你才到了这儿，你懂得人家的牺牲吗？”

他只看着她。

“不懂得珍惜真正的爱，不懂得感情，你的素质真是太低了！”她准备了许多话，眼下却被他盯得发慌，想不起来了。

“那你为什么打我？”他不露声色地问。

“看看你是不是没反应的木头！”

“结果呢？”他笑笑。

她词穷了，眼睁睁地看着他站起来，挺拔得如一棵树，慢慢地走近，即使她站在讲台上，他还是要比她高。

“结果证明我不是木头，我会疼，对吗？”他笑着，很温柔，勾着食指轻轻地擦擦她鼻子的汗珠，她竟然舍不得躲开。

“你对不起芸姐，芸姐喜欢你多少年了！”她无力地呼喊着。

“我会非常感激芸的。”他意味深长地看她一眼，晃晃悠悠地出门去，“是她吧，是她才让我认识了你。”

然后轮到她蒙在那里。

芸姐是不知道这些的，那半年里，芸姐不知道的又何止这些。

东珠影厅的九点半场、冷水湖夜半的长亭、海滨大道周末早上竞相追逐的自行车、持续到凌晨三点的QQ聊天，芸姐最好别知道，永远都别知道。

芸姐还是那样，有了好吃的，山长水远地端过几层搂，没进门就喊：“鸣鸣，猜我拿什么来了？”她敬畏芸姐的热情，即使吃得再饱，也得在芸姐的审视下强塞进一碗龟苓膏或者一份炒米粉。

“怎么总是这样忙，天天都不在宿舍。”芸姐问。

“我在忙一件大事，年底就有分晓。”她嘴里含糊着食物。

“你在恋爱吧？”芸姐笑道。

她吓了一跳，连连摆手。

“你急什么，我又不是不准，只不过提醒你及早规划，将来考研还是出国，大一就该准备了。”

“那你呢？”

“我——”芸姐欲言又止，“别学我，我是不想将来的。到时候，喃，去哪个地方都说不定。”

她知道的，还是因为林戈，便不作声，专心吃东西。

“你妈给你寄钱了吗？”芸姐又问。

“有啊。”

“骗我干什么，你班取信的小子说，你都三个月没汇款单了。”

她噎住，那种习惯性的窘迫又来了，她掩饰着，“以前的还没用完嘛。”

芸姐笑笑，推个信封过去，“这里没多少，你别嫌，是我译稿子赚的，拿去买件大衣，天眼看就冷了，我没衣裳可给你了。”

她低下头，不知道心里的滋味，芸姐真及时，这几天她吃饭都没肉，妈妈又和爸爸吵翻了，只有芸姐还记得她。

同屋的女生若无其事地从她们身边经过，却伸着眼睛往那信封看了几眼。

芸姐那一贯张扬的表情，尽管早已见惯，她还是感到一些淡淡的委屈。

我会还的，她暗暗地想。

8

事情干得不太漂亮。

她的计划是，说服林戈去喜欢芸姐。她没喜欢过谁，总以为这是件简单的事。

她和他出去，看电影也好，湖边散步也罢，总是她在苦口婆心或者慷慨激昂，回来QQ上接着来，她反反复复，理屈词穷，而他，只是笑嘻嘻地不语。

偶尔她想，自己到底有没有过私心，她得承认，那些和他一块儿的时刻，如果除开关于芸姐的话题，两个人多么像在恋爱。

又或者在潜意识里，她竟然是借芸姐的事情在接近他，她本来就想接近他，本非那样高尚的理由。

再后来他们的约会甚至变成，先讲一套他对芸姐的亏欠，例行公事，接着话题就公然地走样了。

她快乐，也罪恶，睡前只好一遍遍劝自己，都是为了芸姐。

冬天已经来了，一场大雪，天地茫茫地白。

这天林戈的心情不大好，她没察觉，仍兀自说着：“你应该在圣诞节晚上向芸姐表白，说你明白她这么多年的痴心——”

“够了，鸣鸣。”他打断她。

大冷天他没戴帽子，耳朵冻得红红的，“你要不是瞎子，就该明白我容忍，不是因为芸的事有多稀奇，是因为，我喜欢你。”

她低下头来，天真冷，身上却暖和极了，这件羽绒大衣是用芸姐的钱买的，手在大衣口袋里辗转，她不说话。

林戈苦笑了，“我太多情了是吧。你根本就对我没兴趣，只是讲义气，想把我当作报恩的礼物，对吗？”

是这样吗，她也不知道。

“好吧！”他呼出一口白气，笑得有点儿惨，“只要你开心，就把我送给芸吧。”

她有些想哭了。

“你现在就可以去告诉芸，我会在圣诞节订一束空运的鲜花，在全校舞会的高潮，单膝跪地向她表白，就说是你让我迷途知返，知道谁是最值得爱的人，呵呵，这样行了吧？”他夸张地笑着，山一般响，空荡荡的。

他的耳朵冻得通红，他的眼睛也红，她实在是想，想从大衣口袋里拔出一双手去暖暖他。他站了站，不等了，抽了抽鼻子，拔腿就跑，脚下扬起一片雪尘。

她的手攥紧又松开，终究还是留在那里，羽绒大衣的口袋太暖和了。

好吧，你要的不是这样吗？

她很慢很慢地走回宿舍，感到特别地乏，慢些也好，她需要这段长路、这段时间，好让自己有力气酝酿欢喜的表情，天真兴奋地跑去预告芸姐，林戈的圣诞节表白。

9

“真的，真的！”她睁圆了眼睛，嘴上又快又急地，“不信我带你去问林戈，我亲耳听他这样讲。”

芸姐拉着张被子半坐在床上看书，只是抬头看看她，目光又落下来。

“你肯定没听清我说什么是吧，刚才我可能太高兴说得快了，我是说林戈，听清楚了吗，林戈——”她跳上床去扯芸姐的被子。

芸姐把被子拉回来，从容平淡的力道，她感到那动作的陌生。

“鸣鸣，你在布施吗，你把我当成叫花子吗？”芸姐平静地看她。

她蒙了，“我不知道你说些什么！”

“真不知道吗？可全世界的人都知道你和林戈在恋爱！”芸姐笑了一下。

“不是那样的，我找林戈是为了你，我知道你一直喜欢他，我怎么会——”

“谁让你为了我？你可怜我是不是，你觉得我窝囊是不是，你把他当成一件东西赏给我是不是，然后你高高在上欣赏我感恩戴德，怀着优越感等我一脸贱样儿地拜谢你是不是？”

她插不上话，芸的一番抢白真把人气坏了，就像被围剿的小兽，情急之下只好张口咬人。“我还不是跟你学的，你不也一样吗，今天施舍一件破衣裳，明天赏两个臭钱，以为自己了不得似的，你又凭什么盛气凌人？你跟我还不一样是拖油瓶，有爸妈跟没有一样，你又不是我的什么人，凭什么对我指手画脚大呼小喝！”

话没说完她就后悔了，她看到芸的脸煞白煞白，双唇微张，像溺水的人，可是她铡不断汹涌而出的语言，它们像一堵巨浪，猛地把芸掀倒了。

然后是沉默，令人惊恐的沉默。

“原来，你一直这样想的。”芸又笑了一下，如果那也算笑。

她心里有一千个声音在喊不对不对不对，可是喉咙堵得要憋过去，她一个字也说不出来。

“那么以后，咱们就是不认识的，我的确不是你的什么人。”芸的语气很平静，想想又笑笑，“其实林戈算什么——”

她该怎么办，留下来，道歉，忏悔，求芸宽恕。

可芸不是在发火，发火倒不怕，芸的火气总是很快就过去了，而那样的平静，是不好的预兆。

她往床边迈去一步，芸已经重新躺下来，翻过身留给她一道直直的背，然后想起些什么似的，抬手把床帘拉上，没有回头。

她站在那里开始哭，这下子她迈不过去了，她感觉到，她再也迈不过去了。

10

再小的世界，有些人也是难遇见的，如果他不要见你。

芸姐真的不要见她了，或许林戈也是。

她去找过芸，总是不在，数次之后她不再去了，她甚至怕芸在，她也有小小的尊严，该说些什么呢？

林戈倒是远远地见过两次，却终究没能走近，总有一个人提早绕开了。

他们很快就实习，毕业，隔着两届的时光，他们的事情多么遥远，渐渐而成陌生。

她不知道芸毕业去了哪里，是不是林戈去的地方，不管怎样，她的追随只能到此了。

她不说，只常觉得孤独，孤独是什么，是天下熙攘喧嚣人声鼎沸，却没有一个记得你。

这种感觉也会长大的，原来。在芸毕业两年后，她越来越感到这点。

有个秋光明媚的天气，她回家，晴好的天气，适宜晾晒，邻家的阳台上，长长地飘洒着蓝格子的被单。

她突然冲动地从老箱子里翻出旧衣裳，芸姐给了她多少旧衣裳，五十八件，裙子、衬衣、外套、长裤，十二岁长到十八岁的尺码，层层叠叠地展开，沉着朴素的时间质感，淡极如风的香气。

如果它们有心，会记下多少事，芸的，她的，她们共同亲近过的衣裳，如柔软细腻的皮肤。

她穿着拖鞋跑去超市买了几大扎衣架，五十八件旧衣裳，密密地晾晒。

风大，天晴，天空朵朵白云低，她躺在阳台的凉席上仰头看，那年的记忆回来了，白的绿的淡紫的旧衣裳，随着风轻轻摆起来，那些云上的衣裳啊。

她从未对芸说过，她一直多么热爱这些衣裳，世上所有的华服霓裳都没有它们暖，没有它们香，没有它们明亮、安稳和美好。

她该如何让她知道。

感恩的心

她想用整个命去爱这里，爱这里的每一个人，她什么都愿意干她什么都愿意给。

姜彩虹是初二下学期退学的。

2008年3月，春天，她坐最后一排，背后就是红红绿绿的迎奥运黑板报，不小心衣服上便抹了几道粉笔彩。小心也没用，人太多，座位太窄，她又有点儿胖，十五岁，一百五十三斤，行动总有点儿笨。

那学校叫龙凤中学，民办的，意思就是望子女成龙成凤。去那儿上学的都是“外二代”，希望借读书改变命运的“外二代”。因为目标清晰迫切，学校的课程也直奔中考主题，音乐不学美术不学任何文艺演出体育比赛春游秋游都不办。体育课只狂练跳绳踢毽子两百米，中考会考嘛。

姜彩虹成绩还算可以，除了学数学有点儿困难。新来的数学老师姓庄，大龄未婚男青年，鼻子上常年粉刺块垒，火气比较大。春天上课易犯困，又是数学课，姜彩虹就趴在桌子上睡着了。庄老师最忌别人看不起他，上他的课睡觉就是严重看不起他，于是他把姜彩虹叫起来噼里啪啦骂了一顿，其中有一句也不知是怎么想出来的，“你照照镜子看看你，奶子晃来晃去的能当妈了，还不好好听课！”同学们都配合地哄堂大笑。

姜彩虹回家就说不想上学了。她爸老姜在一家五金厂里做模具师傅，她妈郭姨在五金厂做保洁工作，她哥姜国政高一读了半个学期成绩实在跟不上，去年春天刚进厂做学徒，流水线一天做足十二小时，天天叫着要辞工。

老姜劝女儿读下去，从自己年轻时进城打工种种吃过的苦，到厂里谁谁的孩子考上大学从此过得多好多好，从自己年纪越来越大身体越来越差，到全家的光荣和以后的指望。老姜苦劝，劝着劝着就成了求，他是个感性的人，自己把自己说哭了。姜彩虹也哭了，可是哭完还是那句，不想上学了，就是不想上了。郭姨比较容易认命，说龙生龙凤生凤老鼠崽子会打洞，不是读书的根种，就是进厂打工的命。

老姜没让女儿进厂，他花了两万块盘下一家小杂货店，姜彩虹从此就坐在玻璃柜台后面，有人来的时候卖东西，没人来的时候看电视，天天就这么过，也没同学来找她，她也不去找同学。

小店开在工业园，周围都是工厂，下班时间，各家厂子的打工仔穿着各色的厂服来买烟买电池买饮料买康师傅泡面，他们吵吵闹闹地敲着柜台喊小老板，快拿开水来！小老板来点儿辣椒酱！姜彩虹忙得有点儿乱，弯腰碰倒了汽水瓶子，举手撞翻了零钱盒子，抬头撞了后脑勺，老姜有时来帮忙，就在一边笑话她“活该，谁让你胖”。姜彩虹比读书那会儿又胖了些，只因整天不活动，吃零食又顺手。她也渐渐继承了她妈容易认命的性格，表现在人家说她胖的时候，她不生气，只是伸伸舌头笑一笑，最多还一句“关你什么事”。老姜在小杂货店帮忙的时候，心情总是特别好，打工仔们嘴巴都甜，一声一声叫他老板。

第一个来小店买东西的老板，是真正的老板，欧连吉香料化工厂的总经理杨怀德，不过当时没人看出他是老板。他们二十多个人说说笑笑地走来，男男女女一水穿着橙子色的厂服，那是非常漂亮的橙子色，晴朗天气里有风有香味有光泽的橙子色，姜彩虹老看他们的衣服，她觉着这厂服太好看了。橙子色厂服里有个四十多岁的白脸男人，他请客，请每个人喝红牛，而且都要银罐的。老姜说真阔气啊，几个打工仔喊起来，“那还用说，这我们杨总！”杨怀德就笑，“叫老杨叫老杨，我也是农村仔出身，番薯屎还没拉净呢总什么总！”番薯屎这句很好玩，后来姜彩虹常常拿这个来笑，她和老姜说：“爸，老杨真不像老板呵。”老姜说：“老板就是老板。”

姜彩虹走进欧连吉，是五月的一个周末晚上，送货。她和姜国政把两箱2.5升的健力宝搬到会议室。很热闹，那些橙子色的厂服围着个大蛋糕，手拉手唱歌转圈，姜彩虹扒在门边看，姜国政不等她，先走了。这时杨怀德从后面拍拍她，示意姜彩虹进去一块儿玩，姜彩虹抱着门框笑，摇摇头又低了头。杨怀德说没关系，生日会，吃蛋糕去。姜彩虹问谁过生日，杨怀德说："凡是五月份生的兄弟姐妹，都一起过生日，来吧。"姜彩虹慢慢地跟进去，远远地看着他们唱歌、许愿、发礼物、切蛋糕，用奶油互相糊鼻子，杨怀德的鼻子也糊了一块，笑死了。有个香香的长发女孩分了碟蛋糕给她，问她叫什么名字，姜彩虹说了，长发女孩说："就叫你彩虹妹吧，你叫我建英姐！"然后又有几个人——叫国玉姐志光哥丽萍妹阿荣仔的身上都香香的——拿西瓜拿饮料拿薯片拿果冻给她吃，面前的小桌子都摆满了。这么些好吃的，这么些哥姐弟妹地叫着，姜彩虹觉得稀奇又温暖。

她没怎么敢吃东西，蛋糕也只是尝了一小口，后来杨怀德过来让她多吃点儿，她就说自己这么胖，还吃？杨怀德很正经地说："你不能老是注意这个，胖不是缺点，只是个特点，谁还没个特点呢。譬如说我左脚有六个脚指头，小时候我觉得很丢人，一年四季都穿袜子，后来想通了，我又没偷没抢，我就是有六个脚指头的老杨，哈哈哈哈，又怎么样呀！"姜彩虹也笑了。

那晚姜彩虹回去，建英姐几个一定要送她，出来的路上指指点点说那是宿舍这是食堂那是车间这是仓库的，建英姐的手臂长着些红疙瘩，她指一会儿就挠一会儿。高高的石棉瓦车棚下，停着部红色的很大的越野车，建英姐说那是老杨的车，雷克萨斯RX350，很高级，七八十万呢。她告诉姜彩虹："我们坐过，有一次去逛街，老杨顺路就搭我们去了。"姜彩虹说老杨真好，建英姐点头，"嗯嗯可好了，一点儿架子也没有，跟自家大哥一样。你来，你过来。"她挠挠手臂，把办公楼上方的红标大字指给姜彩虹看，暗暗的路灯下，仰着头依稀认出来，那字是——员工就是我们的兄弟姐妹。建英姐说："是吧，没错吧，连我们家的口号都跟别人不一样。"姜彩虹还在那儿仰着头看，"嗯，我生日也是五月份的。"她没实说是农历五月。

就像当初铁了心肠要退学，这次，姜彩虹铁了心肠要进欧连吉。

郭姨还是那句，就是进厂打工的命。老姜却挺生气，女儿大了不好骂，便又费心劝了一大通，进厂很累的，从早干到晚，去个厕所都不痛快，就是个机器木头人，做错一点儿要扣钱动作慢了要扣钱请半天假也要扣钱，你要老板钱老板要你命！打工仔很苦的，你又胖又笨，你做不来的，你吃不了那个苦的。

姜彩虹不听，她进的不是一般的厂，她进的是欧连吉。

她没把握欧连吉会要她，面试的时候老说错话，初中毕业证又是假的，谁知第二天人事部就通知她上班，简直像做梦。

欧连吉每个新员工都要喝杨怀德一杯茶。这次入职七个人，轮到姜彩虹的时候，已经快中午了。总裁办公室的门总是大开着，好像人人都可以进去，随时都可以进去，办公室不很大，书架、地图、地球仪……好像老师办公室。杨怀德双手敬过一杯茶，姜彩虹接过来喝了两口，还是有点儿小羞涩。

杨怀德亲切地看着她，“彩虹妹，你有梦想吗？”

姜彩虹说我不会说，我没什么文化。杨怀德启发她梦想就是你最想做的事，最想要的东西，最想成为的人。姜彩虹想了想，还是不懂怎么说，不会说。杨怀德笑着说没关系，欧连吉没有最低学历也没有最高学历，学识外貌出身在这儿都不重要，人人都是兄弟姐妹，人人都平等友爱。他叫她彩虹妹，他像个大哥。

“最重要的是什么，是这儿。”杨怀德指指自己的胸口，“是一颗怀抱梦想的心。怀抱梦想的心，不在乎一时的困难，不计较眼前的利益，怀抱梦想的心，有的是激情和实干，相信自己的潜能，发挥自己的天赋，实现自己的梦想——你有很多的潜力和天赋，你不知道吗？”

“我……我哪里有？”

“有，你绝对有！欧连吉会帮你找到的，欧连吉也会助你实现梦想。”杨怀德站起来，张开手臂，“彩虹妹，从此刻开始你就是欧连吉大家庭的一员，欢迎你来到欧连吉的怀抱！”

他使劲儿地拥抱了她一下，有点儿抱不过来却仍很努力，这让姜彩虹十分窘迫，出来的时候都没敢抬头。

人事部经理雪云姐正好找她，“彩虹妹，你的厂服要下周一才有，我们专门为你定做的，到时候穿上可漂亮了。”

果真周一升旗的时候厂服就穿上身了，橙子色的厂服，非常漂亮的橙子色，晴朗天气里有风有香味有光泽的橙子色。姜彩虹老是低头看衣服，不相信真的穿在自己身上了，喃，真的穿在身上了。

杨怀德在和大家讲梦想，他说欧连吉的梦想就是让全人类享受到最优质的香味，欧连吉的每个兄弟姐妹都在为全人类造福。姜彩虹睁圆眼睛，觉得这梦想远大得不敢想，可周围的橙子色厂服那么整齐热烈地喊着，“欧连吉，欧连吉”，她又觉得不那么远了。接着是齐唱《感恩的心》，齐唱的歌就像大海浪，把你翻天覆地包裹着，你在唱却听不到自己的声音，听不到自己的声音却奇怪地感到放心，感到安稳，感到依靠。唱到高音部那句的时候，姜彩虹忽地鼻子酸了一下下，莫名地有种冲动，她想用整个命去爱这里，爱这里的每一个人，她什么都愿意干她什么都愿意给。

姜彩虹刚上班就赶上母亲节，每个员工都有一枝康乃馨，还有杨怀德亲笔签名的贺卡。姜彩虹拿回来送郭姨，读给她听：“亲爱的妈妈，祝您节日快乐！感谢您为我们培养出优秀的姜彩虹妹妹，她工作认真努力，是我们欧连吉的骄傲！杨怀德携五百三十二位兄弟姐妹上。”郭姨瞅了眼问这真是你老板写的？姜彩虹说是，五百三十二张都是他亲笔签名的，你用指头擦擦都能沾到墨水。郭姨说你们老板还挺好的，姜彩虹说是啊老杨人可好了，就跟自家大哥一样，比自家大哥还要好呢，他从来不骂人他总是笑的，他也不会看不起人，他还教我们打羽毛球教我们唱歌，他跟我们穿一样的厂服，他吃饭也和我们一样在食堂排队，吃完也在水龙头底下洗盆子漱口。老姜不以为然说，算了吧，老板就是老板。郭姨却寻思另外一回事，要是我真有五百多个子女，每人过节给我一百块，我就发了。

姜彩虹每天回来身上都香香的，车间里带出来的味儿，她又舍不得换下橙子色厂服，老姜鼻子敏感，总是打喷嚏。老姜觉得这香味不好，老劝女儿辞职，说香精厂有毒，没结婚的小姑娘会中毒，不如来五金厂跟自己学技术，将来再差也能当个师傅。姜彩虹老不听。这天早上上班，老姜又提了一遍，因为早上起床睡意未消，口气就有点儿冲。姜彩虹现在也敢顶嘴了，顶嘴也一套一套了，她穿上橙子色的厂服好像就把脾气鼓得足足的，“我不去，我们那儿的人跟你们不一样，我们谁也不会笑话谁，谁也不会算计谁，我们那儿最累最危险的活儿大家都是抢着干的，连生病了都不愿意休假，我们加班也是抢着的，可不是为了加班费，不像你们眼里只盯着那点儿钱，加班费少一块都不干，背后净说老板坏话，下班时间一到就拍拍屁股走，还老把厂里的零件往家偷。我就在欧连吉干一辈子，我的梦想在那里，你们知道什么叫梦想吗，你们有过梦想吗？”老姜气得大骂，姜彩虹早出门了。

工业城这段时间换电缆，错峰停电，下午轮到欧连吉这边停电，杨怀德就让工人们自由活动。六月的天，早上下了点儿小雨，才能湿地。姜彩虹和几个姑娘出来打羽毛球，她打得不太好，就自告奋勇帮大家捡球，跑得“呼哧呼哧”的，一身是汗，自己还乐呵呵地说我不累，我减肥。

杨怀德揉着一边肩膀走来，“肩周不行了，必须得打几场，来来来，打完球请你们吃肯德基。”姑娘们都欢呼起来。杨怀德球打得很好，大家都不是他对手，一个一个败了阵，杨怀德很高兴，赢一次就握着拳头做个“耶”的手势，可爱得像个小孩。就是这个兴头上，他发了个高远球，用力过猛，羽毛球嗖地飞出去，竟然飞上了车棚顶，大家哇的一声。

姜彩虹赶忙去找了张凳子，摇摇晃晃踩上去，一手拿着扫帚去拨球，可是车棚顶挺高的，她踮起脚还差老大一截，杨怀德赶紧让她下来，说算了，再拿个新的就行了。也是巧，刚好整筒羽毛球都用完了，再出去买吧，来回最快也要大半个钟头。杨怀德有些扫兴，大家也觉得有些扫兴，都不肯走，仍依依不舍地拿着球拍，一边空比画着练姿势，一边说说笑笑着。

突然哗啦哗啦，车棚掉下个什么东西，砰的一声，重重砸在雷克萨斯RX350的车顶，又随着石棉瓦片和玻璃碎渣重重弹落在地。

一个人静静地趴在水泥地上，再也没动，那个胖女孩。

欧连吉委派的律师姓宋，戴着副无框眼镜。宋律师从黑色真皮包里拿出个厚厚的信封给老姜，说是杨总转交的两万块，本来他要一起来的，怕看到姜家人又要伤心，这几天他伤心过度，都病了。

老姜红肿着眼皮，不接信封，“一条人命就赔两万块？”

宋律师正色地跟他解释，这两万块是慰问金，是杨总对员工不幸遭遇的同情和关怀，不是赔偿，而且人家也没有责任赔偿。

一边的姜国政火了，“我妹妹是在他们厂出事的，敢不赔！”

宋律师说：“我理解你们的心情，发生这样的事谁都不想。姜彩虹未满试用期，没签订劳动合同，也没有购买保险。而且事情发生的时候，不是工作时间，不在工作场所，也不是由于工作原因，人家欧连吉真是一点儿赔偿责任都没有的。”

老姜泫然，“活蹦乱跳的一个人，早上还大声和我吵。”

姜国政不甘心，“老板那么有钱，才给两万块！”

宋律师说：“人家没管你们要钱就不错了，杨总的车让你妹妹砸坏了，修理费用超过二十万，杨总签了权益转让书，让保险公司全赔，算厚道了。人家老板再有钱，也不是大风吹来的，换个冷血的一分钱不掏，又能怎么样？不是人家的责任。”

姜国政没话说，恨妹妹不争气，“她没事找事，爬车棚顶上干什么去。”

宋律师说这就不知道了，没人知道她爬上去干什么，也没人知道她怎么爬上去的，姜彩虹是成年人，能自由支配自己的行动。

老姜硬着嗓子，“他们车棚顶为啥不搞结实点儿？”

宋律师哑然失笑，“车棚顶是石棉瓦的，就是挡风遮雨的功能，承重量很轻的，没预备让人在上面活动。”

姜国政兀自生气，“她怎么那么笨呢，爬上去找死啊，不知道自己多少斤啊！”

“活该，谁让她胖！”老姜也狠狠地说，说完自己又哭了。

佛音碗

所有的物，等待的不过是善用的手。

1

嘎藏又想她了。

五点十分，牛角还没吹响，嘎藏就醒了，熹微的天光，平静的清晨，他却突然感到忧惧，心神乱得可怕。

上午的辩经会，他这样子没法参加，走去告诉师傅，推说头疼。

师傅放下酥油茶碗，望着他，如常的语气，“男人都是喜欢女人的，我们也一样，不过，我们需要忍。”

师傅是嘎藏心里的佛，他对一切洞若观火。

嘎藏垂下头，“我去静心吧。”

他走回僧舍，我在坐榻上等他，他小心地捧过我，揣在红色的袍子里。

所有的物，等待的不过是善用的手。我是物，你见到我也未必识得我，我像碗，却不是碗，像钵，又不仅是钵，紫铜材质，正心雕刻摩羯杵，此为如来金刚智，四围镶嵌六字大明咒，底部绘佛眼，喇嘛参佛冥想时，置我于左手掌心，右手执桃木弥陀杵，绕边缘轻擦，发音绕梁不绝，空灵深远，有如佛音，对的，我的名字就叫，佛音碗。

嘎藏走出寺院，爬上一个山坡，高原的早春，寒入骨髓，他坐在核桃树下，捧着我，转了四五下，响声喑哑，停住，叹口气。

那是个江南的女孩，娇小调皮，阳光很好的那天，她来寺里礼佛。

不是没见过女人，修行十年，寺院来往游人如织，没人能惊扰嘎藏的诵经声，他的心沉在幽深的井底，那般清寂安稳。

却是那江南女孩，莽然小兽般撞进内院，迎面对他一笑，他低头，她更笑，他转身，她跟随，他疾走，她紧追，拉住他僧袍的后襟，一路笑声若银铃，击破井水的镜面，击破他十年的清寂。

敲钟了，早课的小喇嘛开始大声诵经，他好想变小，小成跟他们一样，那时的心是多么纯净，只要大声诵经天地就宁静完满。

江南女孩在镇里住下来，她天天来拜佛，一边跪佛祖，一边拿眼寻他，开始的日子她眼里总是盈满笑意，后来却只有满满的忧伤。

家人强行带她走，江南女孩最后一次来上香，眼泪一颗一颗掉在莲花蒲团上，他当时垂着头看得清楚，那一刻他的手颤抖着在佛珠上游走，却是真的好想，轻轻按住她起伏的肩。

嘎藏深吸口气，清寒的空气，如果这是上一世的因缘，他该了结，还是延续。

他又转起弥陀杵，这一次用尽力气聚精会神，我的钵身轻轻震动起来，响声越来越大，缭绕悠远，如空阔的佛堂。

嘎藏闭上双眼，心渐渐安静。

弥陀杵不停，响声传越四野，突然间，天崩地裂一声巨响——

2

活佛说，地震，是众生所造的恶业。

敏华却想，这该不是老天对自己的惩罚吧？

早上母亲打电话央他回去，“你爸七十大寿，借这个机会，爷儿俩讲和吧。”

他带着睡意，态度却倔强生硬，“不，我不原谅他！”

高原信号不好，母亲的声音时断时续，他只好走出去说：“不——”

敏华五年没回家了，这些年他到处走，想做自己的音乐。五年前，如果不是父亲撕了音乐学院的录取通知，他的理想不会这么艰难。

高考那年，父亲给他报了医学院，他却偷偷改了志愿。他家祖上世代行医，作为独子只有继承的命运，可这不是敏华要的生活。

那个夏天父子之间爆发的争吵伤筋动骨，他头也不回地出走，父亲气得发病住院。每逢佳节，看见人家点灯团聚，敏华也有心境寥落的时候，但是，他不愿意低头，母亲的电话，提到父亲身体每况愈下，常于晨昏在儿子房间默坐，也让敏华有一瞬的黯然，但是，他心里还有气。

他走出小旅店的大门，说："不——"突然间，天崩地裂一声巨响。

顷刻一片废墟，一道横梁压在腿上，他手里握着手机，蒙蒙地来不及感觉痛。

他爬出来，腿受了伤，奄奄地躺在路边。

还是不敢相信眼前的一切，不敢相信就那么一秒，那么多人的人生已经变了。

小旅店的老板娘，那个头上盘着红头绳的藏族大姐，昨晚还唱了一首《嘎噜》给他听；来自东北的虫草小贩，那个总给他烟抽的高大汉子，那天还给他看媳妇的相片；烧茶的男孩，一笑就满口白牙的小日多，每天都缠着他学吉他。现在，他们静静躺在那儿，身上蒙着血污和灰尘，几分钟前还那么壮的身体！他们真的不会再站起来，跳舞、笑、唱歌、吵嚷，他们真的不会再跟他说话了。

敏华想哭，他拨电话给母亲，线路不通，不知他们急成什么样了，老爷子心脏不好，不要又急出了病，为什么自己总要让他们着急和生病？

人的命，有时脆得不如一棵芦苇，那个想家的东北汉子再也回不去了，可自己刚刚还对母亲大声说不，他实在不是个好儿子，该罚，老天这是在罚他吗？身体的疼痛开始苏醒了。

他想回家。

他的眼角酸涩起来，要活下去，要回家。

“阿卡，给我点儿水。”敏华拦住一位救援的喇嘛。

喇嘛嘎藏停下步子，小河不远，嘎藏找不到盛水的器皿，想起怀里的我。

作为一只佛音碗，我是第一次用来装水。

没多久，我又有了第一次装糌粑的体验，那是敏华被移入救援帐篷，嘎藏把我，还有一小袋青稞炒面，送给了敏华。

饥饿的人，就是这样把我捧在怀里，抓着弥陀杵，一圈一圈把青稞面和酥油茶拌匀，做成喷香的糌粑。

“要是再来点儿蒜茸，就美极了。”敏华想，他的家在金乡，那里的蒜很有名。

不多久，他的愿望成真，那是在返乡的火车上，冲泡面的时候，对面的山东老乡从包里掏出一头大蒜。

“给我来点儿，老乡。”敏华渴望地说，“馋好久了，藏区不吃蒜，怕熏了圣灵。”

老乡会心一笑，“可惜是火车上，捣不成蒜泥。”

敏华神秘地笑笑，从背包里取我出来。

作为一只佛音碗，这是我第一次被用来捣蒜。

弥陀杵急急舂捣，犹如信徒紧密的叩拜，洪亮如擂鼓的声声，蒜的强烈辛辣的气息。

我问，佛祖缘何要把我做成一只碗?

因为能容啊。

3

老许在等水开。

蓝色的火苗舔着大锅，空气里满是草药的清香。

老许守着这锅草药汤，拿起铲子拌了拌，他们在外面药房，老许侧着耳朵听，儿子唱歌，老伴笑，老伴唠叨，儿子便笑，偶尔静下来，只有研药的木杵和铜钵，规律而清越的响音。

他不懂音乐，却觉得这是最美妙的乐音，暗暗的灯光下，他无声地笑了。

老伴走进来，“我来吧，你去和敏华说说话。”

老许连连摆手，“你去，你去。你干不了。”

他不大知道该怎样和儿子说话，老来得子，从小到大，他爱他，却只会高高在上脊背直直沉着面孔训话，人说父亲要树立威严，严父方能出龙子，他的父亲也这样对他。却忘不了许多次把孩子训哭，半夜里忍不住掀开帐子，轻抚那熟睡中委屈的小脸，那些低低的歉意和心疼，敏华从来不知道的吧。

锅盖噗噗涨起，水开了，老许找来一只大桶。

敏华回来就感冒了，他说五年没感冒过，一回家反而娇气了。

老许信他五年没感冒吗，瘦成那样，黑成那样，一顿饭要吃六个馒头两只鸡腿一碗扣肉，孩子都饿成什么样子了。他回来那天老许不太敢看他，天知道又多想看个仔细，只好看后背，看肩膀，看耳廓，看手脚，他一转过头，老许就慌慌地收回视线。

老许吸了口气，他要一口气把这桶水提到药房，年纪就是年纪，每一截都在减人的体力，水桶摇摆着泼湿了他的脚，很烫，但他到底提出来了。

“我来吧。”敏华上来接桶。

“没多重。”老许淡淡地。

“你坐下，手脚泡进去，这药汤驱寒治感冒，我再给你按摩一下，不用吃药，明天就好了。”老许卷起袖子。

敏华依从，水有点儿热，他夸张地龇牙咧嘴。

老许慢慢蹲下身子，轻轻捧起儿子一只脚，掐住穴位，又抬头道：“可能会有点儿疼，老人的手硬，你要疼就吱声。”

并不是很难忍的疼，只是有点儿酸，但父亲的手的确不如以前灵活。低头看见他顶上稀疏的几簇发，一大半是白的，额上长了老人斑，沁着一层汗。

水蒸气袅袅地上来，一直升到眼里来。

他想说，他想找个什么样的时机随意地说："爸，我想跟你学医。"

老许也在想，也在想个合适的当口，把话淡淡说出来："儿子，那个通知书粘好了，我还有点儿钱，你去吧。"

只是眼下，他们都没说话。

只有捣药声清清，母亲在柜台里研药，时而目光温煦地望过来。

是的，那只研钵就是我，敏华回来那天，母亲一眼就看上了我，"哟，多漂亮的铜研钵啊！"

八万四千烦恼，心病仍需心药医，而众生有疾，天地生长的根茎枝叶，亦各有救治用，闻香触身，无不得益，这不是很有趣吗？

作为研钵这些天，我也颇尝了些药味，荆芥辛，熟地甘，栀子苦，薏仁淡，芒硝咸，赤符酸，听说神农氏尝百草，一日遇七十毒，而普济众生，药师如来也有一只钵，为什么那只不是我。

"请问——"有客人来了。

"杨县长，抓药吗？"母亲放下杵。

"卖给我，把这个卖给我吧！"那是一个焦渴疲弱的声音。

4

其实他不当县长好多年了，但还是喜欢别人这么叫。

杨县长的房子很大，他的夫人很年轻，下楼时见他回来，也不叫上一声。

他便殷切地叫她："小娜，我得了件宝物。"

“嗯，我约了李太太打牌。”杨夫人没停。

“你来看一下好不好？”他赶紧打开包裹的绒布，“藏传佛教的法器，你看这里还雕着六字真言，他们都不识货。”

“哦，是又怎样，你的宝贝多了去。”

“它能辟邪驱魔，我一听这声音啊心神就定了。”杨县长跟着她，“今晚你陪我睡好吗？我总做噩梦。”

“六十多岁的人了，你又不是小孩！”杨夫人笑笑，“不是有了驱魔的宝贝吗？不会做噩梦了，早点儿睡。”

她走了，大房子只剩他一个，空荡荡的，所有灯打开还是空荡荡的。

他的卧室很大，两面墙的博古架上，摆满了不菲的古玩珍品，有些是人送的，有些是重金搜罗的，他有过很风光的岁月，权力在手的呼风唤雨。

一场大病后他开始信佛，也吃斋也放生也敬菩萨，他的枕边有佛经念珠，也有十字架天师符和翡翠貔貅，现在又多了个我。

夜很深了，他很困了，犹豫着终于躺倒，灯亮着，他怕黑。

他闭上眼，刚有了睡意，那些脸又围过来，惊惶转醒，冷汗涔涔，他急急去攀弥陀杵，哆哆嗦嗦地敲起我来。

那是好多年前的事，久远得像上辈子。十八岁那年他是“革委会”的人，和那些激进疯狂的同伴镇压地富分子，记不清有没有直接动手，但是顺着大江漂下的几十个尸体都仰着脸看他。

那些脸回来找他了，一期果报，那些业终于变成了魇。

深夜里的杵钵声空旷清冷，在大屋里回响，他瑟缩着贴紧我，黏滞的汗水，干枯的皮肉。冬天来的时候，他走到了头，弥留时伸出一只蜡黄的手，张大眼睛找寻什么，人人以为他找小娜，其实他是在找我，那条路太黑，他怕。

他们那么急，他的柩还停在厅里，他用过的东西转眼成了不吉的垃圾，扔拾的人戴了手套口罩，如防避致命瘟疫。我混在那些真丝枕套、毛料西裤、紫砂茶杯、青花瓷碗、书籍、相片中，一个硕大的黑胶袋摔在垃圾车上。

我不知身在哪里，昨天如梦幻泡影，如今身畔是冰雪、烂泥，层层废弃的泡沫饭盒和酒瓶的碎片。

不知过了多久，一辆三轮车咿呀着在我身边停下。

5

毛毛还在哇哇大哭。

她饿了，几个月的小东西，哭声要把屋顶的瓦片掀掉。

这是一间简陋的土砖屋，隐藏在城市的边缘处，一年前，年轻的爸爸妈妈离开久旱的家乡，梦想开始新的生活。

孩子的到来超出了预期，那晚，爸爸和妈妈从集体宿舍出来，坐在工厂的马路边发呆，妈妈的手护着肚子，那时毛毛还是粒胚胎。

“养活得起吗？”她看着爸爸。

爸爸搂住她的肩，“养活得起！”

他们很拼命地赚钱，爸爸打起三份工，白天在装配厂晚上送货凌晨五点起来拾废品，妈妈也不娇气，生毛毛的前一天，还在流水线上加班。

这小小的破破的土砖屋，就是他们的家，窄而暖的，有炸猪油的味道，有大葱的味道，有尿布的味道，还有奶的味道，每天晚上爸爸下班回来，远远看见黄色的灯，想起那些味道，就会把三轮踩得很轻快。

可是现在毛毛饿了，爸爸的奶粉还没买到。奶粉又涨价了，爸爸踩着三轮车从城东到城西，想买一罐好的又便宜点儿的，那不是件容易的事吧，否则他不会出去那么久。

妈妈煮了米粥喂她，可她不要吃米粥，她只是哭，哭得要把屋顶的瓦片掀掉。

妈妈抱她，吻她，拍她的背，把干涸的乳头给她，她甩开头，更大声地哭。

没有哄她的办法了，妈妈也想哭。

毛毛在地上爬，屋子很小，门边堆满了拾来的废品，小东西边哭边爬，然后她看见了我。

她伸出小手，抓起钵沿和杵槌，研究起来，她用手指戳点我钵身的纹路，还在哭，嘤嘤地，哼哼地，一会儿高，一会儿低，一会儿又浑然忘了似的。

她把我的钵身倒扣，用小手轻拍，胖胖短短的手指，手背上有肉肉的小坑。

突然她拿起杵槌，使劲敲了一下钵底，清脆悦耳一声响，她自己咯咯笑了，再来，她敲两下，再笑，她敲出一连串明亮的音节，她笑出一连串美妙的天籁。

妈妈松口气，笑了，捧着一碗米粥过来，适时喂上一口，毛毛张开了嘴。

爸爸也在笑，快到家了，贴身的包里收着刚买的一罐奶粉，他伸直背紧蹬着三轮车。

毛毛还在敲，脏脏的小脸上泪痕犹在，一颗米粒粘在左颊上，她仰着头，绽开笑靥，牙床上两粒洁白的乳牙，如光净的树干上春来时无瑕的苞芽。

而春天正在路上，厚厚的流云缝隙，泄出金线似的阳光，燕子衔泥，小河淌水，大地洒满茸茸点点的新绿。

所有的物，等待的不过是善用的手。在那些无量无数的过去世与未来世中，为什么这一刻让我如此欢喜？

那年·初雪

第七天早上，下了冬天里的第一场细雪。

雪花纷纷地，慢而悠扬，睁开眼睛望天，它清凉地落在脸上，化得悄无声息。

1

对葛珊来说，本来那年的回忆，只不过是钱。

她从未那么疯狂地想钱、找钱、赚钱，一天兼三个职，早上七点穿上红白相间的衬衣，系着黄围裙在大家乐端盘子，下午两点换上天蓝色的短裙，在世纪广场的香水专柜做市场推广，晚上七点半，她要连走带跑地在路上吃完一个菠萝包，赶到南门街的孙教授家，他的儿子在等她教英语。

回到宿舍的时候，最早都要十点半，她累极，没有力气上楼梯，就在路灯底下花坛边上坐坐，石头凉凉的，天上的星星，也凉凉的。

猛然眼底下就冒出一大束玫瑰花来，吓了她一跳，然后前面就站出一个男孩，哎，国贸系的许良，发胶总是比头发还多的那个。

“我等了你一天，整整一天，你看，花都要谢了。”许良半嗔道。

葛珊打起精神笑笑，顺手接过花，带着点儿撒娇的语气，“你以为人家玩了一天啊，我还不是累了一天为生计忙？对了，你不是说给我介绍个好兼职吗？不是哄人的吧？”

许良忙道：“哪敢哄你，正想和你说呢，我二叔的旅行社招导游，带团不重要，卖东西是真的，你这么漂亮，口才又好，一次回扣比你干一个月家教强得多呢！”

葛珊眼睛弯弯地笑了，“要是真的我就太谢谢你了！”

许良含情看她，“谢什么谢，下次你不放我飞机我就谢天谢地了。”趁势去拉她手，葛珊轻灵地一闪，早笑着躲开，“我累了，你也累了，大家都回去休息吧，明天去旅行社，约好了啊！”她笑着摆摆手，嫣然的样子，让人恼不得又放不下，许良只好怅怅离去。

暗红的玫瑰在手里，有点儿沉的，葛珊低头望望，十九朵，她心里叹了一声，唉，如果这每朵花都是百元钞票折成，不就是一千九百块吗?

楼梯转角是垃圾箱，她顺手就把花束投进去了。身后不知道是谁，低低地惊叹了一声，艳羡又惋惜地。

葛珊只是面无表情，她的桌子很挤，没什么地方摆花，况且她从来对所谓的浪漫招式毫无共鸣，她天生理性世故实际，她懂得学有用的专业，考有用的资格证，参加有用的派对，认识有用的人，她懂得把喝过的饮料罐看过的报纸攒在床底的小纸箱里留着卖钱，她懂得笑着管饭堂师傅叫大哥，因此她的红烧排骨总是比别人多，她懂事太早，反而不懂得做梦，不懂得动情和率性。

就像九岁那年，妈妈狠心抛下她和弟弟，她追上去冷静说出的竟然是：“妈妈，给我六十八块吧，小弟这个月学琴的钱——”据说这是妈妈最伤心的事情，然而葛珊事后得知，也只是茫然和无奈，妈妈不疼她，她只能自己疼自己，当然还有弟弟，就这么艰难地长大，只要肯动脑子，事事都能挺过去，是的，她不动心，不动心才能强强壮壮地百毒不侵。

至于那无数的许良和玫瑰花，她自有分寸地知道什么时候微笑，什么时候投进垃圾桶。

她没必要去懂爱情，没空儿也没兴致，不过她是懂得要嫁什么人的，每一栏的条件和数字都很具体明确，同时，她也在累积着实力，提高着价值，一点一点地在天平上和这个目标相称。

以葛珊的聪明，她如此珍重自己的初恋，还有一个隐秘的理由，漂亮女孩洁白的恋爱履历，说不定也是一个有分量的砝码。

2

导游的钱并没有那么好赚，葛珊现在知道了。

这次带的团，有大半是女人，都说女人在购物上是最没理智的，可这些女人的荷包捂得倒紧，她们看珍珠、看名表、看茶叶、看真丝睡衣，挑来拣去跃跃欲试，最后却什么都不买，任葛珊赔尽了殷勤和笑脸。

真有点儿灰心。

下点儿小雨，团友们纷纷跑着上车，她慢慢走在最后。

上车点人头，少了一个谁，不待她点名，那人已经大包小包地一跃上车。

葛珊回头看见一张笑脸，这个年轻的男人，笑起来有点儿腼腆，细细的雨星儿落在他的黑发上，亮晶晶的，“对不起，让大家等我了。”

葛珊眼睛一亮，马上笑了一脸：“没关系，没关系，嗬，收获不小嘛，让我们看看你买了什么好东西？”

她亲昵地去翻他的购物袋，有一串珍珠项链，“给我妈的。”那男子有点儿羞涩；有一大包茶叶，“我爸喜欢喝红茶——”他补充道；一只名牌卡通手表，“奖给表弟，他今年考上重点高中了。”他笑了。

最后竟然翻出一条绣花真丝围巾，葛珊调皮地说：“这个不用说，是给女朋友的。”

“不是不是不是——”他非常着急地分辩，“我只是觉得它好看，就买了，我没有女朋友，真的没有。”

一车的女人都笑了。

看来是个没有购物经验的家伙，而且带了很多钱。葛珊不动声色地笑了。

果然，他一路上都在买东西，没有偏好，不加选择，只要葛珊推介，他就毫不犹豫地买单。团友们多少看出点儿什么，有意无意地笑他，葛珊也懂得，只是更抓紧机会，又热情又妩媚，给他介绍更多的好东西。

跟团购物，本是旅游最可恨的事情，到最后一天，团友们已经把不满明白地挂在脸上了。

他们不肯下车，葛珊只好在车上推销，一排五个的旅游点纪念章，要卖一百元，她讨好地笑着，把纪念章发到人们手里，又带了点儿孩子气地央求，“小葛没出过校门，有什么地方不妥当还请大家包涵，就当支持我勤工俭学吧！”

没人答，有人半闭了眼睛养神，有人看窗外的风景，有人自顾打电话聊天，她窘在那里，手里是一大堆纪念章，进也不是，退也不是。

还是那个青年男子，只有他，在后排站起来，急着给她解围似的，“给我留五排吧，我要。”

车行进着，葛珊摇摇晃晃地走向后排，隐约见那男子向同伴借钱，低了声气地，“我买了有用，回去送给朋友——”

她当然装作不见，只管收钱交货，脸上笑得烂漫。

之后她会很快忘记他，除了在领回扣的时候，记起有这样一个团友，笑呵呵有点儿害羞的样子，她占了他好多便宜，一串珍珠项链的回扣就有一百八十，他都不知道，挺傻的，有一点点可爱。

开始的时候，她真的以为，很快就会忘记他。

3

想不到十天之后又见到他。

他竟然又跟团来鼍城，又参加这个旅行社，又选定葛珊的团。

他还嫌被宰得不够狠啊？

葛珊惊奇地望着他，他心虚，又害羞，偏了头去看窗外，还轻轻地吹了口哨唱歌，故作轻松姿态。

特意看一眼他的名字，哦，杨一炼。

行程间隙，带了点儿挑逗，葛珊近前笑问："杨先生，你又来了，是喜欢这里的风景，还是喜欢这里的人？"

他的脸红着，那么高大的人，无措得如个孩子。

好一会儿他才说道："亲戚们托我买点儿特产，我就又来了。"

葛珊笑道："那好啊，买特产找我就对了，你说，我介绍给你的东西哪样不好啊？"

他老老实实答好。

老老实实的一个人，在自己手心里，葛珊暗笑，着实有些得意，想着赚了人家的钱，礼数上也分外周到些，吃饭坐车游玩，对他也就特别关注一二。

这人敦厚简单，纯得近乎明净，葛珊很快就把他看得通透，才毕业一年的公务员，生活平平，收入平平，摊开的掌心，红润厚实，三大线深刻清晰，此外竟别无细小杂芜。

他一定每晚都能酣梦到天光，无愁无虑无千万心思。至仁才无梦，若愚也许大智，曾于某一瞬间，葛珊也曾想做个达人，然而念头回来还是觉得，算计筹划妥帖的人生，才是自己的。

杨一炼的好处有哪些不重要，只看眼前的，他是个让人放心的同伴，他对人真实，不怀功利目的，也不斤斤计较，就是有点儿傻气，这几乎让葛珊不忍心动用自己的聪明，当然她还是用了。

这一次，杨一炼又大包小包地满心欢喜地，满载而归。

告别的时候他们已经比较熟了，然而杨一炼也只是依依地望着她，满眼的话都拥挤在嘴边，就是不说。

葛珊仍是打趣，"我就要开学了，马上不在这里干了，你不用再跑来花钱了。"

杨一炼脸上一红，这世上真心话那么少，一个男人的脸红又胜却无数。

葛珊心头一动脱口道："不过有机会欢迎你到我们学校来玩，我给你地址。"

身边没有纸，她顺手从街边的招贴上撕了细细一溜纸条，草草写了几个字给他。杨一炼接过来，郑重地看了几遍，又细心折好，放进衬衣口袋。

说拜拜。

走出一百米还是回头看看，杨一炼仍立在原地，大包小包放在脚边，他又一次从口袋里掏出那点儿纸，再看看，仍细细折好放回去，生怕丢了忘了。

葛珊忽然有点儿后悔做事留了尾巴，不过她挂记着回扣结算，便把这事放开了。

4

开学时有一件轰动校园的事情。

每个女生宿舍的门口都张贴了大幅的精美海报，那竟然是征婚启事，一个年轻有为的千万富翁要在大学生里寻找发妻。

看的人多，说的人也多，谈论什么的都有。

年龄二十一岁，身高一米六五，高挑圆润，清丽可人，知书达理，秀外慧中，开朗大方，素质优秀，英语六级，并且懂一些法语，冰肌玉骨，身心纯洁，没有恋爱史者优先考虑——富翁的条件如上。

葛珊只在人群外扫上几眼，就字字在脑中如刻。

她抑制住心里的兴奋，不动声色地如常上课自习，有人嚷着葛珊这找的不就是你吗，还不快上？她也只是笑笑，不置可否。

暗地里她找朋友彻查了富翁的为人、公司、资产、股票、成长史、传闻，确定不是炒作骗局，这才决定行动，把自己的简历和照片寄了过去。

这的确是个大好机会，可以让她的目标提前数年实现，既然总归要嫁人，何不一步到位？

那时她刚接了一份兼职，提成高，工作轻松，不过是偏门，那间公司在繁华地段租了层楼，一年到头都有高级职位招人，且条件诱人，应聘者要交五千块保证金，进来工作保证你挨不过试用期——赚的就是保证金。

葛珊是这公司的中介，这份工不大光彩，其实她也知道，如果不是急着用钱，也不至于走到这步，即使这样，弟弟那边的电话还三天两日地来，她恨不能三头六臂。

现在转机来了，简历寄出不够一周，富翁的代理人回复约她见面，葛珊想着见面如果顺利，就快快辞了这兼职，背水一战，全力以赴嫁入豪门。

杨一炼就是这个时候来找她的。

女生宿舍楼下常年都有等待的男人，他们或坐或立或徘徊逡巡，杨一炼在里面，葛珊根本就没看出来。

眼前这张腼腆喜悦的笑脸，有些眼熟，葛珊突然想起，心里暗叫一声。

“你怎么来了？”

杨一炼含糊地答应了一声，见她抱着大摞的书本，自然地伸出手去，“我帮你拿吧。”

葛珊警醒地看看周围，她得小心，听说富翁会找人跟踪调查应征对象，随即堆起客气的笑容，“不必了，我要写论文，忙死了，不能陪你逛了。”

杨一炼笑着：“没事，我只是过来看看你。”

葛珊且说且走道：“难为你这么远地来一趟，不好意思啊，下次有空儿我去D城看你！”

杨一炼跟上两步，“哎，你不用去D城找我了，我已经辞职了。”

葛珊不解。

杨一炼又道：“我在北门租了房子，离你这儿很近，我刚才计算了一下，走路只要十分钟——随时可以来看你。”

葛珊冷了面孔，“什么意思，你辞了公务员的职务来这里，你想干什么？”

“干什么我还不知道，这两天我正在找工作。”他笑着，如一的纯真。

葛珊心里倒抽口凉气，这傻子，真的和我赖上了，这可是非常时期关键时刻啊。她冷一冷脑子，马上有了主意。

“找工作啊，我给你介绍啊，大公司，高级职位，高薪、福利好，肯定适合你，只有内部关系才能进去呢！”她重新笑起来。

“你真好，还帮我介绍工作。”杨一炼满脸感激。

整点报时时间，学校山上的大钟恢宏地回响，杨一炼仰着头去看，孩子似的纯真，葛珊急忙快步离开。

5

年轻富翁的首次见面，定在周六中午的蓝莓西餐厅，事情如葛珊想象般顺利。

正是秋意浓的时候，早上就淅淅沥沥地下雨，凉意透骨，葛珊穿戴好，富翁的沃尔沃轿车来接她，汽车穿越冷飕飕的雨、辗过湿漉漉的道，玻璃里面暖而安然，葛珊轻轻地在心里叹口气。

这时她忽然看见杨一炼，他迎面而来，没带伞，头上只罩了风衣的帽子，低着头匆匆地往她宿舍走去。

葛珊心虚，不由得低了头，车开得快，忽地把他抛在后面。

看来是关于那公司的事，他定是找她算账来了，就是不怨不怪，也不知要纠缠多少时日，真烦。

然而她不可以分心，蓝莓到了，葛珊取出化妆盒再端详一下，一个恰到好处的微笑浮在脸上，她施施然下车。

里面已经坐着几个女孩了，看来和年轻富翁共进午餐的，远不止她一个，葛珊有点儿失望，但很快就激发了斗志，她笑着，从容优雅地坐下。

午餐之后，是直落的唱K，女孩子们唱的都是英文歌，依次秀着自己的口语，那年轻富翁，身材精瘦，镜片后面是一双踌躇满志又精明警惕的眼睛，他不动声色地旁观，任助手挑起话题，女孩子们争着表现，有一两个急切的，言语里甚至夹了枪棒的，时时惹得他大笑，就像一个戏班主，竖起一串香蕉，逗引猴子们争斗撕咬看热闹，寻开心。

这个联想让葛珊不快，但她随即控制了自己，淡淡地在一边笑去，又是优雅，又是莫测。

葛珊相信富翁分外注意到她了，因为他和她跳了两支舞曲，问了许多话，兴致盎然地。

回去的时候，沉浸在这胜利的喜悦里，她有点儿醺醺然。

然而车近宿舍门前，雪亮的氙气大灯直直地照着前方，天啊，她一下醒来，杨一炼还在那儿。

雨已经停了，屋檐下还滴水，那男人背靠着墙，额前的头发湿了，灯光让他睁不开眼，他转过身去。

葛珊忙对司机说："哎呀，我忘了今晚要去同学那儿拿资料，劳烦你带我一程了。"

车开了，她心里仍恼着，这个人阴魂不散，肯定要跟她没完没了，要是找到学生科就惨了，被人家知道也不好，真是麻烦，真愿他能突然消失，她皱着眉头，动了诅咒。

这晚她去同学家里挤了一晚，第二天早早回宿舍换衣服，门口的宿管员递给她一封信，封得密实，而且有点儿厚度，"那个小子还想等通宵呢，校警赶他走了，这个是他给你的，千叮万嘱地，你拿好了，我可交给你了。"

葛珊掂掂信封，皱了眉头，这人竟然有这么多的废话？她随手夹在书里，直到晚上吃夜宵才记起来，遂一边吃东西一边拆开，抓了信封斜斜一倒，竟哗地滑出一沓钱来。

6

不知夜深几何了，宿舍的窗户半掩着，秋凉无声无息地摸进来，洗手间不知是谁没扭紧水龙头，一滴水一滴水地滴答，漏不完似的。

葛珊睡不着，怎样也睡不着。

失眠是聪明也无能为力的事情，而更让她浮躁和害怕的是，她怎么可以为这人这事睡不着，心好像是一只有爪的虫，上上下下地爬，又像是一桶摇摇晃晃的水，荡漾来荡漾去。

不安。

杨一炼那天顶着寒雨来，来送这封信，信里面有三千五百元人民币，其中有两百元，是零钱凑的，有五十，有二十，有十元，还有五元。

一张短笺，寥寥数行，他这样写着——

“我不知道你遇到了什么困难，但你现在也许很等钱用，这里一点钱先拿去应急，目前我只能凑这么多。”

这算什么？什么意思？葛珊心里风云翻涌，不知是何滋味。

他是真傻还是装傻？他真傻？世界上还有这么傻的人，被人卖了还帮着数钱？还是他装傻？他什么都明白，他知道她设局骗财，知道她卑鄙阴险，他不恨不怨不报复讨说法，你不是要取我的钱吗，我索性都给了你，省得你处心积虑地玩花招，这是施舍，还是恩赐？他以为她就没有骄傲是不是，他在嘲讽，或是鄙视，他想逼得她无地自容是不是？

脸上热辣辣的，辣得她不舒服，几次翻身坐起，恨不得快快天亮，立马去翻那人出来，把钱扔给他。

次日有一份兼职要做，葛珊告了假，双眼浮肿地去找杨一炼。

走出北门她才觉得茫然，她没有记住他的电话，北门的出租屋深若海，何处才是啊？

葛珊站在路边的电话亭里想，他总要出来吃饭吧，只好等他出来了，她第一次这么傻地守候一个人，而且是个男人，又白白耽误她赚钱的时间，想想都觉得可气，而这气似乎找不到出口，慢慢化成一腔无奈。

等到中午一点，饥肠辘辘，眼睛都酸了，没有等到杨一炼。

她只好慢慢走回去，无精打采的，很累，而且很无味。

富翁的通知又来了，她成功地进入新一轮的筛选，对手剩下两个女孩，她们三个将在月末陪富翁出席一个高级会所的派对，竞相争艳。

葛珊精神不大好，她把这归结为昨夜的失眠。她用冷水洗了洗脸，暗暗激醒自己全力迎战，然而她无法像以前那样控制自己。总是有点儿分心，想着想着就想到杨一炼身上，费心地思索他真傻假傻、他的脸红、他干干净净的眉目笑脸、他老老实实的厚背宽肩……

这样下去是不正常的，葛珊摇头，必须找到他把钱还他，彻底让这人从脑中消失，她虽爱钱，但绝不白白欠人家的。

烦，是到北门出租屋去挨次翻找，还是在宿舍等他自动上门？又怕去北门寻他，他反过来找她，辗转就错过了，这等细小的思虑，让葛珊斟酌来去，毫不干脆利落，她恨自己有点儿不像自己了。

可是杨一炼再没出现过，就像她曾诅咒过一般，突然消失无迹。

7

然后就是冬了。

心上始终有桩事，放不下，忘也忘不了，这些日子，杨一炼的形象像水退后的石头，反而愈加轮廓清晰了。

然而她就是找不到他，事情只好这样悬着挂着拖着，不能彻底解决。

好在葛珊有正事忙，今晚上这个派对，到处都是场面上的人，富翁身边环绕着三个花儿似的女孩，惹得满场艳羡。

有人近前道："老四就是厉害，以前那是工作狂，连追女孩的工夫都舍不得，现在一出手就是三个，谁不服气啊？"

富翁哈哈笑道："当然是先搏命赚钱，有了钱，什么样的女孩找不到，如今有的选的——"

"你厉害、厉害，赚了夫人，又省了广告费，听说不少媒体给你免费宣传呢，这招不错，什么时候我也学习学习。"

旁人嘻嘻哈哈地恭维一番，又打趣说："我说三个都这么正，你怎么选啊？"

富翁说：“是挺难。”

“何必选得这么难，不如尽享齐人之福？”

富翁又笑，“那也得老大老二排排座次啊。”

人人都笑，葛珊也微笑，尽管维持这微笑，和维持矜持自若一样不容易，她的对手之一，那个大眼睛的女孩，已经有点儿挂不住了，她红着脸，带着点儿愤愤。

然后就是喝酒，一边说些得体的话，各色的人物兴致勃勃地上来敬酒，富翁悄悄在葛珊耳边说：“这些都是生意场上的朋友，哪个都不能怠慢，帮我周旋一下，锻炼锻炼，将来这样的机会多着呢。”葛珊颔首。

这晚葛珊一直没怎么吃东西，这时酒水连番入肠，胃有点儿泛酸，她隐忍不发，勉力按捺下去。

一个头顶微秃的男人笑嘻嘻地过来，他要和大眼睛女孩喝酒，轻浮地说：“别紧张啊，要是老四不要你，就来找荣哥，荣哥比他有钱——”大眼睛女孩实在忍不住了，把酒杯往托盘上重重一摔，招呼也不打，掉头直冲门外去了。

场面有些尴尬，秃男人解嘲道：“有性格，有性格。”

富翁解围说：“没礼貌，读了点儿书就扮清高，素质太差，她以为是谁，还不是朝钱来的？算了，算了，葛珊你俩陪荣哥喝几杯。”

宴近阑珊，屋外寒风凛凛，屋里暖气醺醺，香水烟草浓酒味道更让人头晕，葛珊不知喝了多少，只是感到脸颊燥热，今晚她一直苦苦压抑着自己，此时实在是撑不住了。

富翁嘱咐助手送葛珊回去，冬夜清寒，但空气鲜冷，满天的星星明灭，好像似笑非笑的眼。助手笑道：“葛小姐，老板对你印象极好，看来你最有希望。”他从公文包里拿出一份表格，“还有一道程序，这是妇健医院的体检表，这周劳你去一趟，当然我们毫不怀疑你的纯洁，但这是程序，希望你能理解。”

葛珊勉强挤出一丝笑，“当然，这是游戏规则——”

便再也不能说话，只一手用力按着胃，一边怔怔看着车窗外。

暗黄的路灯，荒芜的树，冬夜低头行进的人，被风凛冽掀起的衣角。

突然，在路边的站牌下，赫然一个熟悉的身影。

“停车！”葛珊胸口一热，冲口喊道，忙又回头掩饰，“我在这里下就可以了，我同学家在附近。”

8

葛珊下车，慢慢待车开远，这才拔腿向站牌飞奔而去。

是的，杨一炼。

他在等车，只一心地看着车来的方向，天这么冷，他却穿着薄风衣，双手插在口袋里，偶尔又蹦跳几下热热身。

葛珊冲到他身边的时候，他才微微转头过来望望，他瘦了，眼睛却依旧亮晶晶的。

借着冲劲儿，葛珊狠狠地向他撞去，他站不稳，几乎跌到马路上。

“杨一炼，你死到哪里去了，你究竟玩什么，跟我玩失踪啊，你有没有脑子的，大冷天穿这么点儿衣裳，你究竟想干什么，你是不是想气死我啊！”她气喘吁吁地一气喊着，不知道自己说了些什么。

杨一炼站定，傻傻的不知道该答哪句，风从背后灌来，他猛地打了一个喷嚏。

“活该，冻死你！怎么，没钱买衣服穿？去充大头鬼啊，去扮伟大高尚啊，去装你的优越感啊，你以为你是谁，你以为你有多少钱，你凭什么施舍恩赐，你凭什么仗义疏财？”葛珊想冷笑，满腹的酸甜苦辣悲喜交加却一下子涌上喉头，混着刚才喝下的酒一起呕了出来。

肚子里倒空了，精神也爽利了，杨一炼只是蹲在她身旁轻轻抚着她的背，又携了衣袖给她擦拭，“你说得那么复杂干什么，我只是想帮个朋友罢了，你吐成这样，看着都替你难受。”

葛珊驳去，“谁把你当朋友，告诉你做人别那么天真，笨蛋！”

杨一炼笑笑不答。

葛珊恨他没反应，又狠狠地说："你知道吗，我对你好跟你笑，是为了赚你荷包里的钱，你买一条项链比外面贵一倍，单我就赚了一百八！真有你这样的傻人，一个景点还跑来玩两次，两次被人宰得光溜溜！我介绍你去那公司，他们赚你五千保证金，我有六百块提成，傻子，你知道吗？你想不到吧！"

杨一炼平静地看着她，点头，"我当然知道。"

"知道你还来？知道你还自动送死？知道你还送钱给我？你就这点儿出息啊，笨蛋！"葛珊喊着，不小心冲出几点泪水。

"我乐意行不行——"杨一炼红着脸，低了声音，"我心疼你啊。"

葛珊的眼泪哗地涌了出来，喉头已经哽住，却还挣扎着嘴硬，"我好得不得了，我用你心疼？"

杨一炼继续说："第一次看见你，那么低声下气地求人家买东西，谁都不买，你在雨里面慢慢走着，不知为什么我就是心疼，买什么我无所谓，你高兴就行。"

葛珊再也说不出话，那么多忍也忍不住的眼泪，泪眼前就是杨一炼的胸膛，平整宽阔，坚实温柔，她忽然一点儿力量也没有，不由自主，她靠上去，深深地、重重地靠上去，他的风衣很凉，他的呼吸灼热，她抱紧他大声地哭，好久好久没这么难看痛快地哭了，好像要把二十几年的委屈都哭干净，就放肆一回吧，冲动一回，任性一回，不顾后果一回吧，二十几年来，只有她自己心疼自己。

不知过了多久，公车摇摇晃晃地开来了，杨一炼摸摸她的头发，"这儿冷，我们先上车吧。"

车上人很少，他们在后排坐下，车慢慢开，两边店铺灯光明亮，街道野墙又暗暗沉沉，他俩年轻的脸庞，也忽地明，忽地暗。

"说我衣服薄，你的不也是？"杨一炼笑她。

葛珊眼泪未干，却又逞强，"我不怕冷，我的手比你暖和。"她伸手去握他的手，有点儿润润的凉，又刹那针尖般地麻，两人几乎同时心念一颤，怕惊动那极微妙极战栗的感觉，谁也不敢动弹一下，也不敢望向对方。

冷，但两人坐得很近，就彼此暖起来，手轻轻握着，暖出了汗水。葛珊有点儿疲惫，却又感到无尽的安适美好，她惊诧自己的变化，但实在硬不下心肠放开，她的心温软得几成溶液，一点儿办法也没有。公车迂回辗转，只愿路长，再长些，夜长，再长些。

9

有些事情是动脑子也没办法的，譬如爱情，你没法挡住不让它来，也没法把它赶出门去。

谁让你动了心。

葛珊看着自己的手发呆，这个世界曾带给她无数种快乐，但是从没试过这一种，那种微妙又战栗，烈火与寒冰，微笑和泪水，渴切而刺痛，深深地在心底，刻在骨子里的感觉呵。原来有这么奢华、这么好、这么莫名其妙的东西，连遐想的时候都是振奋的、幸福的、晕乎乎的。

那晚他俩就在车上坐着，直到公车收工。第二天她很懒，就赖在床上闭了眼反复回想，真不知道杨一炼强在哪里，他为人这么天真，太善良，做事全无大局观念，缺少谋略，没有大志，随遇而安又感情用事。一个这样的男人，是不能成就什么大事的——可是他在她心里，没办法，满满的遍地都是，她想着他，生气也好，快乐也好，就是他，一点儿逻辑、理由、凭据都没有。

然而还是要起床，冷水洗脸，洗得脑筋清清楚楚，她记起昨夜的一切，除了杨一炼令人眩晕的胸膛、微电似的指尖，还有那醺醺的夜宴，和那张苍白的体检单。水真的好冷，她完全醒了。

晚上，葛珊去找杨一炼。

那次他把剩下的钱都留给葛珊，退了北门的房子，准备回D城。在中途站转巴士的时候，回回头，远远地看见葛珊学校山上那座大钟，它若报时，全城都听见回声，突然就舍不得走了，当初傻呵呵地来，似乎也没图得到什么，只求离她近些，近些的快乐。

于是就留下，附近的公司招人，钱不多，胜在有个地方落脚，最好的是公司宿舍窗户，推开来就看见那座大钟，他很欢喜，杨一炼是个简单的人，他的快乐也简单可笑，他快乐，因为那是葛珊的钟，她也和他一样看到，同一时间，同一城市。

屋子里开着电视，同屋的人很识趣，都笑着出去了。

两人突然有点儿拘束，杨一炼就指指窗户，“你看，你们学校的钟，我也天天看得到。”

葛珊觉得好笑，笑了之后才觉得感动，“你真傻，傻得要命。”又补了一句，“要是我也有你这么傻，我们一定很快乐。”

杨一炼呵呵地笑了。

“你梦想的生活，是什么样的？”葛珊问。

“我很少想那么多，只是跟随我的心吧。”杨一炼答。

“我不同，我的人生老早就设计好了，我的目标很高，我需要很多很多钱，生活需要品质，而且——”她的眼睛黯淡下来，“我要给弟弟高品质的生活，我从没和人说过，我弟弟，天生智障，除了弹琴他什么也不会，他连衣服都不会自己穿。今年他的老病又复发了，我四处筹钱都快把自己逼疯了，他要人照顾起居，要请老师学琴，要治病疗养，谁能帮我们呢？这世上这么多年只有我一个人在撑着，或许你会觉得可耻，我要嫁给一个有钱人，除了婚姻我还能倚靠什么？”

杨一炼沉默地听着，他想抬手拍拍葛珊的背，想想又放下了。

“在我的人生设计里，压根儿是没有爱情这一项的，你我这一场，是个偶然的意外，可是你知道吗，这个意外，我实在舍不得。”葛珊的眼圈慢慢地红了。

杨一炼抬起手，爱惜地拢好她的头发，“只要别太难为自己，只要你高兴，好不好？”

葛珊望着他，他抿着唇，尽量装作轻松的样子，眼睛却避开了。

屋子里只有电视的声音，电视上福利彩票正在开奖，葛珊盯着滚筒里的号码球，忽然说道："你希望特别号码是多少？"

杨一炼迟迟才反应道："不知道。"

葛珊幽幽地说："我说，赌一把吧，那个特别号码是多少，我们就在一起多少天。"

杨一炼怔怔地看她。

"是的。"葛珊紧紧地盯着三十六枚号码球在滚筒里翻滚，机停，一枚号码球滚出来，主持人拾起来宣布，"特别号码是——7。"

她垂下头，只肯给他们七天。

她的理智一路下令，在沉溺之前在深陷之前快点儿离开，七天，七天也许够她回味一辈子的了。

杨一炼低下头，他捧着葛珊的手，谁的眼泪掉在上面，摔碎了。

10

镇日吹着北风，日子一天天倒数。

没有计划和预筹，时间太短太短，转个身都来不及，太想把每一瞬都紧紧抓住，而心慌得厉害竟下不了手。

葛珊下午常常逃课过来，以后几天甚至连白天的课都不上了，她的书包里有一部借来的照相机，当杨一炼温柔地给她焐暖冰凉的双耳时，当他们笑闹着把手挤进同一只红色棉手套时，当两个人静静地拥在一起，只听到心跳如安详的钟摆时，她好想有谁，可以在圈外握着照相机，把那分钟定格，她的头脑如走马，拼了命地想记住每一个呼吸、眼神、微笑、温度、姿势、吐词，她快乐又慌张，甜蜜又焦灼。

他们每天都去那个小公园，天冷，公园里很静，天有时候是纯蓝纯蓝的，有时候又灰得像一堵老墙。他们拉着手在里面一圈圈地走，走累了就坐下，淡青色的木横条长椅，坐下看冬天苍芜的草地，还有干净的树枝，就有种天荒地老的错觉，那一刻不说话，她的头靠在他肩上，以为会这样到永远。

七天里他们只是这样过了，走的是石子混水泥路，逛的是荒寂清冷的小公园，吃得最好的一次是街口小店的大肉馄饨，一贯实际的葛珊还说服老板送了一碟酸菜。这就是他们全部的浪漫道具和布景。风从更北的地方来，有时候像刀片薄薄，他俩的脸都刮得红红，看起来却很美丽。

握住手的时候，她还要用一点儿力握紧，咬着唇使劲儿再加一点儿力，杨一炼以为她是闹着玩儿，怎知她是想确认此刻的拥有，还有放开前的不甘。

上帝用七天，创造了世间万物，万物绵延更生千年万年。

他俩的七天，是瞬间喷吐哀感的顽艳焰火，光，明，热，烈，能不能含在口中，携在身上，藏在心底，从此千条阡陌，万个夜晚，都亮着，都暖着，不枉此一生。

第七天早上，下了冬天里的第一场细雪。

雪花纷纷地，慢而悠扬，睁开眼睛望天，它清凉地落在脸上，化得悄无声息。

两人都能很平静地谈论将来，杨一炼订了回D城的票，晚上六点的车。在宿舍收拾行李，他装作不在意的样子说："你千万别去车站送我，我一向不喜欢别人送。"

葛珊笑答："我也一向不喜欢送人。"

杨一炼道："就是，很麻烦，人又多，得大声说话，大家都跟打仗似的。"

葛珊补充，"也不见得有什么意义，有个团友就说一次他送人上车反而把人送丢了。"

杨一炼乐了，"这就太滑稽了，所以，送人是最没必要的了。"

两个人都笑了，笑声很短，停下来就是突然的沉寂。

葛珊低声一句，"你以为我敢去吗——"

杨一炼不接口，只转过头大声地在那儿检查，“衣服、鞋子、书——”

雪下不停，近黄昏时，地上已经白了一层，小公园里更罕人至，只有他们的脚印，黑黑的两行。

到最后了。

“再抱一下，就分开——”杨一炼笑笑地看她，不敢看久似的，马上低下眼睛。

葛珊用力撞进他的怀里，紧紧地抱住他，突然隔着棉衣狠狠地咬了他肩膀一口。杨一炼的怀抱让她几乎窒息，他那么使劲儿，好像使出全身的劲儿，一辈子的劲儿，箍得她很疼，疼得想哭。

山上的大钟，暮色中浑厚地敲响。

杨一炼突然放手，再看她一眼，说声“走了”，就真的转身快步离开。

葛珊也掉了头走，想走得快，步子却滞重凌乱，但她不回头，绝不可以回头，霰一般的飘雪跟着她，回荡的钟声跟着她，她跑起来。

忽然，想起什么，她又转了方向拼命往回跑。

他们刚才的那片雪地，黑黑的脚印还在，而现在只剩她一个了。

然而雪继续下，一点点地掩盖着脚印，很快就白茫茫一片什么也不见了。

葛珊忙乱地从包里摸出相机，崭新的胶卷，一张都还没照过呢，她的手颤抖着按快门，单调的声响，寂寞的闪光，天马上全黑了，风卷来远处断续的雪和断续的哭。

那是些拙劣的照片，震机，模糊，构图草率，只是洁白的雪地和凌乱的脚印。只有她珍爱如宝，只有她深深知道，最后那年的回忆，是这场初雪。

神主牌

神主牌前，阿嬷双手捧着一大扎香，弓着背嘀嘀咕咕地拜。香烟升腾弥漫呛鼻，她稀疏的白头发梳成一束小辫子，撅撅的，好像兔子尾，头绳却是红色的，好土，又好搞笑。

物理老师说原子的直径大约是1到2埃，1埃是很小很小的，小到只有1米的百亿分之一。

物理老师有些激动地举起巴掌，“想想看哦，我手上至少排列着十亿个原子，肉眼看不见的，活动的，密密麻麻的，你们说，除了这些神奇的小东西，还有什么可以做得到？”

我低头笑了，有，还有那些神奇的老东西。

那些神奇的老东西，肉眼看不见的，活动的，密密麻麻的，排列在一块比巴掌大一点儿的地方，就在我们家。

我们家是不大，爸妈哥姐和我，再加上个老阿嬷，我们六个人如果同时出现在小客厅，就会挤到发生踩踏事故。吃饭也是，桌子坐不下，总是爸妈哥姐先吃，他们是上班的人，能赚钱的人，重要的人，然后才轮到我和阿嬷。

那些老东西的地盘就更小了，小长方的一块神主牌，他们密密麻麻地挤在上面，不知道会不会吵架。每天晚上我睡在小客厅里，双眼直直地望着暗红色的木牌，想象着这么多位老东西，吵起来场面会多么火爆。

阿嬷把这些老东西叫作——祖先。

神主牌前，阿嬷双手捧着一大扎香，弓着背嘀嘀咕咕地拜。香烟升腾弥漫呛鼻，她稀疏的白头发梳成一束小辫子，撅撅的，好像兔子尾，头绳却是红色的，好土，又好搞笑。

“祖祖辈辈百子千孙，流流长。先有阿祖，才有太公，有了太公才有阿公，才有你阿爸，才有你。”阿嬷笑眯眯地向我招手，“华仔，快来拜拜。”

我拜拜的动作是很专业的，什么时候作揖，什么时候磕头，从小阿嬷就教。她说诚心诚意拜拜，祖先就会勤勤保佑我们心想事成。不知怎样才算诚心诚意，只是祖先并没有保佑我爸妈升职发财，也没有保佑我哥姐金榜题名，我妈因此常在背后说：“那些老东西有什么本事保佑子孙，说不定自身都难保！做人比不过别人，做鬼就会出头吗？”我妈不信拜拜，但阻不了我阿嬷执迷地信。

我阿嬷早上起来第一件事是洗手奉香，告知始祖公始祖婆高祖公高祖婆们今天几月几日，天气如何如何，她昨晚做了个什么梦，梦到小孩就说要犯小人，梦到屙屎就是要破财，然后便求保佑全家人顺顺利利出入平安财丁两旺。到了晚上吃饭，我阿嬷又要洗手奉一炷香，感谢今日多得始祖公始祖婆高祖公高祖婆们保佑。

神主牌上的老东西吃的东西很奇怪，平日里他们只吃点着的香火就够，年节里却也要跟着喝酒吃鸡呷肉。每次上供阿嬷都警告我要等祖先吃过了才能吃，千万不能偷吃，偷吃会烂嘴的。其实她哪里知道，我很小的时候就偷吃过，嘴巴牙齿舌头都好好的哟，而且老祖先享用前后的供品滋味并无两样，我好疑惑他们到底吃到了什么，空气吗?

年节里的拜拜是一件非常重大的事，平日里笑容好好的阿嬷突然变得肃穆，像个神巫，我爸我哥我姐也变成了被魔法控制的木偶小孩，连我妈也不张口骂人了，因为她要忙着打喷嚏啊。

会烧更多的香，屋子里好像着了火一样浓烟滚滚，我妈有过敏性鼻炎，呛得眼泪鼻涕一起来，只好抱着一卷厕纸擦啊擦不完。我妈打喷嚏的声音也是很怪的，尾音颤悠悠好像猫仔哭，所以我就好想笑啊，忍笑忍到浑身在抖，二姐就会掐我，我也回掐她，大哥小声喝止我们，阿爸便回头瞪我们一眼，自己先跟着阿嬷跪下，我们便也老实跪地。

什么也吵不到阿嬷的虔敬，她迷醉在那套仪式里，好像真的有什么东西附身。

神案上分行摆着——顺序绝对不能错的——三杯茶，三杯酒（酒要斟满，茶不可满），三碗饭（饭尖要圆），三对筷，一挂有肥有瘦的猪肉，一只全鸡，鸡头朝向神主牌。

阿嬷好像唱经般唱出一大篇词来。

“香烛齐明，诚心奉请，香烟纷纷，震动乾坤，请到本门五方五土地脉龙神，请到本门堂上历代祖先，始祖公始祖婆，高祖公高祖婆，曾祖公曾祖婆，老太公老太婆并华仔阿公等，请到天官赐福，九烟司火灶君，门官力士，一同有请癸巳年端午节清茶米酒，禾花米饭，三牲礼酒，高头凤鸡，猪腿成员，红珠玉段，东海幼盐，奉请祖先。”

阿嬷斟酒，第一轮浅浅斟，“高头饮酒，高头看起，方方吉利，百无禁忌，贵人看起，恶人闪避，做生意一本万利，货如轮转，好买好卖，紫气东来，客如云集，富甲一方，堆金积玉。”

阿爸先拜，大哥、二姐和我跟着来，阿嬷朝里屋望一眼，阿妈的喷嚏更响了。阿嬷便对阿爸说：“代你老婆多叩两个头吧。”

第二轮斟酒，阿嬷念：“未饱饮饱，未醉饮醉，生意行流，东成西就。”

香火蜡烛默默地烧，蜡油淌下来，红艳艳一垛，我们默默地拜了一回又一回。什么也看不见，可阿嬷说祖先们在吃。

最后一轮酒，一定要斟得满溢出来，流在桌上，滴滴答答掉下地。熏得乌黑的元宝桶里熊熊地烧起金银元宝，酒一杯一杯泼在火上，火焰便忽地蹿起来，好像蛇，火烧米酒的香味让人眩晕。阿嬷的身影映在火光里，忽明忽暗，扎红头绳的兔子尾也忽而白忽而灰。

“未饱饮饱，未醉饮醉，保我儿孙，金榜题名，和顺一门，财丁两进，富贵双全。大宝细宝，万事皆好，金银财宝里头藏，未烧是宝，烧过是钱，钱钱相贯，贯贯相连，钱能通四海，户纳四海财，一通通三界，保我儿孙好万万年。滴酒落地，大吉大利，直行万里，无事无非，平安二字，贵人看起，酒礼完毕，各神回各位。”

最后一句出来，全家人都舒了口气，筋骨又咯吱咯吱开始活动，阿妈的喷嚏也悄悄地停止了，尽管她鼻红眼肿，好像是被谁打过。

阿嬷用小臂拂一下头发，额头上全是汗，她抓着火钳通一通元宝桶的烫灰，对阿爸说，其实更像是说给阿妈听：“我老太婆没有一百岁的命，你后生辈不学学请神拜神，将来怎么识得做？”

阿爸没作声，阿妈也没作声，后来我才知道，答案他们早就有了。

端午节后不久，不知是不是祖先保佑的，我们家要搬进新屋了。

那是一个新区的楼盘，楼很高，电梯很大，屋很光亮，很多住户开名车的，我妈说这是高档住宅区，我们能住进来真是好不容易啊。新屋要月供的，大哥二姐都有份负担，所以他俩各占一个大房间，理直气壮的样子很讨厌。阿嬷也出了一笔钱，阿爸说那是阿嬷的棺材本，将来手头松了就还给她，阿嬷说自己家人说什么借和还。我的房间也是阿嬷的房间，好小，刚刚能摆一张上下床，这么大个子还没有一块自己的地盘，想来真够郁闷。

全家只有我不爽，阿嬷笑着摸我的头，“很好啦，不用做厅长还不好？要识得感谢祖先保佑看顾，等到搬了新屋，我们要买只大金猪拜拜太公。”

可是阿妈淡淡地说：“新屋不立神主牌啦。”

除了阿嬷，好像全家人震惊的只有我，阿爸大哥二姐都是没听到的样子，装作一点儿表情也没有，他们是一伙的啊。

阿嬷看看阿爸说：“怎么可以不立神主牌？”

阿妈说：“我们改信耶稣啦，信耶稣方便省事，闲时去下教堂做礼拜，有礼物拿有点心吃，不用搞得家里乌烟瘴气。”

“就是啦，现代城市人谁还在家拜拜呢？我都不好意思和同事说，乡下人的习惯。”二姐附和着，又碰碰大哥，“要是阿May知道，肯定会笑话的。”大哥嗯了一声，阿May是他刚交的女朋友，网上认识的。我担心接下来二姐要来碰碰我，实话说我也觉得拜拜好麻烦，只是又不想就这样站到他们那队去，我和阿嬷一间房噢。

阿嬷谁都不理，只是望着阿爸，阿爸不耐烦地摸着疏疏的几条头发，“随大家的意思啦。”

阿嬷低了头，“你说不立神主牌，过年过节大家有的吃，要祖先去哪里吃呢？”

阿妈笑了一声，“祖先用不到我们操心，早该投胎去了，早投胎早发达，祖先有祖先的福气，拣个富贵人家投胎，餐餐吃鱼翅不好吗！”

阿嬷不接阿妈的话，凡是阿妈话里有骨头，阿嬷都不接招，她说自己家人吵架很傻的，伤感情。其实这招很高手，我妈总是闷到严重内伤。

阿嬷转过身去做自己的事，闭了嘴什么也不说，只苦着一张皱脸，她这副受气的样子让人可怜又可恨。我妈就咬着牙齿说：“你们看她又要去祖先那里告状了，你们看她又要借神主牌咒我了，我才不怕呢，我一点儿都不怕！”

我忍不住拆穿她，“不怕才怪！”我妈瞪着我，然后她抓住英文测验六十七分的事狠狠打了我一巴掌，总算找到了出气的地方。

毫无疑问，神主牌是阿嬷最忠实的听众，有时间，好耐性，什么都听又不驳嘴噢，全家人问谁能做得到？阿嬷和神主牌说话的样子是很带感情的，眼神交流好像真的是和很多人，不是和空气。阿嬷什么事都要告诉祖先，下雨浸街啦、空心菜升价啦、去大姑妈家吃火锅啦、上楼梯腰骨风湿痛啦、二姐上网买了假珍珠首饰、大哥相亲被人嫌薪水低、阿爸找不到电饭煲的保修卡、某天早上我忽然烂掉一颗牙啦……列位太公太婆们，你们必须是轮值制的，要不怎么受得住这么长的气啊。

要是我们不等上完香就夹菜吃，阿嬷会对神主牌说：“太公太婆莫怪罪，祖先未吃咯子孙吃。”要是姐姐偏巧在初一、十五洗了头发，阿嬷就说：“太公太婆快保佑啊，财气要给大水冲跑了。”我爸我妈吵得要掀屋顶，阿嬷就说：“再大声，落力吵，太公太婆听着呢，几好听！几威水！”是的，她从不接我妈的着儿，只是对着神主牌苦巴巴地说：“没用咯！几十岁都不识怎样做人，还要多得后生媳妇声大大来教我，太公太婆有得见咯。”这是很神奇的，每次阿嬷这样投诉我妈，我妈总会出点儿小问题，不是被花瓶砸到脚，就是眼睛生麦粒肿，或者是丢了什么东西，或者是出门就跌跤，这真是很神奇的，你说我妈怕不怕?

那晚阿嬷并没说什么，只是默默地上了香，早早上床睡去。奇怪的是我妈，半夜说头好疼，睡不着又和我爸大吵，我爸是可怜的替身，一会儿替阿嬷，一会儿替阿妈。第二天早上阿嬷上香，阿爸迟迟未出门，他在边上说：“我们后辈谋生艰难，祖先也会体谅的。”阿嬷便瘪了嘴，“早知这样，乡下老屋就不该卖，我们也不该跟你来城里，如今教祖先们去哪里才好？”阿爸说：“你仔没本事。”阿嬷浮了个笑脸出来，“谁说我仔没本事？乡里谁不赞，个个叹我好命水，仔孝顺，又住大城市，又要搬新屋，几好命，是吧，阿妈也是知福的。”她拍拍我爸的胳膊，笑笑。

家里乱糟糟的，他们在新屋那边忙，饭都很少回来吃。阿嬷也忙起来，一日五六次拜拜，忙着求祖先保佑她中大奖买间屋。这么老的阿嬷买彩票很少见吧，放学回家我看见她坐在彩票店里，戴着老花镜，伸长脖颈请人家帮她兑奖，那个讨厌的后生仔逗她中了五百万，她瞪着眼迟迟不敢欢喜，“骗我的吧，是不是骗我的？”

当然是骗她的。

我知道阿嬷想有一间屋，可买彩票总是中不到，她就四处找人租。这件事阿嬷并没有偷偷摸摸做，是爸妈他们太忙不关注。所以有街坊好心问我妈“你家阿嬷要租房自己住吗”，我妈回到家大发脾气说阿嬷丢他们的脸，这是很没道理的事。

阿嬷还是看着我爸说话，“你阿妈虽然老懵懂，还没有那么不识事。”

我爸皱眉，“好端端又租什么屋？又不是没地方给你住。”

“不是我去住，租间屋放神主牌，我得闲过去奉炷香。”

我妈声音大起来，“你就是想人家看笑话，你就是想街坊说我容不得人，是不是？”

“哪有租？”阿嬷转过身去，“屋租那么贵，我哪里有钱交？”

我大姑家住城郊，阿嬷不知怎么想的，那天竟然把神主牌送去大姑家，可能太公太婆们也会喜欢走亲戚吧。神主牌不在的那晚，奇怪，家里好像空荡了许多，我睡客厅，特别能感觉得到，我妈却很高兴，冲凉都在哼着歌。

阿嬷夜里不知去了几趟洗手间，我姐被她吵到睡不着，抓着头发跑到客厅坐，又吵醒了我。好不容易再睡着，天没亮又听到阿嬷在我身边打电话。

“我昨晚梦到太公淋雨噢，太公面黑黑噢，毕竟是你婆家的屋檐，不同姓不同宗，要低头看人家面色，分人家香火，还是不要了，我等下就去接他们回来。”

神主牌又回来了，阿嬷划亮火柴点香，口里嘀嘀咕咕像哄小孩，“好啦，回屋咯，自家香火最安乐，是不是呀。”

搬家的日子越来越近，包租婆已经带了新租客看房。大家都手脚不停打包收拾搬运，不累反觉好精神，分外同声同气，新屋就是新开始嘛。屋子快搬空了，剩下块神主牌就分外触眼，但人人都不说什么，好像忙得一起忘了这回事。

当然，除了阿嬷。

今晚他们不回来吃饭，阿嬷问我最想吃什么，她要做阔佬请客。费事煮，我就叫了必胜客宅急送，香喷喷热辣辣的至尊海鲜比萨，送过来纸盒还是烫的。阿嬷却不准我马上吃，要拜拜祖先再吃。

“海鲜皮他们都没吃过，太公那时很穷的，连番薯根都没的吃。”

“是海鲜比萨。”

“海鲜皮——撒，祖先也想尝尝新鲜噢。”

比萨阿嬷只吃了一点点，她咬不动，于是我吃得特别多，好过瘾。

“华仔，明天陪阿嬷回趟乡下好不好，阿嬷再请你吃海鲜皮。”

“回乡下做什么？”

“我梦到你阿公，说太公他们都想回乡下住。”

“乡下哪里有屋啊？”

“阿嬷想到好办法。”

我家在农村，转两趟公交车要四个钟头，没什么特别的，青砖平瓦屋，有树有田有池塘，鸡和狗到处跑，风里都是猪屎味。

阿嬷用厚布裹住神主牌，抱在怀里，一路回头叫我跟上。

“你不知村里还有祠堂吧，许家祠堂香火好旺的。”阿嬷笑眯眯说，“太公太婆一定中意，几热闹。”

“可是——太公太婆为什么不去投胎？”我终于忍不住问，“重新做人不好吗？”

阿嬷收住笑瞪我。

我继续，“或者去天堂，去西方极乐世界啊，不比一块木牌好吗？”

“换作是我，也哪里都不去。”阿嬷好一会儿才答，“不想去那么远，几好都不去。”

我不明白。

她忽然笑了笑，轻轻拍我的臂，“心里会记挂的——将来阿嬷没了，也会记挂你们的，也想看看我华仔考大学娶媳妇，也想出点儿力，勤勤保佑你们呀。”

我好想把老师讲的科学真相告诉阿嬷，老师说人死了就没有了，不会上天堂也不会下地狱也没有下辈子。没有了就是没有了，当然也不会集体住木牌。

可我说：“你会活到两百岁！”

“算命先生说我有八十三岁命，我都嫌太长，人老了很烦的，样样事要麻烦人。唉，如果早没了，早早和你阿公入了神主牌，今日也不要我操心香火的事，祖先也怪不到我身上，是不是？”阿嬷笑着说。

祠堂到了。

就是个黑咕隆咚的小屋子，有很多神主牌，香炉好大，墙壁被熏得乌糟糟。

祠堂门口坐着几个老人家，阿嬷和他们说了好久的话。她说我爸城里的新屋好威水我哥的女朋友好靓，说子孙媳妇给她买了什么什么说在城里住好舒服，她说得很开心，把我拉来扯去给人看，那些人都是很羡慕的表情。

“晚晚发梦，太公太婆硬是要回乡下。”阿嬷解释神主牌的事，“好灵的呢，他们知道新屋是高档屋，户户不准点香火，点香火要被投诉，自动报警，警察来捉就好麻烦了呢。”她有些脸红地望我一眼，因为撒了个小谎。

神主牌安置好了，跟那么多牌牌放在一起，不知道会不会太挤。

阿嬷弓下身子去拜，深深地叩头，好久也不抬起，撅撅的白发辫子有些散乱，红头绳松了。不知道她求些什么，但我好像又有些不信老师说的科学真相了，假如我阿嬷有一天没了，我是说假如她两百岁之后才没的，她不是没有了，她有地方可去，神主牌已经住了那么多老灵魂，多添一个阿嬷也没关系吧。那么我有时想起阿嬷，至少可以在这里找到她。

轮到我拜拜了，我每个动作都很用力，诚心诚意许愿就是这样吧，全部力气都用上去求一个愿望。

神主牌就这样留在那里，我们坐着公交车回城，阿嬷回头望了几次。

阿嬷说：“年节都有香火，我给了双份香火钱，他们会上香照顾的。也饿不着，都是自家宗祠同姓佬，怎样都有的吃。”

她拍拍我的臂，“华仔，你今日许了个什么愿望啊。”

我说：“想有一间大屋，好大好大，大过新屋。”

其实我没说出下一句，有间好大好大的屋，我自己的，我要把神主牌接回来。明知这句会让她高兴，高兴很久，却硬是不肯说出来。

阿嬷笑了，“乖孙，祖先会保佑你的。”

转行

阿珍不知道，三十年前他就想转行。

还有七天。

“那个准，到什么程度？吕布辕门射画戟，那画戟小枝，不比你筷箸头粗，中原一点红出手，那宝剑没有影的，一招就见血封喉，那个准！”

他们听着，阿公仔放撮烟丝在烟嘴上，水烟筒黑咕隆咚，阿婆仔低头剥豆子，剥一阵筛一阵，扁箕哗啦哗啦，落下纷纷的尘，舅爷仔叉着腿，一只裤脚卷，一只裤脚落。

阿珍没表情。

“那个精，好比什么？脑科医生揸手术刀，脑壳里的神经蜘蛛网那么细，偏半厘一条命；科学家造火箭，算错一个小数点就出大祸，一点点都错不得。”

阿公仔呼噜呼噜吸水烟，舅爷仔一只赤脚踩竹椅，抱着膝盖头挠。

阿珍没表情。

“错得毫就错得厘了，错得厘就错得分了，错得分就错得钱了，错得钱就错得斤了，数学物理都要懂，一百五十道工序，一丁丁也错不得，这手艺，鲁班爷在天上看着，秦始皇亲手点的星，做的就是两个字，公平。”

舅爷仔哧地笑一声，去望阿珍，阿珍没表情。

“你笑，你做田，做生做死赚一年，赚不到人家一条红河烟，你做田，你仔女进厂做流水线，做官佬的仔女有车有楼做公务员，征你的田每亩不够一千元，卖给地产商建大楼一套房就卖几十万！处处没的公平，我就要做出公平。”

他们望着他，扁箕斜了一下，几粒豆子滴溜溜蹦下来，一粒豆子快，溜到阿珍鞋尖处，她不动。

舅爷仔重又将他打量一番，四十多岁，矮细身量，鬓角星星白，双眼有些凹陷，衣服鞋子一般般，一看便知便宜货。

“平大哥——”舅爷仔擦擦鼻子，重提起先前的问题，“平大哥，那你究竟——捞哪行发财？”

老平未开口，阿珍已说道：“不要听他吹了，就是个卖秤佬。”

“跟了他两年，也不敢带给你们看，就是一个卖秤佬，人又老，钱又无，一个月赚几百块，连他自己都养不活。”

呼噜呼噜水烟筒喷了一幕烟，扁箕里的豆子哗啦哗啦。

“那是门手艺，鲁班爷传下来，秦始皇点的星，百千年的生意，那多少万的银钱——”老平分辩道。

“到处都用电子秤，老古董过时了。”

“电子秤不准的，弹簧好易坏，又笨重，阿清叔他们都说还是我的杆秤好。”

“他们用到死，你的秤还没坏！”

“我的秤就是好耐用。”

“转行吧。”阿珍望着他，“说了足足两年，你没点儿真心拿出来。”

“你给我时间啦，我家做秤五代单传，没有徒弟传手艺，怎么好跟先人交代？”

“七天。”阿珍说，“我也会吃了秤砣铁了心，大家都听到啦，七天之后我回去，不转行就分手。”

还有六天。

阿珍不知道，三十年前他就想转行。

十五岁没读完中学，阿爸要他学做秤。他起初不肯，他要读完中学读大学，做一个知识分子，戴黑框眼镜，穿雪白的衬衣，上衣口袋插银筒钢笔，站在人前滔滔地说话，他说话的时候，人人眼睛不眨地听。

而不是那个老秤店，深深幽幽的竹筒楼，梁上挂的都是秤，走过去要低着头，不小心碰到了，白铝秤盘碰撞起来乒乓地响。钉秤花的阿爸，长年佝偻着背，这时抬头看他一眼，木木的。

他不是刚决的人，到底还是觉得阿爸有理，家有良田千顷，不如薄技傍身。日本人打来也好，土改分田地也好，大革命斗来斗去也好，粮食要收，人要吃饭，什么时代都要做买卖，做买卖就要用秤，做秤的行当千百年，你有手艺就有用，你有用就能保住自己。

学做秤，他前后用了三年，单是把一根铜丝砍砍钉钉刻成秤星，就足足练了两个月。第一次做成新秤，拿到阿爸面前炫耀，阿爸眯着一只眼，盯着秤杆看，啪的一声折断了，不直。

阿爸说，为人要忠直，秤杆也要直。他心里唱反调，奸奸狡狡，又煎又炒，忠忠直直，鱼汁无得食，手上却不敢悖逆，每次刨秤杆，刮一会儿，怕不直，便闭着一只眼吊线，总觉得阿爸在后背盯着。

阿爸没了四年，现在这些都是他的，竹筒楼，窄窄的铺面，早上卸了窗板，一杆一杆的秤挂出来，风一吹，白铝盘晃着闪闪的太阳光。

他把红纸黑字的招贴摆在门口，招学徒。

这次是真的，招个徒弟，手艺传下去，他就能松口气，阿爸阿公阿太公那里他就没有亏欠。他站在招贴前，叉着腰左右望望，还早，南瓜街没什么人。三十年前，这条街上有四家做秤的，多少人提着米酒生鸡要跟阿爸学艺，如今只剩他们一家，只剩他一个，整条街，不，整个城。当初最不想干这行的人，反而留到了最后。怪他做人不够大胆，思来想去，机会就过去了。他早该转，最好在阿爸还有命的时候转，他那时转行，找徒弟就是阿爸的事，百年手艺传不传得，也轮不到他费心。

想起这些就有点儿烦，他便转身进屋刨秤杆。

阿爸留下四把刨子，两把口宽，两把口细，油黑黑光亮亮，几十年浸饱了手的汗。刨子好用得很，通人性，都成精了，不用你出力，唰唰唰，它自己知道该朝哪里去。他有时总觉得阿爸的老魂就藏在里面，偷偷窥他，阿爸总喜欢偷偷窥他。

杆子渐渐平滑，木花大卷变小卷，金黄色的、带着木香的，一卷卷轻盈地散落在他周围，像金色的泡泡澡。他刮一会儿，不忘用一只眼吊线，拈掉发上一缕小木花，他点头，直。

想不到这么快就有人上门，是个满脸聪明相的瘦仔，进来不够两分钟就要学做假秤。老平从墙上取下一杆古秤，招手要他过来。

“不识秤花，不会当家，懂得看吗？”

“懂一点儿，这里是斤，这里是两——”

“你点点数，秤杆十六颗星，北斗七星，南斗六星，福禄寿三星。”

“对啊。”

“短一两损福，短二两伤禄，短三两折寿！”他大声起来，“朝代怎么换，太阳怎么转，这理刻在秤星上。”

瘦仔讪讪离去，他还站在门口喊：“学手艺先学做人，后生仔！”

教训人带来优胜感，之后却又有些寥落，他拿细砂布沾水擦秤杆，擦得又圆又光溜，拿到腮边磨一磨，滑得不得了。

还有五天。

他有了几分不安，昨天把话说得太响，忘了自己也曾做过短命秤。那时还年轻，和一个卖药材的女子拍拖，她总说没钱赚，要他做杆那种秤。他就把秤杆做成空心，灌上水银，称重的时候水银可以两头走。秤送出两天，他也惶惶了两天。秤上亏心不得好，他越要自己别怕，越忍不住去想，古训有时像个符，镇住你逃不掉。最后连夜把秤换回来，心是落了地，女朋友也没了。

那是他唯一做过的短命秤，可毕竟亲手做下了，一杆也是短命秤。鲁班爷在天上看着呢，便总有些理亏，他姻缘上的波折特别多，四十五岁还没结婚生仔，他常想，这算不算那杆秤的报应。

天光从门窗缝里漏进来，白亮亮的，他打了个呵欠，准备开铺门。

咳咳哼哈嗯吼吼嗯，咔！

门外响起一串奇异的咳嗽声，他侧耳听真些，连忙打开门，大声唤："老李，你回来啦！"

"死做秤佬，这么大声喊什么！"老李右眼戴着高倍放大镜，只好用左眼瞪人。

"见到你欢喜咯。"

"欢喜个屁啊，行行做不顺，又回来跟你作对啦。"

老李是个钟表匠，半辈子都在南瓜街上修表，他有一把太阳伞，一张小方桌，四面玻璃围子，里面挂着各式机械表，静静听，秒针走得嘀嘀嗒嗒。

二十多年前，买杆秤的人多，修表的人也多，他们各忙各的，话都没说过两句。慢慢生意淡过水，大家闲着反而成了老伴儿，下棋，吹水，打三公，日子也有那么点儿意思。只是这两年老李忙着转行，算算至少也转了七八行，贩水果、包鱼塘、卖彩票、小区保安、物流快递员，最近是在刀具厂做模具师傅。转来转去，没两个月又转回老本行，他说再有两年就五十，知天命，天命就是要他守着南瓜街。

老李行行做不长，说这行不自由，几十岁还要学人看面色，那行没意思，不用靠技术，人人都做得，找个戆佬也做得，我们有手艺的人同戆佬做一样的工，那是有几折堕，几看低自己。

"模具师傅又不爽？"

"流水线的工一天做足十个钟头，他把人当成机器使到尽，那个主管螺丝型号都分不清，还声大大骂人！"老李瞪一瞪左眼，"阿叔我有手艺，慢慢使饿不死，我用受你的气！"

"昨天我还想，不做秤就去投奔你。"

“你更不要去，你一等一的好手艺，去到那里太委屈。”

“迟早要转行，怎样都要试一试。”

“试过了，整日赶货单，谁同你讲工艺？装个刀柄，螺帽套螺丝，漏出手指粗的一条边，他们也闭着眼睛装上去，你们手艺人做不出的。”

老李咳嗽清了，这才静静坐下来修表，绣花针般拿着小镊子，轻轻摘开表后盖，“连气都要细细喘，不能错一丁丁，时间就是生命嘛，这个表就是时间的大脑。”

那表老李永远修不好，是他家传的老机械表，没生意的时候，他就折腾这块表，零件一个一个拆，再一个一个装回去，手上总得找点儿忙的，人家看了才觉得你有生意。

他也慢慢忙，秤杆定好了刀口，吹掉木屑，他又用布细细擦一遍。

转行的事阿珍一直为他急，她是真心待他的人，这把年纪他要惜福。只是她说的那些行当，自己真是干不来。开餐馆，要应付各色客人还有卫生局工商局税务局，想起来头先疼了，卖东西，守在那儿眼光光闲着两手该有多无聊，开出租就更不要说了，他坐着做秤三十年，出趟街都会迷路。

转行的事，他真的需要时间。

还有四天。

定盘星是大事情，那颗星找准了，这秤才算平。两脚规细细尖尖的足，殷勤活泼地在杆上跑，一遍又一遍找，大步小步停一下，转身敲一记秤杆，仿佛亲昵老友拍肩膀。

刚学做秤那阵儿，他大意，找偏了定盘星，二十斤的杆秤变成十八斤，阿爸抓着秤杆追来打。那是很好的兵器，木材硬，杆头包着铜，打人真够狠。“做秤就是做良心，良心偏得不？”阿爸打一记说一句，打进皮肉里，一偏就会疼。

晚上睡下了，阿爸站在床边偷偷看他，他背着身子装睡，发誓一辈子都记恨。可第二天早上，阿爸给他一碗加卤蛋的牛腩粉，自己只埋头吃白粥，他便不记了。

来了个修表带的阿嫂，老李大声教训人，“你不识动就莫要动，个个零件都好重要，换了别人，收你几十块换表带！”他找出一截曲别针，小榔头敲一阵儿，做成个细巧的轴，“一块钱。”

“老李，你几时改了我的招贴？”

“我几时改了你的，我加两个字而已。”

“我招做秤学徒，你加‘修表’两个字做什么？”

“你做什么要招学徒？”

“阿珍非要我转行，我得把手艺传下去。”

“传下去做什么？”

“将来有人要用杆秤，都不会做了怎么办？”

“就是咯，你能招徒弟我就不能招咯？你有手艺我就没手艺咯？你怕将来没人会做秤我就不怕没人会修表咯？”老李还觉得委屈了。

修秤的眼镜仔是上午来的，他担着一箩核桃卖，笑容好又有礼貌。那杆秤不知多少年，刻度都看不清了，老平借了杆新秤给他，拿剪刀刮掉旧秤的油腻，校准了，又换了一根秤绳。

眼镜仔卖核桃，斤两上不计较，谁来都称得尾高高的，买家个个好欢喜。老平暗自点头，这叫笑脸秤，杆秤上的人情看得见，秤平斗满是好人。眼镜仔还秤时，特意借了块布，把秤盘秤杆擦得干干净净。老平喜欢这后生仔的做派，便不收修秤的钱，中午吃饭的时候，这小孩却剥了碗核桃仁做谢，核桃仁颗颗都整好，细功夫。

他蹲在边上看老平做秤，雷公钻头陀螺转，两根红线拉扯着，情意绵绵得那个好看，哗啦哗啦旋风过，扬起数点细木屑，秤星眼出来了。老平左手拈铜丝，铜丝黄，右手持薄刀，薄刀白，铜丝落，薄刀截，快，两只手前后追得紧，快得只见黄白的影，忽地光影全落定，秤杆上金灿灿长满点点星。

眼镜仔啧啧赞叹着，拿起秤杆看了又看。老平笑笑，用铜丝在杆头打上个“平”，这是他的招牌。

“想学我教你啊。”老平说，这后生仔实在合眼缘。

“要学就跟我学啊！”老李跑来，放大镜还戴在眼睛上。

“学做秤好，鲁班爷传下来的，秦始皇点的星。”

“学修表好，李嘉诚第一份工就是修钟表。”

“这手艺从前不外传的，学艺傍身，有买卖就有秤。”

“修表真是个好技术，有个老板修欧米茄，直接给我五百不用找。”

“那好事你十年就等到一次！”

“好过你十天卖不出一杆秤！”

三天。

南瓜街上有店新张，舞狮锣鼓咚咚响，做洋快餐的店，名字叫作麦肯基，他们的喇叭满街喊，比麦当劳好，比肯德基香。那里原来是两间店，一间做皮鞋，一间卖二手书，他以前常去那里看小说。

从前他常觉得，世界上没有比南瓜街更好的地方。饿了吃碗牛腩粉，渴了喝碗绿豆汤，馋了斩两只烧鹅腿；裁缝张做的西装裤，蔡鞋匠做的真皮鞋，吉祥家私店的实木椅；榨油店的花生香，凉茶铺的药草香；照相铺贴着彩色的靓妹照，音像店唱着流行的港台歌。吃的喝的穿的用的，你不用走出这条街。阿爸病时，街头中药铺莫医生开的药，阿爸去时，街尾何阿婆做的纸扎人马。

有店新张就有店收水，老店没剩几家了。

三十年，像坏掉的表，走针停了，时间不给你停。

早上他和老李都没说话，各自端着架子，不露痕迹地等。眼镜仔说好今天来，要回去商量一下，家里早想让他学点儿东西。

有人要修表，老李开价二十，那人嫌贵，转一圈回来价钱升到二百，吵起来，老李声大人恶，“你太精，我就是要你后悔！”

卖菜的妇娘来买秤，二十五块死要讲到十五块，“小生意好难做的，拿货又贵交费又多，你大个佬还和我妇娘婆计这几块钱？”

老李探过头来吼一句，“你张嘴要吃饭，要人张嘴去喝风啊！”

中午眼镜仔还没来。

“一定是路远，又起晚了。”老李说，“好啦做秤佬，最多让你先教我后教，他好命咯，有两门手艺学。”

“要是二十年前，他就真是好命咯。”

“人人手上一块表，要是有块上海表，怕人不知，还把袖子挽高高。”

“改革开放那一阵儿，多少走南闯北的生意佬，个个背着一杆秤。”

“螺丝刀拿到手都软。”

“做到深夜忙不过来。”

下午人也没来。

两天。

他用油石把秤杆磨得光光，刷一层石灰水，很久才伸头望望路口，又默默用皂粉液洗干净。

周末学生仔放假，叽叽喳喳走过，停下围着看，老李把他们赶走了。

“眼镜仔今天该来了。”老李自言自语，“你也莫恼，我就教他补齿轮一样，这是独门秘籍，全江城只我老李一个人会，多少人求我教，光头麦——开昆仑大酒店那个，当年不也死皮赖脸来求我？”

“人家现在有钱啦。”

“他有钱，他再有钱也不识补齿轮，我就是不教他。”

手艺人都发不了大财，却也活得清。当然，有钱更好，谁不想呢。他有时做白日梦，如果有钱了，就不用天天在这里卖秤，阿珍也不用老逼他转行。有了钱，他的招贴就这样写，“招做秤学徒，每个奖励十万块”，看有没有人来；有了钱，他想干什么就干什么，他要在很大的房子里做秤，做一杆世界上最大的秤，紫檀木做料，十米那么长，秤杆两头漆银色，中间漆红色，秤头全部包真金，秤星也要真金的，至少要点一千个，那是全世界最大的秤，五个壮汉才能抬起来，能称一部大卡车。这秤他不卖，有钱了。

没有人来。

一天。

铁锅里烘烤着五倍子，涩涩的药香，外面开始下雨。

五倍子染了色，便是抛光，再打一层蜡，秤杆闪着幽暗的光泽，像满腹心事的眼神。没生意，不用赶，他可以慢慢做，他可以把手上的秤做到完美至极，做得太久，都有点儿舍不得它，好了，要结束了，他把秤杆横在唇上，长笛一般，轻轻地亲了一下，算是告别的意思。

他和老李下了三盘棋，喝了两大壶茶水，困了，耷着下巴打个盹儿。

街上空空的，雨水滴在屋檐下。

阿珍听到门响，老平笑得很大声，“一天做成两件事，招了个好徒弟，又找了个好行当。”

“做什么的好行当？”阿珍半信半疑。

“厉害咯，李嘉诚开始干的就是这行，客人出手就是五百不用找。”

门外有声音，咳咳哼哈嗯吼吼嗯，咔。

“谁在外面？”

“呃，徒弟。”

阿珍跑出去，老李站在门口。

年例大过年

我们这里年例大过年，在好远地方做工的人都要回来过年例，拜冼太。

1

我家浴室里关着五个魔怪。

它们的嘴巴很尖，眼睛总是鼓鼓地瞪着，下巴长着红胡子，头上戴着红帽子。

我推门的动作很小声，还是被它们发现，魔怪高声尖叫，吵死。

个头最大那个是魔怪王，生着黄黑黄黑的长毛，眼神和样子最凶，要不是被绑住了脚，它会跳上来吃我。

我要使出点魔法治它，让它看看我的厉害。

这时阿妈在厨房叫："阿弟，你又去撩我的土鸡！"

"没有，我在拉尿！"我射出一线弯弯的水柱，偏了，魔怪王咯咯叫着躲开。

"拉尿记得冲水！"妈妈大声说，"臭得要死。"

"知道啦。"我从桶里摸出红色的水瓢，晃一下就吓得它们大叫。

"臭得要死，冲凉吧。"一瓢水扣下，魔怪们疯了，又挤又躲又跳，不过瘾哩，再来一瓢。

"死仔包！我的土鸡留来做年例的！"我跑得快，谁知阿妈的棍子更长，一边屁股已经出了门，另一边还是挨了一下。

很痛，我生气了，看见对面门的二叔婆咧着嘴笑。

"恶妇娘，难怪男人要跟你离婚！"我小声地骂，当然是出气的，自己听见就好。

“阿弟，又挨打了！”二叔婆在剥豆米。

我不应她。

“阿弟是不是你不乖，你阿爸才不回家啊？”她眯起眼睛，脸皮薄薄皱皱，像揉成一团又摊开的作业纸。

“听讲你阿爸又讨了新阿妈，生了新阿弟，住了新大屋，你去看过未啊？”

我没马上走开，是想找好角度踢翻她的豆米篮。

“要识性，争气点儿，勤勤读书赚多多的钱孝敬你阿妈知不知？”她站起身，弓着背走路，总像在地上找东西。

看见她走路的样子，我突然不想踢她的豆米篮了。

“冇钱揾个豆奀婆，豆奀婆，食饭食得多，屙屎屙两箩，屙尿冲大海，屙屁打铜锣。”我把屁股撅向她，嘴里爆一巨响就跑，她在背后大声骂，哈哈真爽。

2

大街上挂了好多彩旗，风吹得哗啦哗啦，冼太庙前的广场在搭戏棚，明天是年例，晚上有鬼仔戏看，我好中意鬼仔戏，两个男的藏在台下，两只手拉着好多线，脚上也踩着线，上上下下动，台上那扮戏的鬼仔就会开弓射箭斟酒写字还会抬起袖子擦眼睛，好生猛，还会敲锣咚咚响，还会唱，一会儿男人声一会儿女人声，就是不知唱的什么鬼。

我敢摸鬼仔头的，还有明仔，还有肥宝，阿倩就细胆，只是贴在边上看。

那些鬼仔头有男有女，脸白白，大眼眶却是红红，阿明去拉衣服，衣服上的金珠是真的，我踏在横木上去摸脸，硬邦邦的，然后那鬼仔突然张张口，吓得我赶紧缩手，心一路跳得怦怦怦。

我很小的时候，有一回阿爸带我去看鬼仔戏，我骑在他脖颈上，他抓住我的两条腿，全场没人高过我。

后来就没有了，阿爸去东莞打工，他顶聪明能干，做厂长管好多工人呢。只是他好少回家，清明节端午节中秋节冬节春节都没空闲回家，只有年例回来，回来也懒得招呼我，就是躺在马扎上看香港电视剧，他说乡下的鬼仔戏有什么好看。

去年，去年他就不回家了，盼到年例他都没回。

我们这里年例大过年，在好远地方做工的人都要回来过年例，拜冼太。阿妈说他不认老婆阿仔，连冼太都敢不认吗？

暑假里我和阿妈不住阿婆家，搬了新房子，新房子有点儿旧，但有个阁楼好好玩，木头梯子爬上去，双脚使力跳跳，楼板会掉好多沙粒，就似下大雨，好好玩，可惜我阿爸都没见到。

阿爸不回家，我想是不是因为那件事，那件事我谁也没有讲。

就是去年年例那天，要好早起身迎神。整条街的人都跪在街口摆醮，等着冼太出游巡门。

阿妈偷偷对我说："阿弟你要和我一起向冼太祈福，要阿爸多回家。"

我说"哦"，却看见肥宝他们一家跪在我们前排，肥宝总是回头，他引我笑。

阿妈又说："要心诚，冼太才会灵的。"

我本来很心诚的，可是肥宝在我前面。

肥宝在我前面，游神彩旗队到了我都没心思看，冼太神像在台上，我却低头看肥宝的脚板，他的臭袜有个窟窿，我好想伸手指进去。

叩头的时候我就在想这个，没有跟阿妈一起诚心，冼太定是知道了。

我们搬离阿婆家那晚，阿妈哭了，她问阿婆阿公还有叔叔婶婶："问良心那句你们讲，我哪里有错，他要跟我离婚！"

我不敢出声，不敢说是因为拜冼太的时候我想着肥宝的臭袜，不知她会怎样打我。

但阿妈哭真是让我不好受，做什么都好没意思的。

3

我往回走，迎面遇见阿生、大头坤和肥宝。

肥宝叫我，“阿弟，去看飘色彩排啦，明仔今年选做色仔啦。”

我哇了一声，明仔好厉害，色仔色女没那么易选上的，要好眉好貌好耐性，还要忍得肚饿尿急屎急，虽然是好难顶，但人人都争着做，飘色巡游，敲锣打鼓，高高色柜上飘着，穿得五彩绫罗古装衫，威风过神仙，十八条街人人都追着看。

大家一起往镇府大院跑，肥宝开了步，才看到他身后还跟着喜妹。

“肥宝，都说我们不和一年级的人行啰！”我怪他忘记，“无知又幼稚。”

肥宝没办法，“她会告状。”

喜妹很得意，“他是我哥，我当然跟住啦。”

只好带上她，一年级的人跑得慢，肥宝要等她，我们要等肥宝，烦死。

好多人，脸上涂了颜色都是一样红红面黑黑眼，我都不认得是哪个，还是明仔先叫我们。他刚从色柜上下来，背上还绑着丁字形钢造色梗，红红面黑黑眼只有声音还像明仔。

“你怎么不去扮赵子龙？”

“我中意你扮孙大圣！”

“扮哪吒才好，踩风火轮十足威风！”

明仔的嘴巴只画出小小一朵红，“又不是我想扮谁就是谁。”

“那你扮这个会打吗？”

“许仙借伞给白娘子，都不用打的。”

“没瘾。”大家有些失望。

喜妹找了个机会说话，“明哥，上面那么高你不怕啊？”

明仔笑得好大声，“有什么可怕。”

“那你要拉尿怎么办？”

“少喝水就不会拉尿。”

“那要肚饿无力怎么办？”

“四公有洋参片给我们吃，哪里那么快饿。”

肥宝摇头，“要是我就不去了，不吃不拉几个钟。”

我捏他的肥腩，“要你去将八抬色柜压成柿饼吗？”

大家笑了一阵。

“阿弟，你三叔也来抬色柜，你有见他吗？”明仔想起来。

我不晓得怎么答，阿妈说不许和阿爸家的人说话，我阿妈很小气的，恼人要恼很久。我也不知道阿爸家的人好不好，但三叔肯定是好人，他给我买超人玩具，买新书包，带我去水库游水，还骑摩托车载我去城里吃过牛腩粉。

我还在想，三叔已经看见我了，他跑过来，我对肥宝他们说：“你们先过去。”

“阿弟，阿弟。”他两只大手握住我的肩，“你又长高了。”

我扭了扭身子，笑笑。

“明日来阿婆家吃年例啦，大家都想你们来。”

“明日我家也做年例，阿妈说要请三台，阿妈买了五只鸡，还有好多鱼，好多猪肉，好多。”我突然变得好有勇气，“三叔你来我家吃年例吗？”

三叔“呃”着，拉了好长的音，他的手在我头上来回地摸着，“你阿妈也做年例啊，一个妇女家何苦添工夫做呢？”

唉，三叔也这么想，连话都和外公说的一样。

4

我外公家云潭垌尾年初四做年例，阿妈总要带我去住好几日。我外公家做年例好热闹，每年都请几十台，客人随来随吃，流水席从中午开到晚上，台凳都用大卡车从外面运来，红色的塑料凳，只只都是新的。厨房根本不够用，就在半边街上搭个大棚灶，好几只大锅一起烧，砧板也是大的，盆子碟子高高地摞到天上去，木架子上一层层都是油亮亮的全鸡全鸭，扣肉大块大块地随便堆在盆里，肉皮炸成金黄色，水箱里的鳙鱼拼命跳拼命跳，有时跳到地面上啪啪响，大舅一甩手又把它抛回去。

我大舅是镇中学的数学老师，身材有一点点肥，但他炒菜好厉害，年例几十台肉菜的大师傅都是他，味道比酒楼的还要好几十倍，阿妈说那是从小跟外公做年例练出来的，所以我大舅也要阿超表哥学炒菜，阿超表哥不肯学，他是读书种子，已经读到博士了，他很少笑，脑筋总在想问题。我二舅比大舅还要肥，主要是肚皮肥，他也会炒几味，但他做了官，要招呼来吃年例的客人，敬烟斟茶打麻将说官话，只有他才会的。大舅妈二舅妈我阿妈还有细姨就帮忙打下手，择菜洗菜切菜上菜忙成那样子了，还能头碰头嘀嘀咕咕说好多话，还能捉住我和文龙表弟偷吃油炸腰果豆。

我外公家的年例真是够排场，云潭垌尾人人都赞外公家够威，路子广结人多。我外公是老中医，帮过好多人，好多人都给他面子，来外公家吃年例的人城里有镇上有乡下有，省城里开小车来的也有。我们这里谁家有多多的客人来吃年例是好荣耀的事，认识的不认识的都欢迎去吃，是真心诚意请人来吃，不为收大礼求办事赚利是，一包糖果一斤马水橘做手信就好得体了，走的时候还要回礼给客人。全世界只有我们这里有这样好的年例吃，我大舅说的。

吃完年例晚上还有好多节目看，东边放露天电影，西边唱大戏，南边摆鬼仔戏，北边放烟花，都是镇上居民集钱请来的，我和文龙表弟样样都喜欢，一晚上东南西北地跑圈子，到处是满满的人，个个看上去都好欢喜，地上灯盏光堂堂，天上焰火白亮亮。

我大舅外公他们都是很迟才得闲吃正餐，要等客人吃好了，有的赶着回家，要送他们到路口，有的留下看节目，要为他们准备床铺。我和文龙表弟东南西北跑了一圈回来喝水，才看到他们坐下吃，桌上都是大盆菜，白天客人吃剩的一锅煮，虽然是剩菜，但是一起煮来好好味，我顶喜欢吃，就拿了碗筷挤过去。

我听见阿妈说："大年十七是长坡年例日，今年我想做几台年例。"

大家都停住筷子望她，只剩我一双筷子在盆里翻。

外公就说，跟三叔的一样，"你一个妇女家，何苦添工夫来做？"

阿妈说："到时我请个阿姨帮下手，也就是两三台，不费多少工夫。"

大舅说："三妹，我们大家庭做年例，一路几十年做开了，不得不循例，你和阿弟两个人，轻松自由一下不好吗？"

阿妈笑，"年例大过年，风俗自古都是这样，谁不想求个年头旺，家家都做年例，不做不好看。"

阿超表哥早忍不住，我看到他动来动去总想插话说的样子，"都不明白你们为什么，这是陋俗，劳民伤财的陋俗明白吗？早就和时代脱节被证明愚昧落后的风俗！你们好有钱吗？恨不得请齐天下人来把米瓮吃光光，一年辛辛苦苦悭生悭死，就为这一天大手大脚大吃大喝，死要面子充大头鬼！"

大舅骂他："死仔！别以为你读多几天书了不起，番薯屎还没屙净也敢在这里说三道四！"

二舅笑着摇头，"年轻仔不能太偏激，风俗总有它存在的道理。"

外公倒是淡淡地说："做年例，不净是要面子风光，亲朋好友一年也只有这天团聚，加餐好菜总是要的，辛苦些也值了。"

外婆补道："就是，大家一起多欢喜啊。"

“那大年十七——你们有空儿就过来吃年例吧。”阿妈笑着挨次看每个人，有点儿客气的样子。

二舅说：“三妹，你挣钱艰辛，无谓赚这个面子啦，两母子简单点儿人家不会说什么，长坡的朋友亲戚又都是你婆家那边的——”

外婆插话，“当初要生要死嫁去那边！”

阿妈笑笑，“我够钱。”

二舅继续说：“早点儿找个人家是正经，一年到头家没有个男人——”

我抢过话：“谁说没有男人，我都八岁了！”

阿超表哥说：“你还不敢一个人睡哩。”

二舅妈突然细细地来了一句，“好难请人家来吃年例的，三妹刚刚失了婚，新春大吉人家会嫌意头不好，触了霉头啊一年都不顺。”

一下子就静了下来。

阿妈半低着头，我怎么看她都是想要哭的样子，千万不要哭啊，年例这天流眼泪跟打烂碗掉筷子一样，要被外公骂衰粪箕的，我去拉她的袖子，阿妈笑了笑。

阿妈说：“我赚的就是这个面子，无男人又不会死，他家有他们的热闹，我家有我们的热闹，一样开开心心好好看看！”

外公看看大家，“我老了，哪里都不想去，你们得闲就去捧个场吧。”

大舅说：“看情况吧，有闲我就去。”

二舅他们也这样说。

细姨整晚都无声，这时说：“三姐，我到时请假去。”

大舅妈看她一眼，“细妹，你在中山，好远路程呢。”

细姨说：“我去。”

阿妈点点头。

大盆菜都已经冷了，冷了的大盆菜不好吃，但大家好像都无所谓，只是埋着头在吃。

第二天阿妈带我去见姊妹朋友，教我见了人要说：“大年十七请到我家吃年例啦。”我像背书一样快快诵一遍，阿妈说我没礼节。

我从来不知阿妈还有这些姊妹朋友，很少见她和朋友一起玩的。阿妈每天都很忙，在阿婆家时她每天起得最早煮大锅的白粥，喂十几只鸡，骑摩托车送我上学，还要去针织厂上班，晚上回来煮饭炒菜，一大家子的人坐着等吃。我阿公阿婆年纪很大，脑筋又懵懂，成日搞不清星期几，我阿妈和阿爸离婚搬东西出来时，有一只热水器是阿妈陪嫁过来的，我阿婆偏说是她自己买的，多懵懂！最后阿妈什么也不要，只带了一个衣箱拉我走。阿公阿婆净识得从早到晚看电视，我二叔二婶三叔三婶总有好多事情做，他们都不会煮饭，我曾经以为阿妈和我走了他们会好惨，没人煮饭吃了，但他们也没饿死。

阿妈和朋友说话好长气啊，我站累了蹲下，蹲累了又站起，她们一会儿笑得嘎嘎响，说起好久之前的什么傻事，一会儿又静悄悄，我抬头看，阿妈只是擦眼睛，朋友就拍拍她的肩。

临走阿妈又反复对人家说：“得闲来我家吃年例啊！”

朋友说好好好。

我问阿妈她们真的会来吗，会不会带小孩儿一起来。我们新家还没有客人来过，连茶杯都是为了年例新买的。

阿妈想想说，来不来是人家的事，我们请客只要尽自己的心。

5

那我请三叔也是尽自己的心啦，来不来是他的事，可我还是希望他来，年例要人多多的才爽，我又添了一句，“三叔你明天来我家吃年例啦！”

他抓抓头，“不知得闲不得闲，明天好多任务——”

“那你一得闲就来好不好，我留个位给你。”我仰头望着他，三叔和我阿爸一样高。

他终于点头了，我好高兴哦，三叔可是我阿弟请到的哟！

我没去找肥峰他们，直接跑回家告诉阿妈，她嗯了一声，说："你回来正好，去帮我拔鸡毛。"

我大叫一声，啊，怎么不等我一起杀魔怪！阿妈不睬我。她真厉害，一个人杀死了五只魔怪。

我坐在竹椅上，面前一只大胶盆，热气腾腾的，拔鸡毛好烦，好像永远也拔不完，我回头看看阿妈，正攀在竹梯上擦窗子，窗子不是年前才擦过吗，但她哼着歌，断断续续地，她高兴就擦好了。

我好喜欢这种过节的空气，桌子擦得光亮，地也扫干净了，墙边堆满过节的东西，万庄炮仗，马水橘，发财糖，九江米酒，珠江啤酒，可口可乐，健力宝橙汁，还有椰树牌椰汁，阿妈说都是她有数的，怕我偷吃——其实我会忍住不偷吃的，阿妈还小声唱着歌，走来走去很轻快，有时对我笑一笑，我阿妈笑起来好靓的。

晚上阿妈在小客厅里比画着说："我工友坐这台，大舅他们坐这台，还有几个朋友同学坐那台，三台就够了。"

我说："你要留个位给三叔，我有请他的。"

阿妈继续说："厅仔细细摆三台，会不会太挤？"

我说："可以等一台人吃完再摆下一台，外公家都是这样。"

阿妈说："那也好，来得早的客人可以先吃，阿弟你要帮手斟茶招呼人，不要到处跑。"

"我知道啦。"

"男客要抽烟的，你就拿烟给人抽，打火机我放在茶几上。"

"知道啦。"

"客人走了，记得拿回礼给人，一包糖一袋橘子，我放在门边的箩里。"

"知道啦。"

"客人给你利是，要说多谢，不要当面打开。"

“知道啦。”

“你再帮我数一下凳子，够不够坐，我怕会数错。”

租来的红色塑料凳子一只只摞得好高，我要踮一踮脚才能数到上面的。

“一、二、三、四、五——”

“阿弟，明天会不会没人来——”阿妈突然说，我看到她一下子坐到木椅上，很累的样子。

“不知道。”我说，“三叔应承我得闲就来。”

她又嗯了一声，叫我早点儿去睡，明日一早要迎神摆醮。

可是我却担心起来，总是睡不熟，半夜又听到阿妈起来关窗，落雨了，今晚落就好，明天不要落啦。

6

我做了一个好可怕的梦。

我梦到我家小客厅里摆了两张台，布了许多菜，可是没一个人来，阿妈也不知在哪里，只有我自己，然后盘子里那只大阉鸡突然跳出来，身上光秃秃鸡冠又红红的大阉鸡，真是一只超恐怖的魔怪王！它追着我叫：“我来吃年例咯，我来吃年例咯！”我喊又喊不出，跑又跑不动，它就要跳到我身上来啦！

我吓醒了，叫阿妈，她已经起身了，在厨房里叮叮当当，外面还在下雨，雨水敲在窗蓬上，也能听到远远的爆竹声。

煮肉的香味一屋都能闻到，我又叫了一声阿妈，她叫我起身穿衣服帮手做工。

下了雨天就冷，我冷得发抖，在灶边暖一暖手，我要告诉阿妈这个好可怕的梦，阿妈不要听，她说年例大早不讲不吉利的东西。

我们很早出门，阿妈说早出门才有好供位。这时天还蒙蒙亮，雨只下一点点，阿妈背着大箩筐，我抱着香烛元宝，阿妈说别淋湿了香烛。

我们街的供桌摆成长长一条阵，是好多桌子拼起来的，二叔婆比我们还早，她摆在第一行，我们就摆在她旁边，也是第一行，跪拜时就不用看人家的脚板。街上人家的窗户和阳台上，已经挂上好长好长的万庄炮仗，一道道一匝匝地绕来绕去，尾巴垂到地，弯弯曲曲的，就像红红的大百足虫在爬啊爬，我踩了几脚都踩不断。阿妈叫我打好伞，她一样一样地摆贡品，她说伞不用遮她，遮好贡品就是，等下要敬冼太的。

阿妈说："阿弟，你要学一学，看看我怎样摆醮。"

我便转头看，三只红茶杯，斟茶水，三只金酒盅，倒酒水，一碗白砂糖，一碗满满圆的白米饭，中间插对筷，一碗慈姑，一只碟里三个苹果，三碗油豆腐，最后一个大铝盆，一条猪腩肉围住黄灿灿一只大阉鸡，就是那只魔怪王啦，光秃秃，头昂昂地咬住一朵香芹花，眼睛又似睁又似闭。

找谁讲讲我可怕的梦呢，摆醮的街坊渐渐来到，就是没人有闲睬我。二叔婆赞我家的阉鸡肥，阿妈赞她的猪肉靓，我好久才敢用手指碰碰它，还好，魔怪王是真的不会动了，我指头沾上黄黄的油。

一动不动的魔怪王咬住香芹花，样子还是好神气，如果让它咬住一只小炮仗，引子点着火，砰的一声爆开去，它还神气不神气。小炮仗不难找，但我只敢想一想。

人越来越多，长长的供桌花花绿绿一路长到看不见，一只大阉鸡又一只大阉鸡油黄黄地一路排下去排到看不见。雨不知几时停了，长香烛烧起好多白色的烟，一路升到天上去，风把烟吹到眼睛里，好辣。有人慌里慌张地跑来说些什么，又一个人跑回来喊，阿妈赶紧在地上铺竹席，越来越清的咚咚八音锣鼓声，炮仗也渐渐噼噼啪啪响起来，人人眼睛望紧一处，游神队来了。

炮仗一串串爆炸响，锣鼓把天都要震裂碎，我的耳仔要聋了，心却怦怦怦怦怦，彩旗手好威风啊，花伞好靓，三尊大鼓，八盘大锣，忘了膝头跪得痛，我伸长脖子望真切，大红绸子飘啊飘，花轿高高，冼太神像端正坐，戴凤冠，着花鞋，身上绣花衣裳，同她在庙里一样，带一点笑笑的模样。

我从伢仔时就年年拜冼太，我熟识她的模样，却不识冼太是什么人。外公讲冼太是一千多年前的女英雄，大家世世代代敬冼太，保佑我们乡民平安兴旺。阿超表哥说，你天天拜冼太保佑发财，是不是就不用做了。外公就举一个例，冼太庙在长坡卫生院上面，有人病到无得医，连医科大学毕业的西医都会提议，不如试试去拜冼太。

我阿妈一有事就去拜冼太，她几时都够心诚，上次冼太没有保佑她，可能因为人太多都去拜，冼太有时不得闲。不过我是有些信的，如果我去年心够诚，也许阿爸就回家了。

穿红袍的法师请冼太，方桌铺着大红纸，冼太请上座，大香点红了，烟花尖啸一声冲天起，锣鼓停，长号嘀嘀嗒嗒一齐吹。阿妈递一炷香给我，我看她的嘴形在说："要心诚。"

我身前身后左左右右的人都一齐跪倒叩头祈福，我也赶忙跟住拜，我要心诚，什么叫心诚，是不是一心只想一件事？我要求冼太保佑，保佑什么阿妈都忘了教我，我偷眼去望阿妈，她叩头又猛又用力，头顶的发丝都乱了，乱了发丝的阿妈让我不好受。

快快想，快快想啊，只要能使阿妈开心，是了，冼太不如你保佑今晚我家年例多多人来吃。

我什么也不看什么也不理，好出力好出力地去想这件事，我拜得比别人多，我的身鞠得比别人低，我叩头时鼻孔和额头都碰到席子上，冼太你应该看见啦。

长长的炮仗百足虫炸响了，白茫茫炮仗烟遮住看不见，火光一闪一闪亮，锣鼓喇叭鸣，脚步噼啪吵，冼太起驾了。我跟在追醮的人后面疯了一般跑，肥宝追着一捶打上我膊头，"阿弟。"他气喘喘地笑，"阿弟——你头先拜神——哈哈哈好似妇娘婆。"我一边跑一边回脚踢他屁股。

7

阿妈请了一个阿姨帮手煮菜，我到厨房找吃的，她们正在炸扣肉，好大块的五花肉在油里滚，香死了。油真是一样好东西，什么放进去滚一滚都好好吃，炸鸡翅，炸鱼，炸豆腐，炸油角，我在窗棂边上捉到一只蟑螂，不知油炸过后会怎样，却被阿妈推我出去，“走走走，阻手脚。”

我好得闲，正好肥宝来叫我看飘色。

阿妈在后面喊：“看一阵就好了，等阵有客人要帮手招呼。”

“知道啦。”

我同肥宝、阿生、大头坤还有阿倩在镇府门前等飘色，喜妹和她的同学仔那些一年级的人自己站一堆，我们不和一年级的人玩。

肥宝饿了，问大家谁有东西吃，又去翻大头坤的口袋，大头坤家里很有钱，总是装着好多零食。大头坤说：“头先我见阿妈炸好鸡翅了，我回家去偷给你们。”

很快大头坤手抓鸡翅跑回来，我们叫着冲去抢，好好味，炸鸡翅是世界上最好味的，这时天又开始下雨，我们挤在屋檐下，把吃光肉的鸡骨头再出力啃一遍。

大头坤说：“我等阵回家吃多多，阿妈炸了三大盆鸡翅，今晚要摆二十台。”

肥宝哇一声，“你家好有钱，我家只摆八台。”

阿生说：“我家摆十台，不过阿爸请到电视台的人。”

我说：“好威风吗？又不是请周杰伦！”

大头坤又说：“我阿爸有朋友从深圳来，开奔驰车。”

肥宝很羡慕，吵着等阵去看奔驰车，又约我一道去，我说：“好威风吗？又不是航天飞船！”

阿倩说：“等阵跟我去看阿公唱大戏啦，我应承他带多多的人去捧场。”

大头坤说：“不是吧，你阿公那么老还去唱大戏？”

阿倩叹气，“还是扮花旦咧，一早拿了我细妹的洋娃娃做道具，等阵你们不要笑太大声，我阿公要戴住老花镜上场唱戏的，你们都没见过戴老花镜的花旦吧。”

我和肥宝已经嘎嘎笑出声了。

“别吵，听到锣鼓响了吗？”大头坤突然说，“是。”路尽头锣鼓咚咚，飘色来咯！

我们不管下雨，都跑出路边看，飘色队也不怕雨，一直往前走，彩旗队，醒狮队，锣鼓队好威风好精彩，但我们最想看的是明仔。

八仙贺寿，三英战吕布，哪吒闹海，孙悟空打魔怪，穆桂英大战杨宗保……飘色彩车一部部地过去，我们看得眼都花了，喉咙也“哇”得好干，雨点打在面上有点儿冷，明仔的彩车这时才慢慢过来。

明仔这部车有十个人抬色柜，色柜做成一条船的样子，船尾坐着一个白眉白胡须的老渔公，老渔公扶住一竿竹，竹尖翘起来，上面就是明仔扮的许仙。明仔好危险啊，他一只脚踩住竹尖，另一只脚什么都没踩，坐着的姿势，腰身直直，屁股稳稳，一只手摇纸扇，一只手托开纸伞，飘色队里他最爽了，有伞不怕淋。最厉害的是那个纸伞顶上，一边一个立住，着白衫的白娘子，着绿衫的小青，就是两个细妹仔扮的，好大胆，还笑笑地向人家招手！

我们都张大口看，又一路追着看，明仔好严肃，也不望两边一眼，大家一起喊他，他也不笑，也不招手，明仔也没有闲手来招呼，拿着纸扇又举伞的，我们想不到他有这么厉害的功夫，这么大的力气。

阿生说：“是四公的机关厉害，又不是明仔的功夫。”

四公的机关到底是怎样的呢，我年年都猜不透，他又神神秘秘不肯给人知，只让你看到这么靓这么厉害的飘色，要是能偷学几招就好了，得闲扮个好厉害的造型去学校，能吓倒好多人。

三叔也在抬色柜的人里，他的头发淋湿了，摇摇摆摆地走，我跑上去说：“三叔今晚记得来我家吃年例！”

他回头笑了一笑。

8

可能阿妈又要找棍打我了，真衰，年例被打好衰的。

我初时记得早点儿回家招呼客人，后来追飘色，捧大戏，看奔驰，一忙起来就不知道几点钟，直到看见大头坤家摆台摆筷，他阿妈问我要不要一起吃年例，我才知已经好迟了。

我急急忙忙往家跑，路上全是湿烂泥，溅了我裤脚好多点。

一路上看到好多摩托车小汽车开来，都是外面来镇上吃年例的人，不知有没有我家请的人，不知我家来了几多人，二叔婆家有几个客人坐在门口吃水烟筒，好大声地笑，我家门口却静幽幽。

我跑进屋，真是静幽幽，连爆油锅的声音都无，帮手的阿姨回去了，只有阿妈坐在矮凳上，眼直直望门口。

好彩还没人来，我现在回来都赶得及，阿妈也不像要打我的样子。

“客人几时来？”我问阿妈。

“去换衫，邋遢鬼。”阿妈皱眉看我的裤脚。

“客人几时来？”我胡乱找条裤子换。

她没听见，我又走近问：“客人几时来啊？”

“我哪知道啊！”她好大声地说，脾气真是差。

我走出门口看看，“会不会他们不识路，找不到我们家。”

阿妈点头，“有可能，我们这条街好偏。”

“那我去大路口接他们吧。”

“都好，去吧，带雨伞。”阿妈给我一把伞，又问，“阿弟你肚饿不饿？”

“不饿。”我很英勇地说，我可以忍住。

这点儿雨其实不用打伞，大路上那些开摩托车的人都没穿雨衣，我把伞舞来舞去，这样认识我的人就容易看到，果然，八叔公停下大罗马单车叫我：“阿弟，你在这里做什么？”

“八叔公，你去我家吃年例啦。”我抓住他的车头，“我带你去呀。”

“我要去你阿婆家吃，一早应承她的啦，第二年再去你家吧。”

唉，我在路口白抓好几个，他们都要去阿婆家吃年例。阿青婶、志贤叔、二大姑也和八叔公说一样的话，好在阿峰表叔应承我，先去阿婆家坐一坐，等阵儿再来我家吃，还问我家有什么好菜。

我跑回家喝口水，阿妈迎出来，“有人来吗？”

我说：“阿峰表叔先去阿婆家坐一坐，等阵儿来我家吃年例，问我家有什么好菜。”

阿妈“哦”了一声，又坐回矮凳去。

这时电话响，我比阿妈快一步接，原来是阿妈的工友，阿妈抢过去。

“喂，阿珍啊，你们几时到啊，等你们开席呀。”阿妈笑着说。

“我知道落雨——不好意思——啊，张经理，派车接你们，我不知他家也是今天做年例。

“没关系，没关系，这么客气，大家这么好的工友，下次啦，下次一定要来我这里啊！”

阿妈放下电话，不笑了，“阿弟，帮我收起一张台，我工友不来了。”

“都讲好来的，应承人的没口齿。”我最火这种人。

“都跟你讲过了，来不来是人家的事，我们尽自己的心就好了。”她说，没什么力气的样子，搬台面都碰到脚，我想阿妈是很累了。

“不如我打电话给大舅让他们快点儿来。”我说。

“费事啦，他们想来总会来，打电话密密催人不礼貌。”阿妈说。

“反正阿峰表叔很快就过来，他应承我的，先去阿婆家，等阵儿去我家。”我望门口，可能阿峰表叔就到了。

阿妈去厨房把一大锅淮山炖鸡汤再烧滚，香味热热的。

好久好久，阿峰表叔还没来，我到门口去看，有点儿烦。

不怕，会有多多人来的，我今早求了冼太的，心诚冼太就会保佑。

我又跑到大路口，这回见到明仔卸妆回家，他回来了，那三叔也该回来了，这可好了，三叔可以和阿峰表叔一起来我家。

我说明仔做飘色好似新郎仔，明仔打我一拳，我又打他一拳，两个一边打一边笑。

明仔说："我要回家吃年例啦，你还在这里站？"

我说："没法啦，一个客人都没见，好没面子，我阿妈又不开心。"

明仔笑，"等我吃得饱饱来陪你站。"

我叫他滚开。

我一个人站在路边等，大路上的车和人越来越多，只是没有我认识的，好几回我走到路中间看仔细，好多喇叭就鸣得很大声，赶紧退回来，真是，我大舅二舅细姨他们怎么还没来啊，做事慢吞吞急死人，我又想，他们会不会从另外一条路到我家呢，回去看看。

还是静幽幽，阿妈抬眼看看我，怎么阿峰表叔和三叔也没来，我叫了一声，一口气跑到阿婆家，远远听到杯碗叮叮当当声，他们已经开席了，一楼二楼都有开，阿峰表叔就坐一楼，正对着大门，张大嘴吃扣肉，你阿奶，去吃屎，骗我！我气坏了，跑回家告诉阿妈，阿妈不说话，用手扶住头。

天阴阴，我打着灯，阿妈说："关上。"

"黑蒙蒙等下客人看不见。"我说。

"不会有人来了。"

"有，大舅二舅都会来！"

"大舅二舅得闲才会来，他们可能不得闲。"

"细姨一定会来！"

"细姨远，路难行。"

"三叔应承我会来！三叔从来不骗我！"

阿妈摇头，"阿弟，乖仔，肚饿就去拿菜吃，想吃什么就去吃，饿了大半日了，不用等了。"

“有，一定有人来！”我大声喊着跑出门，拼命跑，拼命跑，天就要黑了，等一等再黑，等--等，小汽车摩托车单车手扶仔什么都好，有一部开到我家去吧，去我家吧。

我拦住一部摩托车，“去我家吃年例啦！”

开摩托车的陌生哥哥被吓到，“下次，下次啦。”

我拦住一部面包车，车灯射住我的眼，“你们去我家吃年例啦！”

面包车是电视台的，开车的人问：“你家摆几台啊？十台以上的我们才去拍的。”

我甚至拦住垃圾佬的单车，“去我家吃年例啦。”

他很凶，“细文仔搞什么！”

我跑向东，跑向西，来来回回跑到气要断，没人跟我来，外面好多车，好多人，阿妈啊，可是我一个也请不来！

不来就不来！以后都别来！谁稀罕你们来！我和阿妈自己吃光扣肉吃光鸡腿全部吃光光不知有多爽！我才不会哭！阿妈也不哭！等我长大赚多多钱建大大屋，请全世界的人来吃年例！还请周杰伦！还请姚明！还请杨利伟！杨利伟开航天飞船来！

明仔和肥宝跑来叫我，鬼仔戏开演啦。

我脾气好差，好大声吼：“走开呀！”

他们真的走开了，我好烦，见到谁都烦，前面那部摩托车要转弯，要是去我家的就好了。

9

家家户户门口都亮得像白天，吃年例的人一边夹菜一边笑。

我慢慢回到家，开了灯，两张台还在厅里摆着，放着一层层摞住的新碗，妈妈在房里躺，我都不敢叫她。

难道我今天拜神还不够心诚，还是冼太不得闲保佑我呢？

我趴在一张台上，孤零零，好难受。

突然门外咚咚咚一阵跑声，我站起身，门砰地推开，肥宝跑进屋，吓我一大跳，然后是明仔和大头坤，还有阿生、华珍、细辉、阿倩，阿倩还背着她细妹，还看到喜妹，站在门后面，露出一个头。

“阿弟，我们来你家吃年例，给不给啊？”明仔说。

肥宝举起手里红胶袋，里面好像装着橘子，“都有准备手信哦！”

“一年级的人给不给进屋？”喜妹在门口吐舌头，“我带了棒棒糖！”

我都不知怎么办好，只是大声叫阿妈：“有人来吃年例啦！有人来吃年例啦！”

阿妈早起身了，她抱过阿倩的细妹，又去拉喜妹，“快点儿进来坐，快点儿进来啦。”欢喜得糊涂了，把肥宝叫成明仔，又把明仔叫成阿生，忙着摆饭菜分鸡腿，倒可乐又倒洒了，傻傻的样子，一阵笑眯眯，一阵眼湿湿。

我打了肥宝一捶，“我又没请你！”肥宝打回我一捶，“用你请，想吃我就来！”明仔在对面挤眼睛笑，大头坤吸了口气，“哎，又要吃，我头先才吃饱。”阿倩说：“吃啦，好菜啊。”

告诉你，那天我家到底还是开够了三台，我细姨和她男朋友都来了，因为她下午才请到假，没有班车，就一路开着摩托车来，从中山市开来，几百公里好远好远哦！我外婆大舅大舅妈二舅二舅妈文龙表弟都有来，为什么这么迟，因为一路塞车啊，塞了几个钟，全世界的人都来我们镇吃年例，那么多人不塞车就奇怪了。后来我三叔和阿峰表叔都有来，他们是吃完了阿婆那边再吃这边，都说吃肥了五六斤。想不到我二叔二婶三婶也来了，还给我利是，我收到好多利是，我都分不清是谁给的。我阿超表哥最后来，还和他的两个同学，好威风啊，我想全镇上没几家有博士来吃年例，我家就有。阿超表哥还是好多话说，他说，细姨我来是为了支持你，但不等于支持愚昧的风俗。我家里好热闹啊，大家有说有笑，阿妈好有面子，要是阿爸能看见就好了。

我真的好开心，人多多一起吃年例是世界上第一开心的事！冼太保佑我了，她真的有听到我求她，只要心诚就会灵。

阿超表哥说，将来他是绝对不会继承大舅请年例，宁愿请大家去旅游。

我可不一样，我长大了一定要请年例，我要赚多多钱建大大屋煮好多好菜请全世界的人来吃年例，还有周杰伦还有姚明和杨利伟，最要请的就是肥宝明仔阿生大头坤阿倩这些死党啦，无论大家到了什么地方都是死党，就算成了阿公阿婆头发牙齿掉光光都好，都要一起欢欢喜喜热热闹闹吃年例！

我看了一眼喜妹，她在啃一块儿鸡骨头，嘴上都是油，没法啦，一年级的人也算她一个吧。

附录

年例是粤西地区一个独特的传统节日，所谓年例，即是年年有例。粤西人过年例，有“年例大过年”的说法。所以每当中国大地正在为过年而忙碌准备的时候，仍保留年例这一习俗的粤西人却会在过年后不久为各自的年例期忙碌起来。做“年例”、探“年例”、吃“年例”是农村人不变的节目，年例已变成粤西人年末的狂欢节，是庆祝一年辛苦丰收、联络感情的节日。许多办年例的人认为办好了年例就能够保证今后的一年风调雨顺，虽然不科学，但作为一种精神寄托，不知支撑了多少在困境中挣扎的人。年例的独特性也增强了当地人的一种乡土优越感，年例的主办中心一般都是在庙宇或者家庭，而高州和化州的庙宇大都是冼太庙，即纪念冼太夫人的庙。年例也就和冼太夫人有一定的关联。史料中显示年例活动是由冼氏家族而兴起，长期演化后成为今天的年例。冼太夫人是当地的一位颇有影响力的人物，她为维护国家统一、民族团结做出了卓越贡献，被誉为“中国巾帼英雄第一人”。在年例中“游神”所用的神像中，便有冼太夫人的塑像造型，可见她在当地人心中的地位。

这一季有多长

有些爱，注定要藏在心里，只能藏在心里，最好藏在心里。

这海滨的城，到处开着紫荆花。校园里开得更盛，无论是红砖大道，还是小园疏径，两边都是这开花的树。

在秋天，抬起眼，越过紫红缤纷的枝头，再往上，那瓦蓝瓦蓝的天啊，像大一这年，瓦蓝瓦蓝的年华。

上课了，一群一群的女生从中区宿舍楼里走出来，长风过处，她们的裙，她们的发，她们怀里的书页，都开始翩翩。

然后她们三个也翩翩走近，这是三个乍看上去长相平常的女孩，转个身就忘了，人群中最常见也最多这样的女孩，她们的可爱，她们的精彩，像一口矿井，须得深入才能挖掘。只是，除了耐心，那还需要怎样偶然的慧眼和机缘啊？

所以世间就有多少寂寞等待的宝藏。

红非有点儿胖，马尾巴梳得高高的，穿着潇洒的运动装，走得快，鼻子上总会沁出细细的汗，有人告诉她，她就不在乎地用手背一擦，呵呵地一笑。

夏亭身材不错，就是皮肤有点儿黑，她留着长发，两鬓的头发妥帖地往后面梳拢，用一只玲珑的水晶夹子扣紧，她的话不多，只是喜欢笑，有两只可爱的兔牙，但她总要用手遮住，不让看。

小颖清清秀秀纤纤细细的，爱穿简单漂亮的无袖连衣短花裙，她的头发又细又软又少，总留不起一挂长发，还有一件让她懊恼的事，就是她很易长痘痘，笑的时候，脸也因此涨得通红。而红非总是毫不留情地笑她——白兰士灯泡。

是，她们非常爱笑，还有，她们是非常好的朋友。

今天上最枯燥的美学，红非出了门口就脚下生风，把夏亭、小颖远远地扔在后面。

“她要去占位子，必须是第一排左边的位子。”小颖说。

“我明白。”夏亭会意地笑了。

红非气喘吁吁地跑上教室，看到前面的位子还安然无恙地空着，欣然一笑。

这个角度，是最挨近美学老师而又不那么惹眼的角度。她坐下，翻到上节课的笔记，认真地看了起来，什么乏味的审美四契机、康德、黑格尔，她现在都啃得津津有味，其实，倒不是因为老师讲课有多好。

上课了，人三三两两地齐了，夏亭和小颖经过红非桌前，意味深长地眨眨眼，被她狠狠地瞪了回去。

苏老师低着头走进来，他是才毕业一年的研究生，人很清瘦，又腼腆得很，讲课必须把视线凌空，或者看着黑板闷讲，或者越过几十个人头，和教室后面的空墙交流，实在逼得没办法，他就抬起头看灯管，他不敢看学生的眼睛，那些灼灼的眼睛让他紧张，脸一红就忘词儿。

而红非私下里，却最爱他脸红的样子，像个小孩，低下双眼，笑着不知所措。

红非喜欢老师，所以才喜欢了这门课。

“可是亲爱的菲菲，你们很没有情侣相啊。”刁钻的小颖故意逗她，“他又高又瘦，而你总是吃得太多。”

虽然即刻做了劈手看打的动作以示警告，红非慢慢却想，也是。爱上一个人的感觉，那种胸中时刻温暖而又焦虑的感觉，只怕自己不够好，配他不起。红非决定，节食，还有天天跑步。

说跑就跑，下午四点半，红非正在换鞋，小颖笑着坐过来，“下午跑步太晒了，对皮肤不好啊！”

“错！专家说下午最适合锻炼身体。”红菲头也不抬。

“喂，你答应和我看球的啊，忘了？”小颖嗔道。

“烦死，夏亭陪你就够了！”红菲不理她。

“就要你去，就要你去。”小颖撒娇。

红菲皱皱眉头，忽然恍然大悟，“哈，我知道，你要去看Eight—Eight噢！嘿，夏亭，小颖要去——”

“喂，喂，你是不是欠打啊。”小颖涨红了脸，又憋不住笑。

“白兰士灯泡！”红菲一脸坏笑，“有鬼有鬼。”

小颖的“鬼”是中文系的学生会主席——祝新，长着浓黑的两道卧眉，很健壮，扑面而来的男子气，但一戴上眼镜，亲切地一笑，又有说不尽的温文尔雅。他是中文系篮球队的后卫，8号，“Eight—Eight”是她们三个对祝新的昵称，其实虽然祝新和红菲是同乡，但他也只是开学接新生的时候和她说过两句话而已。

“为了你的爱情，我愿意牺牲自尊，不择手段地接近他，行吧？”红菲朗朗道。

“行了行了，只是看球而已。快点儿吧。”小颖只好求饶。

中文系对数学系的比赛，篮球场上热火朝天。

她们三个费力地挤进去，一身汗。祝新打球的时候摘下了眼镜，但反应十分灵敏，全场都是他矫健的身影带着球满天飞。喝彩声淹没了她们的声音，小颖有那么一点儿落寞，全世界都在看他，而他，又怎么会看到人海里小小的她，就算看到了，又怎么会在意她是谁?

场间休息的时候，小颖细心地发现，祝新把瓶子里的水往头上一浇，用手抹了把脸，再想喝水时，摇摇瓶子，却倒不出来，只得舔舔嘴唇，东张西望。

小颖敏捷地挤出来，飞快地到小卖部买来一瓶纯净水，气喘不定地，悄悄捅着大喊大叫的红菲，“喂，他没水喝了。”

红菲眼神奸狡地看她一眼，低声道：“今晚我要吃鸡腿。”

“你不是要减肥吗？”小颖又气又笑。

“明天开始。”

“好好。”小颖怕了她。

红菲这才满意地往场上跑去，大声叫着：“师兄，师兄，这里有水！”

祝新感激地接过水，点点头，“谢谢。”

红菲趁热打铁，“我叫米红菲，一年级本2班的，我还是你的老乡呢！”

这时哨子响了，祝新来不及说什么，水更是来不及喝，又匆匆上场。

小颖忍不住埋怨，“都是你，那么多话，他连水都没喝成。”

“哈，你这女人真是最高级的重色轻友啊！看我下次——”

“别吵，看，Eight—Eight跟我们招手呢！”夏亭拉她们看。

果然，运球入篮的祝新笑着向这边招招手，小颖的脸倏地红了。红菲斜眼看她，暗暗说：“白兰士灯泡！”

夏亭会意地一笑，“他开始认识我们了。”

去打饭的心情特别好。

夕阳的霞光，金灿灿地一落万丈，金色的紫荆树，金色的校园小道，金色的鬓影。

红菲走得最快，不时地转过身且退且喊：“快点儿，快点儿，等会儿鸡腿卖完了！”

“我巴不得呢！”狡猾的小颖。

夏亭笑红菲，“今晚吃不到，明天开始减肥怎么办啊！”

“不准无赖啊，喂！”红菲急得过来拉小颖，小颖闪身躲到夏亭身后，夏亭不要当她的挡箭牌，也连连躲藏。

这时，校园广播悠扬地响起，一个清澈淳厚的男声回荡在耳边，夏亭不禁站住了。

是秋子。

广播站最好听的声音，空旷明净，秋天的水，秋天的星空，每次心乱的时候，总是很巧地，会听到他的声音在广播里响起，放的，都是非常悠扬悱恻的歌，万芳，南方二重唱，甚至还有民歌时代的李碧华，不很流行的，很少人会特别欣赏的，但是她刚好和他一样喜欢。

这是个秘密，淡淡的甜，喜，迷惘，惆怅。

她们追远了，很久，又赶回来拉她往前跑，“快点儿吧，等会儿吃完去点歌。”

“写什么啊？我不会写啊！”小颖装模作样地看着一张白纸。

“点歌，点歌你都不会，装傻！”红非一把抢过纸笔，一边念着一边写，“我要——点一首《真心英雄》——送给中文系篮球队队员，预祝他们——在校际联赛中——赢得冠军。特别点给——哈哈——勇猛超群的8号祝——新。点歌人——利小颖——哈哈。”

“喂，不是我点的！”小颖急得要抢，脸又红成个灯泡。

“明明是你说要点歌！”

“是你写的，干吗不写你的名！”

“我又没暗恋某某！”

“你好啊你，下次不陪你问美学题，你自己去找苏老师，反正你巴不得！”

夏亭笑着打圆场，“好好，怕人家不知道是不，这么大的嗓门。”

“不如用假名吧！”

“这样好吗，把我们三个人的姓拿出来组成个名字吧！”

“利傅米，米傅利，傅米利，怪怪的。”

“叫傅利米吧，Three MM的谐音，怎样？”

“好极！”

署名傅利米的点歌信就这样出笼，她们用这个名字每周点一次歌给祝新，直到他毕业，始终不知道是谁点歌给他，这么执着而神秘，这是后话。

那晚是红菲亲自敲开广播站的门，把点歌信稳稳当当地交给了秋子。

夏亭远远地立在暗处，门只开了一小半，流泻出温暖晕黄的灯光，她看不见秋子的样子，只隐约看见一个白色身影，很快，红菲回来，门关上了。

“明天中午播，祝新听到会怎样呢？”红菲故意逗小颖。

小颖佯装不理她。

她没趣，又自言自语：“秋子真帅！”

夏亭想听下去，但小颖在想心事，没追问，红菲也就不说了，唉。

红菲真的开始跑步了。

早上五点半的闹钟，在枕头下吵嚷，她一个鲤鱼打挺，迅速梳洗，穿戴，出门。

外面还黑着呢，秋天的晨曦，凉意深深的，星星晶莹地嵌在头顶，她深呼吸一下清凉的空气，轻快地跑起来。

到操场跑了几圈，热气渐渐上来，红菲欣慰地想，出汗，就证明减去了热量，天天坚持着，腰就会一圈一圈小下去，也像小颖一样高挑，和老师走在一起，两个细挑的个子。她忍不住扑哧笑了出来，自己还真不害臊。

天一点一点地亮了，绯红的霞光，像新鲜的蓬勃的希望，都是你的。

红菲慢慢绕着校园走了一圈，在教工宿舍墙外特意放慢了脚步，仰头望去，五楼第二个阳台，挂着几件素色的男式衬衣，在晨风里轻轻飘扬。

她乐了，“苏老师的。”浑身涌起一种温暖而欢快的力量，她忍不住又哼着歌跑了起来。

夏亭早醒了，只是还躺着。

秋子的广播六点钟就开始了，这星期都是他值早班。

今天他放了万芳的《四季》，少有的轻快调子。

“秋天是什么样子/是多愁善感忧郁的眼睛/看脚下的世界/都被改变了颜色”

“冬天是什么样子/是冰冷骄傲深邃的眼睛/看一季的沉睡/都将为春天而苏醒”

秋子是什么样子？

夏亭坐了起来，打开日记簿，密密地写起来。

他从来不在声音中流露太多的情绪，一个年轻人，何以做到这样的冷静和从容，是的，有时候甚至是冷淡的，他的语言中让人感觉到距离，半空中的高度，超脱却又徘徊。但是他却能洞察一切。

夏亭不禁胡乱地勾画起他的模样，茂密乌黑的头发，一双忧郁深邃的大眼睛——突然，床帘下面悄悄钻出一只白白胖胖的包子，把她吓了一跳，“哎哟！”

红非大汗淋漓的脸也慢慢钻了进来，她手上高举着包子，“吃早餐吧！”

夏亭连忙把本子合上塞进被子里，“我还没洗脸呢！你自己吃吧。”

“我要减肥，只喝白粥。”红非嘻嘻一笑，“我先走，今天上美学课。”

苏老师讲到审美和时代的关系，环肥燕瘦，不同时代的话语权力，心理需求，各有各的精彩。

“我个人认为，永恒的女性美还是东方女性温柔婉约的淑女风范，长长的头发，长长的裙子，巧笑倩兮，临风飘举。”少有，苏老师竟会在课堂上流露个人的看法，红非紧张地看着他，他的目光投到窗外的紫荆树上，向往着的光芒，脸有些赧然。

最后他布置了论文题目，关于康德美学的，大家都说太难，红非却胸有成竹，下了课就远远叫两个死党，“下午去图书馆啊，我知道哪里有资料！”

说实在的，老康的书还真没什么人借，一手抽出来，呛了满鼻子的尘灰，红菲皱皱鼻子说：“古来圣贤皆寂寞啊！”

小颖夸张地一步退开，“就是，可以知道在研究美学的人，有多霉啊！”

“别怕，我来了。”红菲小心吹开烟尘，一脸柔情。

回去的时候，下雨了，入秋的雨，带着肃杀，雨脚密密的，直往廊下扫来。

还好小颖的书包里常年有把精巧的折叠伞，她皮肤敏感，晒不得一点儿日头，这会儿，倒可以用来遮风挡雨。

忽然，小颖看见个高大的背影，也站在走廊里避雨，祝新，她胸口一热，马上又一愣，因为他的身边，很近地，还站着个娇小的蓝布裙。

红菲也看见了，自言自语道：“呀，Eight—Eight和个女孩在前面啊！”

“那有什么，有个女朋友很正常啊。”小颖淡淡地说。

红菲回头看了她一眼。

小颖转过头去，心里很乱，越想做出云淡风轻，越显得月黑风高。

他和蓝布裙不时地谈着什么，看见他低下头，笑着注视，让人心疼地注视。又探出身子，伸手试试雨势，马上笑着缩回手。

“咱们走吧——”红菲拉她。

小颖把伞塞给红菲，低低地说：“红菲，还是把伞给他们吧，他们也许有急事。”

“那我们呢！”红菲急得喊。

小颖哀哀地看着她，低下头。

红菲只好叹气，“好好，我奉陪，奉陪。”

红菲过去把伞交给祝新，祝新和蓝布裙连声谢着，也许是问道“你们不用伞吗”的问题，红非摆着手，往这边指指，他们一起看过来，小颖不禁低下眼帘，那女孩，明眸皓齿，真是清秀。

他们走了，红非闷闷地站到她身边，两个人都看着雨发呆。

“喜欢上一个人，挺惨的，自己好像做不了主似的。”红非说。

“有什么用呢？”小颖无精打采。

“你怎么那么丧气，真喜欢他，你去和那女孩竞争嘛。”

“如果我比她好看，哪怕跟她一样好看，都敢去试试——可是——”

“唉，我懂，直到喜欢一个人，才开始恨爹妈怎么不把我生得漂亮点儿、聪明点儿，尤其是——瘦点儿，还总是由着我海吃胡喝！”

小颖被她逗乐了。

“真的，我从来没试过像现在这样嫌弃自己胖，怎么配得起他啊！”红非烦恼地说。

小颖拍拍红非手上的《康德》，“你不是已经在思想上努力了吗！”

“我能变成一个淑女吗？”红非突然说。

“嗯？”

“长长的头发，长长的裙子，巧笑倩兮，临风飘举的东方淑女啊。”

小颖又被她逗乐了。

红非不满，“我是说真的。”

“你说得对，喜欢上一个人，挺惨的，自己再也做不了主了。”小颖叹口气。

雨继续下着，两个人呆呆地站着，水湿到鞋尖，也不晓得要挪一下。

直到夏亭拿着伞来寻她们，叫了数声，两人还是呆呆的模样。

小颖很早就上床睡了。

这无望的爱，在心里悄悄地旺盛地生长，摁它不住，整颗心是那么软弱无力，不住地叫停，停，停啊，又不住地想他，想他，想他啊，怎么办，这可怎么办?

早知道那只能是远远的仰望，但确定真的属于别人的时候，这种无计可施又无计消除的疼痛啊。

小颖把被单拉上眼睛，无声地哭了。

红菲在床上试探地叫了她两声，不应，夏亭小声说，让她睡吧。

这夜总是听到有人翻身，睡得都不大踏实。

天快亮的时候又下起雨来，时密时疏，红菲一样早起，穿戴，准备跑步。

“下雨呢，今天就算了。”夏亭说。

“雨小多了，不怕，贵在坚持啊！”红菲笑一笑，昂然出去。

秋雨刺骨，早上又偏凉，她淋漓地回来，进门就打喷嚏，鼻塞，重感冒。

只好在床上老老实实地躺了两天，一双眼睛滞滞地望着天花板，没气力像往日一样骨碌乱转。夏亭贴近她耳畔打趣，“这就是爱的代价吗？”

红菲软软地说：“只要想到是为了苏老师，病也是可爱的。”

夏亭笑了，“认识你这么久，只有这会儿有点儿东方淑女的味道。”

“真的？”红菲双眼发亮，一下子抓住夏亭的手。

“这又不像了。”夏亭故意说。

“咦——”

夏亭怜惜地为红菲掖好被子，要她好好休息。走出门来，听到广播正放万芳的《猜心》，是秋子。她的心头一暖，这是他和她的暗号，只是听到旋律，她就知道他在音乐后面。夏亭抱着双臂伏在阳台上，半闭上眼睛。

“这样的夜/热闹的街/问你想到了谁/紧紧锁眉/我的喜悲/随你而

飞/擦了又湿的泪/与谁相对”

问你想到了谁，紧紧锁眉?

这一句尤其往心里去，秋子会为什么人锁眉吗?

她愿意一切只停留在心里，如果想知道答案，她可以马上去敲广播站的门，看看秋子其人，甚至主动认识他，可是那又如何，自己凭什么呢?

他不会有机会认识她，就算认识了又有什么机缘和时间去了解她的好，就算了解了又怎么肯定会喜欢?

秋子的声音清澈地流淌，夏亭低头一笑。

她愿意一切只停留在心里。

秋越凉，紫荆花却越开越浓，早晨，冷露湿过的花瓣，格外娇嫩鲜艳，像少女不经事的脸。

三个人又高高兴兴地去上课。

小颖是高兴的，前几天蓝布裙特意到教室里还伞，她看见有个皮肤黑黑的男生搂着蓝布裙的肩亲密地走了，原来，祝新只是她的同学，真好!

红非也是高兴的，病好了，虽然还有点儿咳嗽，但也毫不犹豫地穿上咖啡色的一步长裙，白色的布衫，还有高跟鞋——可是史无前例啊，虽然头发不是很长，但披下来，悄悄地伫立，也有一些娴静的影子，更何况，苏老师对她那篇《小议“康德—席勒—马克思”的美学传承》赞许有加，还让她修改一下推荐到学报上去呢!

“是不是我的新形象也起了作用? 是不是? ”红非这样急切地向好友求证。

“那还用说? ”夏亭、小颖会意一笑，红非拍掌仰头乐了，她兴致一来，拎起裙子，大步流星地走在前面，那点儿娴静的影子更无觅处了。只剩下两个好友在身后捧腹。

对于夏亭，只要两个好友快乐，而且每天都能听到秋子的声音，就是高兴的。

她们三个就是这么笑呵呵地走在开满紫荆花的校道上。

好像日子还有很多很长，仿佛永远过不完似的，大一的秋天啊。

中文系的至尊社团“太阳谷”诗社开始招兵买马了，祝新是主考，他的诗在全国大学生诗歌比赛中获过一等奖，紫荆树下的高台，他在吟诗，秋风飘过他的白衫，衣带欲飞的样子，多么倜傥儒雅。

小颖爱死了，双眼发亮地抓紧红非，“咱们也去好不好？”

“开玩笑，这年头，只有疯子才写诗。”红非穿着高跟鞋，被她抓得站立不稳。

小颖乜斜着眼看她，“一支红地球唇彩，有兴趣吗？”

红非近来热衷于梳妆打扮，怎不动心，马上拉着她就走，“疯就疯嘛，人生能有几回疯呢？”

祝新认得她们，热情地过来招呼，“欢迎欢迎，小师妹，你们也来加入吗？”

“您振臂一呼，我们莫敢不从啊！”红非爽朗地说，一边把羞羞答答躲在身后的小颖死命地拖出来，“这是小颖，我们一起的。”

祝新笑着向她颔首，小颖这没用的东西，只是低着头脸红，像一只白兰士灯泡。

“虽然我对你们印象不错，可是诗社要凭真本事进，怎样，有信心吗？”祝新道。

“信心这东西，我们绝对藏货丰富！”红非大言不惭。

“好，真是初生牛犊不怕虎，那么请你们回去准备一首诗，下周五晚上在中文楼阶梯教室参加比赛，如何？”祝新把两张宣传单递给她们，“主题是落花紫荆。”他指指头上的紫荆花，做个飘落的手势。

两个人答应着往回走。

小颖犹自回味刚才的场景，“他的眼眉真黑啊，墨画似的，哎，我发现他还有酒窝，小小的两个呢！”

红菲呆头呆脑地，“我怕——”

“啊？”

“我怕虎。”

“什么啊？”

“我是和苏老师一道研究美学的，怎么会写诗？”

“宗白华不也是先写诗的吗？”

“我可以不要红地球吗？”

“你要不要命？”小颖装作女巫状，伸出魔爪。

红菲尖叫着逃跑，玩得忘形，不记得自己的东方淑女版穿着，绊倒了，穿着高跟鞋的脚崴了一下，疼得坐在地上，“哎哟！”

真是乐极生悲。

又得在宿舍养上几天，连美学课也不能去上，红菲恨恨地骂小颖：“臭臭的白兰士灯泡害我不能见苏老师！我诅咒Eight—Eight约你那天，你鼻头生疮不能去！”

小颖只是笑道：“哪儿也不去，正好在宿舍写诗啊，等你的大作啊！”

红菲只能瞪眼。

一会儿她们又回来了，苏老师病了，没上课。

“什么病啊，严重吗？”红菲担心地问。

“发烧咳嗽吧。”夏亭不确定地说。

“真是绝配啊，连贵体不适也约好一块儿！”小颖打趣。

红菲郁郁地说：“我倒宁愿都受在我一个人身上，他那么瘦，哪禁得住病啊？又没有人煮东西给他吃。”

夏亭、小颖又怜又笑地看着她，“先顾好你自己吧。”

红菲只是怅怅然，最大心肝的女孩，开始爱一个人，也学会了体贴心疼。

这怅怅然很快传递到夏亭身上，本来这周是秋子做早上的节目，昨天都听到他放《我记得你眼里的依恋》，还读了一段短诗，今天却换了个女生，一大早就放张楚的歌，背弃世俗地吵嚷，满耳朵只听到“可耻的，可耻的”声音。

他病了？不不，或许只是有事，临时找人替换。

夏亭这天的日记记得分外长些。

只是第二天、第三天，秋子还是没有出现。

怎么了？夏亭有点儿坐立不安，耳朵时刻敏感地捕捉着广播的声响，早上，课间，中午，晚上，她的一天就在这种焦躁而毫无把握的等待中过去，希望升起又坠落，心也升起又坠落，坠落在黑夜里，喘不过气。

而她还得继续微笑着起床、上课，没有人知道。

红菲刚能走，就急惶惶地跑到市场买了雪梨、川贝、南北杏、冰糖，冒着自律会随时大搜查的危险，在宿舍炖东西。

小颖惊异，“喂，你不是四体不勤的吗？”

红菲小心地把川贝、南北杏碾碎，和冰糖一起塞进挖空的雪梨肚子里，“这是秘方，止咳，炖给苏老师的。”

“好心你，你自己咳嗽那么久，还是我们给你煲药吃，现在倒成了贤妻良母！”小颖又好气又好笑。

“陪我去送给苏老师噢！”红菲抬头嘻嘻笑着。

小颖马上摆足了架子，“哼！”

“最多不要你的红地球！还写一大篇肉麻的诗，行不行？”

“这还差不多！”

下了自习，三个女孩往教工宿舍走去。红菲小心地捧着保温杯，越近目的地，越心慌。

“哎，这样吧，等会儿小颖拿着。”红菲说。

“不——行，等会儿他看上我怎么办！”小颖应得干脆。

“你想得美。”红菲白她一眼，想想，“一会儿咱们就说是去交作业的，顺便炖点儿汤给他，没什么其他意思，只是学生对老师的尊敬爱戴之情。”

“好像有点儿此地无银啊，菲菲。”夏亭逗她。

红菲气哼哼地想撇下她们，脚疼走不快，只是做个样子罢了。

苏老师的屋里静悄悄的。

到了门口红菲反而想打退堂鼓，于是小颖便迅雷不及掩耳地敲了门。

听到屋里有人应了一声，开门的脚步一下一下近了，红菲的心跳如鼓，双颊绯红。

苏老师蓬松着头发开了门，病了几天，他更见清瘦，真是我见犹怜啊。

他显然想不到会有三个年轻的女学生这样浩浩荡荡地来敲他的门，先是愕然，随即又习惯性地红了脸，不知所措。而因为起得匆忙，他胡乱地套了件外衣，不料穿反了，白色的小方块商标晃在外面，小颖最先发现，拼命忍住笑，低头拉夏亭的手，夏亭也看见了，只能竭力憋回去，只有红菲既高兴，又害羞，不知说什么，又恨好朋友关键时刻捣乱，只能傻呵呵地干笑着，而可爱的苏老师为了礼貌，又不知如何处理这突发情况，也只能陪着干笑。

红菲无奈只好说明来意，谁知太过激动，又引发了未好的咳嗽，苏老师说谢谢，但他本来也正害着咳嗽，见别人咳嗽，喉咙也痒痒地咳了起来，于是两个人一高一矮一胖一瘦就这么红着脸时高时低地咳来咳去，小颖、夏亭如何还能忍得住，各自捧着肚子，笑得前仰后合，小颖后来还蹲在地上笑出了泪。

这场期待温馨浪漫的会面就在这一发不可收拾的爆笑中结束了。

她们三个出了宿舍大院，还不断想笑。

“吃东西去吧，我都笑饿了。”小颖提议。

三个人一摸口袋，只有红菲买菜剩的三块钱，到南园餐厅要了碗皮蛋瘦肉粥，三个人分吃，天凉，粥热乎乎地下肚，很是舒服。

“你们真是绝配啊，看刚才的咳嗽，一唱一和的，哈哈。”小颖不放过红菲，“说，谁比谁更像白兰士灯泡？”

红菲一口粥含在腮里，圆鼓着，双眼圆瞪地望向小颖，小颖慌忙摆手，“你可别喷啊！”

夏亭只在一边偷着乐，红菲爱吃肉，小颖爱吃皮蛋，她就把自己那份挑出来，一一放在她们碗里。

“今天该点歌给Eight—Eight了。”红菲含糊地说，又抬头一指夏亭，“这回该你送去，老是我们，嫌疑性太大。”

“哦。”夏亭应了一声。

她是想去看看，这正好有了理由。

敲开门，一个梳辫子的女孩问：“有事吗？”

“哦，我点歌。”夏亭往她身后看去，屋里没其他人，灯光暖暖的，黑色的话筒前，是一张白色的藤椅，秋子也曾经坐过。

“交给我就行了，明天中午给你播。”女孩接过来，准备关门。

“哎——”夏亭扶住门，她的心几乎冲口而出，“我想问一下秋子——”

“他请假了。”女孩简短地说，门关上了。

夏亭站在黑暗里，心里空落落的。

明晚就要进行诗歌比赛了，黄昏时分，她们三个特意跑到顶楼的晒台上排练。

天气晴好，天空干干净净的，飞机划过的路线，细白细白的一缕，长长地拉开。有几只小小的黑色的鸟，扑闪着上下飞舞，而夕阳在山，仿佛金色的故乡。

晒台中间有一块光滑清凉的铁板，她们三个并肩平躺在上面，说着话。

“我那首诗的主角，是一个等待爱人出现的女子，可是当她发现自己来晚了，爱人已经属于别人了，就只好飘然而落。”小颖说。

“好凄美。”夏亭说，“红非你的呢？”

“撞车了！我的也是个爱情女主角，不过我的女主角，是宁愿自己坠落在地，铺起一个暖冬，来温暖爱人的双眼。”

“好壮美！”夏亭赞道，又若有所思，“可是这花为什么要落呢？”

“为了爱啊。”

“有没有不落的紫荆花，如果真爱没来，宁愿等下去，再冷，再寂寞都不怕，都不肯随俗，敷衍、委屈自己的心，等待也是一种美好的姿态。”

“呀——夏亭，你也可以写一首。”

“我不会写，只是把紫荆比喻成等爱的女子，很有意思。”

“是啊，如果这紫荆开在人迹罕至的地方，那么她怎么甘心就这么无声无息地落？”

“可是花季就这么短，正如青春啊。”

“反正花落得太被动悲哀。”

“为什么一定要她落呢？不落，她可以等下一个，不落，她可以常年温暖爱人啊！”

“笨哪，Eight—Eight出的题目就是落花紫荆啊。”

“还讲那么多废话。”

三个人又呵呵地笑起来。

秋子已经整整十天没有出现了。

晚上睡觉前，夏亭在日记扉页上又轻轻画上了一横，好像笔尖从心上擦过似的，她觉得疼，又无处用力。

看看床头的玻璃瓶子，她无声地叹气，又折起幸运星来，她已经折了一百多颗了，红的、绿的、黄的、蓝的、赤金、明橙、轻紫、雪银……大大小小的星子挤在透明的瓶里。

她要把一年三百六十五颗幸运星挂满他的日子。

如果他病了，这星给他健康。

如果他不顺利，这星给他如意。

如果他悲伤，这星给他快乐。

如果他孤独，这星给他关爱。

——而他，究竟怎么了，在哪里？天地之大，无从凭寄的相思，她甚至不知道他在哪个年级、哪个专业、哪个班，不知道他是哪里的人，住在何处，长成什么样子，甚至他的真名，她都不知道，茫茫尘世，只认得他的声音，这孤悬一线的爱和希望。

熄了灯，听得女孩们平稳均匀的呼吸声，她半卧着，手里不停地长出一颗颗星星。

周五晚上，中文系太阳谷诗社新生新诗创作大赛开始了。

参赛的人蛮多，坐满了三排位子，一个个手捧着纸，念念有词，还在临阵磨枪。

红菲抽签排在第五，小颖则抽到十八，她明显比较紧张，时刻想去洗手间。

红菲上场了，她落落大方，感情投入。

“也知道千里的肃杀/也知道万里的霜华/所有会唱歌的嗓子/都在一夕变哑”

…………

“就是那个水般的清晨/我风风火火赶来/拨开那层洁白的雾霭/我在枝头冉冉盛开”

…………

“尽管落吧/落得纷纷簌簌呵/每一瓣/每一片/迸溅着我鲜红的泪珠/却不肯即刻化土”

“要层层叠起/层层叠起呵/铺满你门前的小路/呵暖你脚下的冻土/严寒便再也无法伤你跋涉的双足”

“还是要开/开得如云似锦呵/每一簇/每一树/怒放着我烈火的赤忱/就算花凋/也要随风作舞/随风作舞呵/照彻那惨白的天幕/灰暗便再也无法/染你明亮的双目”

…………

好悲壮热烈的爱情宣言，掌声潮涌，红菲高兴地向四方做拱手状。

小颖越来越紧张，她的手冰凉，夏亭和红菲一人一边地握住她的手，源源送暖。

轮到小颖了，她穿着一件白底素花洋装，发上细细地束了条浅蓝色的缎带，脸红红的，可怜的白兰士灯泡。

她不敢望台下，尤其知道祝新就坐在正中第一排。

也许这是唯一一次他在台下，可以这么集中视线思想去注意她的时候，她是平凡的女孩，而今天，她必将集中所有勇气力量，盛开出最美丽的自己。

她的声音轻柔婉转。

“还是/走吧/轻轻地转身/轻轻地飘下/不知道在落尘之前/会不会忽一回眸/再起那份幽怨洗过的牵挂”

“我把花期误了/黄昏时才含着羞涩到达/却听见有人说/燕子已衔走朝霞/秋蝉已把歌喉唱哑/太阳即将开始远足/冬天不再有童话”

“那么/他呢/我曾允诺过/要用淡紫的花瓣/温暖他寒夜的身影/我曾幻想过/要用翠绿的枝头/为他遮掩漫天风沙/我知道天已黑了/还是毫不犹豫地/盛放我所有的热烈/只为了/只为了/让你知道/我来了/多黑/也不在意/多冷/也不害怕”

…………

“这个冰凉的夜/我怀着渐渐寒冷的盼望/而你/早已找到栖居的家”

…………

“还是/走吧/好像开花/就为了/在一个没有月光的晚上/发出一声长长的叹息/然后轻轻飘下”

她最后一句如梦般飘忽，淹没在掌声里，不知怎样回到座位上，她惊喜地微微抬头，却见祝新也正向她含笑望来，她不敢注视，又低下头来。

比赛结果有八个人通过，红菲、小颖自然不在话下，祝新念到利小颖时，微微停了一下，加了一句："这是个情怀美丽的女孩子。"

红菲听了，夸张地捂住了嘴，小颖的笑意更深更浓，而脸，也当然红得更不像话了。

比赛后是狂欢的舞会，红菲和小颖高兴地跳起恰恰，不知何时祝新也舞过来，他友好地和她们打招呼，"我知道，你来了。"说这句时，他深深看了眼小颖，"你的诗很美。"小颖垂着脸低低笑着，"我写得还很幼稚。"

祝新真诚地说："好好努力，会越来越好。哎，你很会跳舞嘛。"

红菲插嘴："你是不是想约人家跳舞啊？"

这时有人在远处叫他，祝新笑道："好啊，下周中文系学生干部换届晚会，我一定请你跳舞，约定你啦！"说完就匆匆挤出去。

红菲和夏亭相视大乐，人多不敢造次。三个人推搡着跑出来，嘻嘻哈哈一气跑出两百多米，喘着粗气，嘿哟嘿哟的。

"这是不是就算开始谈恋爱了，呵？"红菲问。

"胡说什么啊。"小颖骂道，声音却有无尽的欢喜。

"至少得拉了手之后吧。"夏亭猜测道，大家都缺乏经验。

"那还不容易，下周他们跳舞，又何止拉了手，还要摸腰呢！"红菲大大咧咧地说。

"这么色的话你也敢出口，我打你！"小颖重重出拳，红菲早躲到一边去了。

中文系的墙报上新出了一期"园丁谱"，介绍老师们的简历和著作。红菲挤在最前面，早已把苏老师的资料看个烂熟。

语义学课上，老师在上面自我陶醉，学生在下面自我陶醉。

小颖在看海子的诗集，红菲在看一本星座算命书，夏亭是负责记笔记的，却不知何时，她的思绪已游离开去，在“语义分歧产生的社会因素”后面，写了几十个“秋子”。

秋子，秋子，秋子秋子秋子秋子。

冷不防红菲凑过来，小声说道：“绝配啊！”

夏亭忙用手遮掩，“啊？”

“看这里，水瓶座和双子座，速配率，百分之百！”红菲没注意她的慌乱。

“看这干吗？”夏亭不解。

“苏老师是双子座啊，六月二日，是个双面性格的人，外表害羞含蓄，内心热情豪放，嘻嘻，等着我去开发呢！”红菲笑着。

夏亭温柔地拍拍她的头。

红菲继续兴致勃勃地勾画她的蓝图，“我要考研，考上了，再向他表白，那时我不仅很苗条，而且很有学问，配得上他吧？”

夏亭笑了。小颖却泼过一盆冷水，“那时候，苏老师早就结婚了，又不是你交了定金的，凭什么等你啊！”

红菲急了，“臭小颖，再乱说下周你鼻头生疮，和Eight—Eight跳不成舞！”

小颖得意地做鬼脸。

又是个晴朗的早晨，红菲的脚彻底好了，再没什么偷懒的理由，又开始跑步。

跑回来，天边正是绯红的朝霞，路边有飘落的成朵的紫荆花，红菲小心地拾起，吹掉上面的土，优雅地擎着，她感觉自己是个淑女。

像以往一样，走过教工宿舍大楼，心中暖暖地往五楼第二个阳台看去。

啊？！

那熟悉的阳台，熟悉的位置，除了挂着苏老师那几件朴素的衣物外，还多了件年轻女子的花裙子，甚至还有一套粉红色的胸衣和内裤。晨风荡漾着，把这排衣服哗啦啦地吹近了，再近了，亲昵地轻轻摇摆。

好像有一把利剑从高空跌落，正中红菲的心。

她的眼泪马上排山倒海地涌出来，根本无力再看第二眼，就飞快地往回走，往回跑，踉踉跄跄地，泪眼看不清去路，几乎撞到人。她不管，熟悉的人叫她，她不听，大脑一片空白，只想着，快跑，快跑。

在宿舍门口她终于撞到了抱着水盆的小颖，“喂，你干什么，鬼追你啊！”

她把小颖拨开，冲进宿舍，两手不停地抹着下雨似的眼泪，哽咽地说不出话。

夏亭慌了，扳住她的肩膀，“怎么了？红菲，怎么了？”

红菲再也忍不住，哇的一声喊出来，扑在夏亭的肩上，昏天黑地地大哭了一场。

红菲失恋了。

入夜，人初静，秋天的夜空，星星满天。

路灯沉默，风儿很轻，在校道上徘徊的三个女孩，心事重重。

“太恶心了，我真是想不到！”红菲双眼红肿，语气悲愤。

夏亭婉转地劝，“其实，他这个年纪，要是没有女朋友，才不正常。”

“可是他们怎么能在一起住！”红菲恨恨道，“在学校里，有伤风化！”

小颖忍不住低声说：“只有你会去注意吧，我们可无所谓。”

“可他平常在我们面前表现得那么害羞、纯洁，欺骗我们的感情！”红菲不服输。

夏亭道：“老师其实也是无辜的，他怎么知道你对他情有独钟？”

“我为他死啃康德老头子的书，为他改变形象，为他减肥跑步，穿该死的窄裙子、高跟鞋——”

小颖飞快地插上一句，“还崴了脚。”

“我为他睡不好觉，他有病我牵肠挂肚，我为他整个人都变了，他就没有感觉吗？”红菲的眼泪又出来了，哽咽地说一句，“为了能瘦一点儿，我几个月都没吃饱过。”

小颖默默地搂住她的肩，红菲又低低啜泣起来。

夏亭想使气氛轻松点儿，抬头望望，说：“这样吧，我们来接紫荆花瓣，接到了，我们就会如愿以偿，好吗？”

她心急地跑来跑去，伸长双手，去接那在微风里徐徐飞舞的落花，可是，甚至接近手指尖的距离，却就是接它不住。

她更急了，清凉的天气，竟跑出一身汗。

红菲眼红红地拉住夏亭，“行了，我好了。”

夏亭担心地看着她，红菲抽抽鼻子，“变来变去，自己都没了，东方淑女不是红菲，要是有人真的喜欢红菲，不会在意她淑女不淑女，不会在意她好看不好看，不会在意她多一点儿脂肪。”

“对呀！”小颖高兴地打了她一下，“你终于懂了！”

红菲眼巴巴地看着小颖，“不会在意是否多一点儿脂肪，也不会在意多吃一支雪糕——明治雪糕。”

小颖会意，又恨又笑地看着她，“又想敲诈勒索，好好，今天我请客，庆祝你恢复自由。”

小颖去买雪糕，夏亭和红菲走到中文系学生会办公室窗外，红菲说：“其实我还是很喜欢他，一想起那件事，心就难过极了，不过和你们说了，心里会舒服好多。”

夏亭正想答话，眼光不经意往学生会办公室里一瞥，愣住了，红菲也循着她的视线看去，几乎叫了出来。

灯火通明的屋里，祝新，还有一个短发红衣的女孩子，两个人正拥抱在一起。

从这个角度看过去，只看到祝新宽厚的肩膀，那短发红衣的女孩把头深深埋在他的肩上，幸福地笑着，闭上了眼睛。

夏亭拉住红菲就跑，千万不能让小颖看到。

“喂，今天什么日子，好邪！”红非气急败坏，“告不告诉小颖？”

夏亭犹豫着，“别告诉她了，让她高兴几天，反正下学期祝新就毕业了。”

“那咱们不是一起骗她吗？”红非不解。

小颖已经买了雪糕往这边跑来了，夏亭用眼色暗示红非，红非闭嘴。

她们坐在开满金钟花的长廊下吃雪糕，凉凉的天气，凉凉的雪糕，凉凉的心绪。

“明天我想去K物街买双高点的皮鞋，周末跳舞，Eight—Eight实在太高了。”小颖兴致勃勃。

红非没好气地说：“省点儿吧，有什么用！”

夏亭急忙咳嗽两下。

小颖问：“怎么了？”

红非这才说：“你去不成，到时候你鼻头生疮！”

小颖气得要打她，红非又装作无辜，“我失恋，你还打我？”

小颖气得牙痒，也只好作罢。

上午选修课，夏亭没修，窗外又下起大雨，她吃了早餐，恹恹的样子，打开日记，上面已经是四个“正”字了，秋子就这样从她的生活中消失了，再没有人放她爱听的歌，再没有谁的声音可以让她迷醉、快乐，没有期盼和兴奋，什么都没有，什么也没抓住，声音在空气里，在时间里，弥散。

她机械地在本子上写着秋子秋子，她看着她画的想象中的秋子，那幽深的眼眸，薄薄的紧闭的双唇。她本来想给他画一副眼镜，她想象中的秋子该是这样的，但她又想他的眼睛面对自己时，连一点儿隔膜也不要有。

她长长久久地、绝望地看着天空。上天，我从没奢望接近他、得到他，我只是这么远远地听着，我只想每天能听到他的声音，就够了，满足了。上天，最起码让我知道他好好活着，他平安无事，就行了，求你了。

一颗大大的泪珠啪地掉在日记本上，无数个秋子都模糊湮染在水里。

夏亭不知不觉地抱着本子睡着了。

梦里，她到处找他，每一个启示都让她披荆斩棘、跋山涉水，可是每一个地方，秋子都刚刚离去，她总是慢了一步。

她累了，跪倒在地上，忽然，秋子的声音在耳畔响起，是的，真真切切的，不是做梦，是真的。她蒙眬地从梦中挣扎醒来，眼睛还没睁开，却清楚地听到有人在窗外说话。

“那就谢谢你了，难为你拿了这么多吃的来给我，光是鸭掌就带了五斤，够重的。”

“不客气，阿姨让你有空儿多打电话回家。”

“你也是啊，到了那边，多联系啊。”

“好的，再见。”

真的，真是秋子的声音，夏亭一下子坐了起来，她的心要跳出来了，来不及多想，滑下床，鞋也来不及穿，就拔腿往外冲去。

走廊空荡荡的。

她冲下楼梯，楼梯静悄悄的。

她跑到大门口，雨水白茫茫的。

秋子，秋子。不是幻觉，是真的，真的。

然而，她到处找他，每一个启示都让她披荆斩棘、跋山涉水，可是每一个地方，秋子都刚刚离去，她总是慢了一步。

她又慢了一步。

她伤神地慢慢回去，这才发觉光着的脚给小石子硌得生疼。

她冲动地去找刚才说话的那个女生，好像是二年级的师姐，住在她们隔壁的。

那屋里有几个人，奇怪地看着贸然敲门的她。

她突然不知道怎么开口，落荒而逃。

屋外雨下得越来越大，有如白烟，一切都看不清、辨不明。

不行，我要见他，混乱的思绪中这是唯一的线索。

她的心跳得厉害，不愿多想，不想犹豫，她把那瓶子幸运星——三百六十五颗藏在怀里，撑了把小伞，冒着大雨往广播站冲去。

“我找秋子。”她的声音有点儿发抖，或许是因为冷，她的裤脚全湿了，滴着水，头发也濡湿地贴在额上，但那瓶子安然无恙，暖暖地贴在心口。

“哦？他今天来过，不过现在走了。”开门的那个留着飞机头的男生说。

“他什么时候再来？”她满怀希望地看着他。

“他退学了，不一定来。”

“为什么？”

“为什么啊，好像是病了——哎，海德，秋子干吗退学来着？”飞机头回头问屋里。

有个男生答道：“好像是出国留学吧，不大清楚。”

飞机头耸耸肩。

注定要擦肩而过的缘分，这是。夏亭的心低下去，脸上还装作无事。

她轻轻地把玻璃瓶双手送过去，“麻烦你帮我转交给秋子，好吗？”

飞机头接过来，笑了，“呀，这是第几瓶了，秋子怎么总收到这玩意儿？”又看着夏亭点点头，“好吧，我们一定给你转交，放心，你不留个名字口信什么的吗？”

夏亭摇摇头，低头就走。

门在她身后关上，还可以捕捉到若有若无的一句，“秋子这小子，真是好……”

回到宿舍她整个人都湿透了，爬上小床，换了衣服，她仰面躺下，泪水凉凉地淌了满脸。

不一会儿她们回来了，进门小颖就兴奋地喊：“有辣椒薰鸭掌吃啦！”

几个人在下面叽叽喳喳地吃，小颖不住地叫夏亭下来，“你快点儿吧，这可是正宗的湖北名小吃！师姐犒劳的呢！”

红非故意吃得津津有味，“夏亭，我吃光了，快，真好吃！”

“你们吃吧。”夏亭平静地应了一声，向墙里转过身去。

红非蹑手蹑脚地把脑袋钻进床帘去，一眼看到摊开的日记本上秋子的画像，惊奇地叫了声：“咦，这不是秋子吗？真像，就是少了副眼镜。”

夏亭急忙转头把本子抢过去，红非看到她的脸上全是泪痕。

红非默默地爬上去，轻轻扶着夏亭的肩膀，“你不想说，我也不问，但我可以陪你一块儿哭吗？”说着，眼圈已经红了，而不知何时，小颖也凑个脑袋进来，咬着嘴，默默注视。

只有秋雨，仍在窗外潺潺。

一场雨后，紫荆花落得又多又密，层层挨挤着，像艳丽的蝶冢。她们三个总要一路绕开花瓣，不住地叫着可惜了。

忽如一夜春风来，昨天的辣椒薰鸭掌委实有些功力的，看看小颖的鼻子，好像真有什么东西在蠢蠢欲动。

“你鼻头要生疮了，信不信？”红非不怀好意地指着小颖。

“去去去，只是有点儿痒。”小颖有点儿害怕，急忙拿出小镜子照照。

“就是，一个小红点，明天会膨胀爆炸。”红非气她。

小颖黑着脸，左看右看，自言自语：“才不会呢，我今晚擦了药膏，明天就好了。”

可是第二天，那鼻头上的一点高原红却又红又肿，竟然真的长成了个大疮。

小颖气得要哭了，一个劲儿怪红非咒她。

红非难以置信，“天啊，我的预言这么准，难道可以做巫婆？”

小颖没心情和她啰唆，整天地坐立不安，每隔五分钟就拿镜子出来照照，三番五次想动手去挤。

夏亭忙阻拦道："这是危险三角区，你可忍忍吧。"

"怎么忍啊，这么大个疮，我哪敢见人！"小颖又气又急，不禁滚落一颗泪珠，"丑死了，要多丑有多丑，我的命怎么这么苦啊！"

红非、夏亭面面相觑，又是担心又是释然，说真的，她们宁愿她错过这次晚会，错过祝新，错过这场痛。

芦荟原汁、氯霉素针水、先锋、各种进口的药膏……任何"只要青春不要痘"的东西，小颖全部试过了，但直到晚会这天，她可爱的鼻子仍大红大紫着，红非暗暗引用鲁迅先生的话形容，"红肿之处，艳若桃李，溃烂之日，美若甘酪"。

雪纺纱滚蕾丝的白裙子、簇新的白色高跟鞋、银白的镶滚珠小手袋，静静地期待着小颖的白雪公主梦。而这晚，耳听着花枝招展、衣香鬓影的女孩赴会的轻巧活泼的脚步声，小颖只能把自己深藏在低垂的帘幕里，镜子里的女孩，哀怨的企盼的眼，天快黑了，奇迹再不会出现，真的不会出现了。她懊恼地把镜子扣在桌上。

小颖终于还是错过了那一舞倾情。

她什么也不知道，不知是好，还是不好？

又是一个秋夜，深秋的夜，接近冬的气息，多了沉实、冷静的夜。

她们在空旷的球场上坐着，远处喧闹着欢歌笑语，好像很近，又好像很远。

大朵的紫荆花旋转着飘落，轻轻地，缓缓地，像声微微的叹息。

在清凉的石阶上，红非满捧着腮，夏亭轻抱着膝，小颖微仰着头，这么沉静地坐着。

沉静的风，沉静的雾湿楼台，沉静的星，沉静的长沟流月。

这一季很快就要过去。

有些爱，注定要藏在心里，只能藏在心里，最好藏在心里。

王子潘

那时他们坐在大操场上，夜空的云悠悠地走，冬将尽了，春在动，迎面吹来润润凉凉的风。

1

水璐是个不看日历的人，不看日子，日子也照过，该来的来，该走的走。

当然火车票也不是她自己买的，迷糊的小孩总是有个精细的妈，寒假人没到家，妈已打听了几时开学，又不知托的熟人谁谁，早早订下返校的车票。

妈万岁，她永远对，眼底下的春运现场，乱哄哄挤腾腾一窝蜂，感谢她手长手快，自己才谋得这席硬卧，还是下铺，靠窗喝口热茶，看见挤车人紫红的脸，不知是急的还是冻的。

这时裴裴打电话来。

“上车了吗？明天什么时候到？”

“最快凌晨五点。”

“你明晚不去哪儿吧？”

“能去哪儿啊，开题报告还没弄完。”

“好极了，明晚朱教授的主题沙龙，你代表我们宿舍出席，顺便签到。”

“为什么是我！”水璐叫起来，H大路人皆知朱教授是女权主义的先锋老处女，她的沙龙主题简而言之就是口诛臭男人，凡在沙龙表了态的女生，十米之外连公苍蝇都不敢喘气，可又不能不去，她是研究室主任，不爽就不给你的表格签名，你当然知道，拿到学位之前，有多少张表格。

“为什么还是我？上学期我已经代表了一次！”水璐压低声音，有点儿可怜。

“唉，明晚情人节，我们三个都和臭男人有约，只有你最圣洁，符合出席条件呀。”裴裴笑嘻嘻。

不看日历的后果，没有情人，情人节就该回避，她却这么风风火火地跑去触景。

茶冷了，喝进去，身上也冷。

好像看到了明晚的情景，她们去赴幸福的约，一点儿事能笑得惊天动地，不到凌晨不思归，回来也是轰轰烈烈地、通宵达旦地亢奋。

那满屋子悚人的玫瑰红，裴裴和阿茜各有一大束，老夫老妻的年度会展。有，波澜不惊；没有，绝对不行。就像去年裴裴说的，过节连束花儿都没有，隔壁401以为咱混得多颓。以她的精打细算，定会如期组织众姐妹的男友团购鲜花，拿下全城最低批发价。

大美女孟结总该有十束八束吧，前年是九，去年十一，阿茜亲自核查的。裴裴说女人还是吊高点儿卖价钱好，似乎遗憾自己低得太早，然而她们也知道，不是每个人都有资格吊高的，抓住一个骑驴找马，总比孤芳自赏实在，至少过节不愁人陪。

她们总说总说，教育水璐现实点儿，抓点儿紧，好像她的落单让人没法尽情幸福，虽然那语气，善意里带些骄矜。

火车开进暮色，要是时间能跳过一天就好了，跳过明天。

跳不过，她只好逃，她为什么不逃?

下一站是哪儿?

2

水璐活着回来了，谢天谢地。

裴裴在阳台上看见她一拐一拐地下出租车，扬着臂喊：“别动，别动，我下去帮你！”回身叫阿茜、孟结，“回来了，咱们接她去，快！”

孟结探探头，淡淡地说：“有多少行李？用不用这么多人啊。”

真没多少行李，就一只小小的拉箱，裴裴左手抢了拉杆，右手去扯水璐的背囊，水璐不自在这厚待，笑着躲，“没事，我自己就行了。”

阿茜上下检查一遍，又拉拉水璐的衣袖，确认这人没缺什么。

电话早说过了，回到宿舍，水璐还要应听众要求重复一遍。

“一觉醒来，迷迷糊糊的，以为到站了——真的很像嘛，也是过一个山洞，也是有一个大广告牌，就几点路灯光，天还黑着——”

“说你迷糊，你也真够迷糊啊你，幸好瞒着你妈呢。”裴裴说。

“呵呵，下了车我就醒了，不对啊，怎么这个车站不一样，可是火车都开了，我没法，只好在候车室坐到天亮。”

阿茜好心地打断，“你还坐着啊，赶紧买票啊。”

“哪里买得到？也有人说有票转让，我不敢跟他买。也有长途汽车拉客的，我不敢随便上。”

“对对，千万别上，现在人贩子专门拐卖女研究生了，卖到深山嫁农民！”裴裴鼓着两眼道。

孟结在旁边笑了一下。

水璐看看她，说下去：“天亮了，我饿了，去街上找吃的。过马路迷迷糊糊的，没看到左边开来一部小车，开得好快——”

“什么牌子的车？”有人插嘴。

“捷豹，白色的，急刹，离我就一步远，没碰着，但吓着我了，右脚崴了一下，疼得我坐地上了。”

“然后一个男人推开车门跑过来——”阿茜接。

“是啊，是一个男人推开车门跑过来。”水璐笑笑。

“是个老头儿吧。”裴裴道。

“不老，三十多点儿，挺有活力的。”

“又胖又矮戴条粗粗的金项链？”裴裴快嘴。

水璐笑着摇头，“正好相反，挺高的，至少一米七八，有点儿黑，但很帅，很稳重，气质不错，谈吐不凡，也和气。”

大家有点儿失望。

“他非带我去医院，我不好意思，这一去医院就折腾了大半天，他一直陪在我身边。”

“捷豹是他的吗？”不知谁问。

“是啊，他自己有公司。”

“你还在人家里住了两天，真行啊！”裴裴叫。

“我脚不是伤了吗，又买不到票，而且也不是他家，是他姨妈家，他单身，不大方便。”

“哈，单身！”阿茜的声音。

“最后他帮我买到了票，送我上车，就是这样，我这三天。”

“有意思啊水璐，情人节遇上这么大颗钻石，你大运好哇！”阿茜艳羡。

“哪里注意那天是什么节，迷糊死了，不过那晚倒是他请我吃的饭。”水璐轻描淡写。

听众哇了一声。

“那你们肯定互留电话什么的保持联系了？”裴裴问。

“是啊，大家还算聊得来，他不俗气。”

“他叫什么，干什么的，公司有多大，谈过恋爱吗，哪里毕业的，他爸他妈干什么的，这些家庭背景摸清了吗？”裴裴紧着问。

“嗯，姓潘——你真是，我又不是马上嫁过去，摸清这些干什么啊！”水璐乏力地笑了一下，“好了，好了，我累了，让我歇歇吧。”

孟结经过拍拍她，“所以说现实生活远比偶像剧精彩，恭喜你水璐。”

阿茜抱抱她肩，“对啊，水璐，你的王子终于开着捷豹出现了，抓紧他，宁杀错，不放过！”

裴裴却还鼓着眼，“不过我还是要说你，太迷糊了，怎能随随便便上人家的车，还住在人家姨妈家，万一他们是骗子呢，你就一定分得清吗，万一卖了你呢，当然除了深山的农民，女研究生一般没人敢买——”

大家笑。

水璐这才慢慢收拾行李，眼睛转了一圈，果然是一屋子花儿，虽是放了几天，香艳的势头稍减，但还是红得逼人。

她的桌上也挨挤着两束，刺着目，笑问：“这谁的花儿啊，表错了情嘛。”

裴裴答：“孟结的花儿太多，放不下，同享同享。”

“我拿开行吗，要放东西哩，我鼻子过敏，一会儿该狂打喷嚏了。”水璐还是好脾气地笑着说。

“赶紧赶紧。”裴裴跑过来把花儿抱走，“待会儿我挑几朵好的摆教室里去。”

走廊行过隔壁的女生，扔下一句，“你们活得不耐烦了，朱教授的沙龙一个没去。”

不知裴裴追上去问她什么。

水璐背过身子，拉上布帘换衣服。

深吸了口气，布帘遮住阳光，她的脸有点儿暗。

3

王子潘，开始是从裴裴口里传出的，所谓“白马王子潘先生”的简称，后来连水璐自己，也这样叫了。

她只是个平平无奇的女孩，看童话，看言情，半梦半醒地长大。

很小很小就知道向往王子，暗恋某某，但是学校和老妈教会她的，只是听话、背书和考试，她自学到的，好像只是做梦，还有发呆。

野百合也有春天，可是她既不够百合，也不够野。

春日迟迟，春风也是，迟迟地不度她的关。

王子潘，其实不是非常帅那种，太帅了会让她不安，顺眼就好，舒适的感觉。

她喜欢皮肤有点儿黑的男人，让人联想到太阳和海岸，额上闪闪的汗珠，充满力量的拥抱。

高度其实她不大苛求，自己也不过一米六二，但还是很想做个一米六二的小鸟，这个尺寸的小鸟，对依靠的高度理所当然要向上，向上。

对车，她不大懂，但是，王子若不骑马，怎能也不开车，没有马背，至少得有副座，他来解救时，她总得有位置可坐呀。宝马奔驰俗，听说捷豹贵气又低调，什么人选什么车。当然是白色，白马王子。

王子潘顶好学工科，做设计，设计什么不重要，自己永远不懂最好，但她爱工科男生思索的样子，高度发达的大脑，又复杂，又单纯，又深邃，又简洁。也许这是所有文科女生一厢情愿的臆想，她怎能例外。

她们整天嚷着嫁个有钱人，说真的，她并不很在乎这个，但是有总比缺好，王子潘有专业技术，又有管理才能，年纪轻轻开自己的公司，赚到了钱，说明他出类拔萃，哪个女人不崇拜优秀的男人？

他是冷静理性的，正好矫正她的浮躁冲动；他是现实聪明的，正好无须她太费心思。他成熟，所以她可以无限期延长自己的幼稚天真；他稳重，所以她不愁没人为自己的稀里糊涂买单。

他幽默，再无聊的事都能说出风趣，伤心了生气了郁闷了，他一句话就能让你破涕而笑。

他又是最深情体贴的人，世界上所有人都看你平常，他偏说你最好，当你是至宝，为你，他连世界都可以不要。

王子潘，王子潘。

水璐唇边浮上一个渺渺的笑，对面的同学看了她几眼，才记起，这是图书馆。

清晨，萧瑟的马路，王子潘开着白色捷豹风驰而来，她拖着红色的拉箱迷迷糊糊，急刹车，她吃惊回首，他情急跑来。

这样的相遇不免滥俗，可除了这样，她想不出还有什么更好的，王子潘的前进路线，她的运行轨道，要怎样才能相逢，难不成让他开着捷豹冲进图书馆，正好停在她桌前吗？

那也不行，望望图书馆里，这么多虎视眈眈的小妖精，凭什么轮到她。

裴裴每天见面都随口问："王子潘给你打电话了吗？"

大家漫不经心地吃饭，那种漫不经心让她忍不住要说点儿什么。

"他挺忙的，见客户，开会，整天飞来飞去，不过一下飞机，都会发个短信报平安。"

几张嘴停住了吃，看看她。

裴裴嘴里还含着饭，"哇，报平安，进展蛮快！"

水璐抬头一笑，不多说了。

谁都能看出她的幸福。

4

下午的时光最适合长长的午觉，梦境如一场亲历的影像，转醒时说句还好，天光白日依旧。

裴裴的声音："水璐，有人找。"

水璐软软地赖在梦边儿上，不答应。

"男的找你。"

她醒了一半，声音还带着睡意，"谁啊？"

"不认识，你起来嘛。"似乎怕她期望过高，裴裴补了一句，"是个小胖子。"

真是个小胖子，开始她还以为裴裴哄她。

走廊上那个神气的小胖子，头发一垄垄的，梳理得很工整，黑框眼镜，白白团团的脸，线条圆圆的身材。

"璐璐姐，好久不见了！"他上来就叫，笑出两只尖尖的虎牙。

水璐狐疑，"我认识你吗？"

"你不记得了？咱俩小时候见过！我和我妈去你家，你叫我小包子，还咬了我脖子后背一口，你看你看，好像还有牙印呢！"说着他就要捋领子。

水璐急忙摆手，"行行，我知道了。那……那你找我有事吗？"

"我考上你们学校的研究生了，上午面试挺顺利，你妈跟我妈说了，以后有什么事找你，多多照顾，我什么也不懂。"他像模像样地鞠了个躬。

水璐头晕，心想我自己还照顾不来呢，妈妈肯定糊涂了。

"还没介绍呢，我叫黄志勇，籍贯跟你一样，年龄小你三岁，目前单身。"他又露了露虎牙。

水璐只得表示幸会，又闲扯了一会儿，互留联系方式，总算他有告别的意思了。

回到宿舍，果然见裴裴和阿茜在窗子后面笑翻了。

"这个小包子不欺市，真有肉，比咱们饭堂的实在。"

"小包子的姐姐，是不是该叫大包子？"

来找她的男生，不管什么关系，她们总能将人家涮得很惨，水璐早习惯了，然而心底还是有一点懊丧，刚才冲出来的速度也太快了些。

却听到孟结回道："我倒觉得他不错，率真可爱。"

水璐笑笑，表示无所谓。

然而坐在窗前，书却看不下去了。

王子潘来看她，开着白色的捷豹，停在楼下那棵菠萝树的荫凉里，雪白的车，碧浓的叶，他下车的时候，风正过，衬衫鼓着风，飘飘的。

他就在那儿静静等待，眼睛望着她窗子的方向。

很多人看他，他浑不在意，他的世界，只有她的移动。

她下去的脚步有点儿急，小跑着，在他面前喘着停下，不大敢看他的眼，只会低头笑，“不好意思，刚才忙点儿事。”

他温柔地说：“没关系，慢慢来，我等得起。”

她身上暖洋洋的，像一颗融化中的奶糖。

肩上突然被人拍了一下，“水璐，周日你在宿舍是吧，晚上帮我收一下被子好吗？”是阿茜。

“还有我，还有我的被子。”裴裴在那边附了一句，“我们看八点场的电影，没那么快回来。”

“哦，我没空儿啊，周日……周日我要出去。”水璐尽量说得很随意，“王子潘来了。”

大家哇了一声围过来，嚷着要见。

水璐耐心又无奈地一遍遍解释，见的时机没到，王子潘有自己的风格，不大喜欢见陌生人，而且他那么远来一趟，时间紧得很，等下次，下次，总会见到的。

“记住哦，要过了我们这关才行！”裴裴捏捏水璐的鼻子，“小妮子皮肤好了很多哟，看爱情把你滋润的！”

水璐只是躲着笑。

5

长风满天，阳光碎碎的，多好的天气，风筝会飞得很高。

王子潘，你喜欢放风筝吗？

我就知道你喜欢，你还会做呢，工科男生的动手能力就是强哦，我不行，从小就笨，做你的助手就好了，你要什么，糨糊，小刀，竹片，红色纸，黑色纸，你专心干活儿的时候，我会安静，等等，要不要喝一杯冰红茶？

好漂亮的蝴蝶风筝啊，我敢说，全场的风筝数这只最漂亮，你真棒啊。

我会很小心很小心地举着它，不过风真的好大。

放风筝就要这么一直跑一直跑吗，等等我，你跑得好快。

咱们的蝴蝶飞上去了，真高呀，好像翅膀边儿上就是白云。

喜欢这么坐在草地上，肩膀碰着肩膀，天是看不倦的，很远很远的蓝，听到你的呼吸，像草叶上风的气息，静默的时候，心在悄悄说话，这样很好，很好。

哎，我们的蝴蝶飞到哪里去了？

水璐十一点才回来，宿舍已经关了灯，桌上打着一只电筒，裴裴在涂晚霜，光线这么暗，她还是发现了水璐晒得红红的脸，“去地中海了？晒成这样。”

“放了一天的风筝。”水璐低头看看，好像绊了谁的拖鞋。

窗帘里探出阿茜敷着面膜的脸，“王子潘真浪漫。”

“你们不这样吗？”水璐问。

“我们就老三样，逛街、吃饭、看电影，每周例会。”裴裴压低声音，“老实说，亲了没有？”

水璐愣了愣，脸还是红了。

裴裴缠上来问，水璐只笑呵呵地换衣服，最后只得说：“你们当初怎么样，我们自然会怎么样，问什么问。”

一句话惹得裴裴等兴奋尖叫。

夜深仍未睡去，话来回递着，她们真敢，那些顶私密热辣的话题，水璐听得脸一阵红一阵白。

“水璐，你别装睡，就是给你听的，多学着点儿，以前都避着说怕亵渎你的圣洁，现在好了，不用藏着掖着了。”裴裴直言。

水璐应得含含糊糊，众人笑她纯情。

事实上，水璐有点儿享受这种打趣，亲热、秘而不宣、同一阵营的、让她舒适愉快的气氛，她终于可以跟她们相似了，不再有什么可见外，尽管心思像站在崖边儿的双腿，虚虚的。

没人注意到水璐的小心思，她们在谈论孟结，大美女终于下了决心，要正正经经地确定对象，谈有结果的恋爱，嘴边的选拔赛进行得很热烈，大家把孟结的追求者逐个品评打分，这项工作繁复浩大，评委们的态度又分外严格挑剔，才说到第三个，水璐已经睡着了。

6

还没开学，小包子就颠颠儿地进驻H大了，用他的话说，“亲近学术殿堂的心简直迫不及待啊”。

他还真把水璐当成亲人了，光是第一天就跑上跑下地来了五次。

“璐璐姐，我想租个房间，北门和东门你说哪个位置好？”

“璐璐姐，中午我想吃拉面，哪个饭堂是北方风味？”

“我不认识路，你带我去呗，我也请你吃一碗。”

“璐璐姐，校园卡怎么办的？”

“璐璐姐，我没有借书证，你能不能先帮我借本书？”

“璐璐姐，你陪我去买东西好吗，我不认识路。”

裴裴好不容易等他走远，憋出一句：“璐璐姐璐璐姐，他怎么不直接叫妈呢？”

水璐苦笑，她从来就不是个精干的人儿，现在好嘛，心软脸皮薄的后果，是不得不强打精神应对琐碎的现实。

她陪小包子去看房子，北门的周围有些杂，但是房租便宜，东门的相对清净，但是要和别人共用洗手间。

水璐走了一身的汗，心里没主意，问小包子：“你说哪间好？”

小包子眼睛瞪得老大，“我不是问你吗，要不找你来干啥啊？”

水璐有气无力，“是你住啊。”

小包子振振有词，“这些小事都是女人管的，你决定呗。”

她只好清醒一下头脑，设想如果妈妈在会怎么做，她老人家常挂在嘴边的是“在外面要注意安全，小心啊小心”，既是这样，还是东门的吧，贵点儿就贵点儿，家里放心，男孩嘛，共用洗手间也问题不大。

水璐说东门的吧，小包子眼睛不眨就往东去，水璐很少这样被人信赖，包括她自己，所以那一刻，是有那么点儿快乐的成就感。

是不是为了这点儿快乐，她竟肯代他签租房协议书，这种表格条款的东西从前最头疼了，如今竟能强打精神反复研读，为了专业稳妥，还特意打电话给法律系的同乡，一个字一个字地读给人家听，确认无误才准小包子签上大名。

自己的被褥枕席，都还是老妈包办的，现在可好，反而替别人当家。水璐看看手中的购物清单，觉得不可思议。

裴裴推荐的平价超市不大好找，水璐又是出名的路盲，寄希望于小包子是无望的，他只大大咧咧地跟在后面，东张西望地看热闹，一会儿璐璐姐吃雪糕吗，一会儿璐璐姐你吃汉堡吗，只要饿不着，就算把他拐了，他也没意见。

走了大半天，坏消息是，那个平价超市歇业了，幸而也不白忙活，他们误打误撞进了批发街。

这算是水璐生平第一次砍价了，砍价需要勇气的，心里动着挤着都到了喉咙底下的话，直到看了第三家店，才小贼似的溜出嘴边。

“八十五块。”她指着那套绿格子的床单，小声地说。

“呀，我拿货都不止八十五块，真心想买给个实在价，一百二给你！”

“八十五。”水璐又说了一遍，她记得相同质量款式的床单，裴裴在网上买的才七十九，这是批发行，她相信这个价给得算公道。

“添些了，生意不好做，一百一给你。”

“八十五。”

“一百块整数，算是开个市。

“算了算了，八十八好听，给钱拿走！”

“就是八十五。”水璐红着脸，不走也不动，还是重复了一遍。

成交。

走在街上心里轻快极了，小包子背着大大的红白条包装袋猛夸璐璐姐真牛，她有点儿自喜，看来只要肯厚下脸皮，也可以有剽悍的潜力。

晚饭说好在江边吃，小包子排队去买快餐，水璐守着红白条大包装袋吹江风。

风扬扬转转地，卷起地上的一张宣传单，一直送到对面的餐室门前，一个金黄旗袍的迎宾随手把它拾起。

那餐室的玻璃大得像面城墙，天光还早，里面就亮起了灯，流淌的光与影让人目眩起来。

“我在这里等了你很久，你去哪里了？”王子潘的双肘靠在桌上，雪白的桌布。

“我——我去逛街了，我那个同乡刚来，他比我小，像个孩子，什么都不懂，我不能不管他——”她急着解释。

“没关系，我能等，好了，吃点儿东西好不好，你累了。”他的声音低沉温暖，钢琴的曲子水一般绕上来。

她捧着细白瓷咖啡杯，看菜单的时候，看到他修长干净的手指。

“喝酒吗？”他浅浅地笑着，“陪我喝一杯好不好，这么好的夜晚。”

她嗫嚅着，自己喝酒会起疹子，但是她永远不会对他说不，她颔首。

“吃！叉烧牛肉饭！”雪白的，却是一只饭盒落到她手上，跟着是一双筷子。

她蓦地抬头，小包子已经开始大嚼起来。

7

小包子挤占了她的生活，连孟结都笑说，别叫小包子了，明儿改成黏豆包。

他黏着她，觉得这是天下最有理的事。

他要跟她一起打饭，因为这样可以分工合作，一个排米饭窗，一个排炒菜窗，节省时间，而且吃着不闷。

他跟她去图书馆，一个借书，一个占座儿。

他把自己的运动鞋和运动衣裤打包放在她柜子里，因为她们宿舍离体育馆近，下午离开自习室可以直接换装运动。

裴裴逗他，“呀，你怎么不把牙刷拿来呢？”

他没听出什么，“我跑步前又不用刷牙。”

他来的时候像阵风，噔噔噔地才听到脚步声人已经在屋里了，裴裴有句最损的，“快得像打狗的包子”。

他挥手揩揩汗，“那谁是狗啊？”

他不恼，这点最好，你说什么他都没事，不知是因为听不懂，还是因为不在意。

他一点儿事都能笑出两颗虎牙，笑的时候更像个胖胖的孩子，永远年轻可爱。

他送给水璐一件礼物，好几层纸包着的小方盒，是一间开心小屋，红墙绿瓦的蛮精致，打开盒子，是个傻傻的蜡笔小新，紧接着，小新迎面喷出一线童子尿。水璐又气又笑，他已经乐得抱肚子了。

有一次他来得鬼祟，看看阿茜在，就坐下看书，看一会儿又望一下，抓了阿茜洗澡的空儿，赶紧从口袋里掏出个小纸包，“我新疆同学带来的馕，羊肉馅儿的，我吃了一个太好吃了，又管他要了一个。”

那纸包浸透点点油渍，他就这样不嫌地揣在袋里，水璐哭笑不得，“你干吗偷偷摸摸的啊。”

“就一个，人多分了你就不够吃了，快先咬一口。”

水璐硬着头皮咬了一点儿，不晓得该怎么吞下去，她最怕羊肉膻，但那块馕，她却不知如何处理，吃是吃不下的，可每次想扔，眼前就现出包馕那张点点油渍的纸，好不忍心。

是不是因为这不忍，小包子每次找她，她都不会说不?

裴裴倒很直接，当面说：“小包子，你星期六也来星期日也来，知不知道璐璐姐要约会的啊。”

“那又怎么样啊？”小包子气定神闲。

“璐璐姐嫁不出你负责啊？”

“好啊，我负责！”好像挺牛的。

“你算了，人家王子潘开的是捷豹！”

“捷豹有什么了不起，我三十岁的时候，还开法拉利呢！”这么大的口气。

从此又多了个外号，法拉利牌小包子。

夏天快过完的时候，小包子发烧感冒了，一点儿小毛病却是极可怜的样子，这也不吃，那也不吃，却也不见他瘦。

“那你究竟想怎样？”水璐无可奈何地看着他。

“就是想喝一碗煮得糯糯的粥，还有一碟绿绿的通菜。”他眼巴巴地望着她。

她最怕他这可怜巴巴。

水璐终于相信，这世上没有不可能的事，她也可以找到菜市场的入口，她也会用珍珠米煮成糯糯的粥，她也能烈油烹蒜下菜封锅盖，炒出嫩嫩的绿绿的通菜。而二十五年来，她十指不沾阳春水，刚刚学会开煤气。

小包子吃得很香，她掸掸衣袖，抱怨两声："一身的油烟味，得赶紧回去洗澡，今晚大美女的准男友请吃饭。"

"谁是大美女啊？"小包子好奇。

"我们宿舍的孟结啊，追她的人老多了。"

"她呀，她哪有你好看。"小胖子笑了一声。

"你少耍嘴！"

"我说真的，璐璐姐是全天下最好看的人，骗你我是王八！"他停下来，直愣愣地瞅着她说，她怔着，直到他严肃的神气慢慢地转为一脸的红。

他垂下眼，脸还红着，望见她趿着拖鞋的赤脚，忍不住说："就连脚指头都比人家的好看。"

水璐缩缩脚，慌里慌张地收拾东西，嘴上飞快地说："我得回去了，你吃完自己洗碗多喝水多睡觉就好了，先这样，拜拜。"

跑回宿舍心还是怦怦地跳。

8

裴裴是个喜欢嚷嚷的脾性，这次格外高调，不外乎是男友送了部新手机。

"意义非常重大，这是他的稿费啊！"裴裴兴奋地鼓着眼，把新手机传来传去。

"血汗钱，真的是血汗钱，你们不知道他写稿子要查多少资料啊，一尺来厚呢，又天天熬夜，瘦得一身骨头架，拿了稿费不声不响地给我买手机，嫌我手机太旧信号不好，别以为老夫老妻就没感动，我真的感动死了。”

小包子也在一边探着头看，裴裴说得兴起，拍他一记，“小嫩包子，还不知道赚钱的辛苦吧？”又转向水璐笑着道，“你没法理解的了，璐璐姐，王子潘开捷豹住别墅那种生活，不像我们穷学生一部山寨手机也高兴成这样。”

水璐不觉看了看自己的手机，“他也说了好几次要送个新的给我，我不想要，反正我这个还能用。”

裴裴推她，“干吗不要啊，爱情的礼物不要白不要，怎么那么傻呢？”

想起什么似的转头对众人说：“还真没看见王子潘送什么给咱们水璐呢，是不是越有钱的人越抠门？”

小包子答应得最快，“对！”

水璐瞪了他一眼。

即使是常人恋爱的老三样，王子潘也能不一样。

他带她去看画展，偌大的展馆里只他们静静的两人，他们可以很久很久地观望一幅山水，从山水的隙里，从眼角的隙里，她仰望他高高的肩——她的山。

他们在精致的茶社里喝茶，铁观音的清润，长窗外盛开的三角梅，她爱极了他端着茶杯轻轻吹的姿态，淡白的蒸汽缭绕着他浓黑的眉，他说：“你在观察我吗？”

夜一般黑的电影院里，影画里别人的悲欢，她突然很想落泪，不止因为那个故事，刚低下头，他的手已经轻轻覆住她的，不必看她他也知道，他那样懂得。

“收下好吗？”

“我的手机还能用，真的。”

“我知道你不是虚荣的女孩，但这是爱的礼物，代表我，当我不在你身边的时候，那就是我的爱。”

“哇，三星G508E，还是金色的，真漂亮！”裴裴第一个发现，“多少钱，多少钱？”

“我不想要太贵的，毕竟还在读书。”水璐笑笑。

“你真傻，干吗不要贵的呢，王子潘那么有钱！”裴裴翻来覆去地看着，又羡又恨。

水璐悠然摇摇头，手机又被阿茜抢过去了。

热闹了一会儿孟结突然问：“咦，这段时间怎么不见小包子？”

水璐随口说：“他功课紧张吧。”

裴裴说：“是不是有女朋友了，前天好像看见他和个小女生打球。”

水璐应：“关我什么事？”

阿茜道：“当然关你的事，你可是他的璐璐姐。”

裴裴笑：“这小包子可别有了媳妇忘了娘。”

水璐有点儿不快，拉上床帘，“说得这么难听。”

“生气了，还真生气了？”裴裴笑嘻嘻地探头逗她。

水璐在床帘后面坐着没出声，心里闷闷的。

9

九月将尽，开题答辩也过了，裴裴的主意，不如咱们带着男朋友一块儿来个短途游？

阿茜、孟结都说好，快毕业了，接下来写论文找工作的时候未必会有这样的心情，带上男朋友，有人照应加上热闹，左手闺蜜情右手男女情两不耽误。

没等水璐开口，裴裴先指着她道：“再不许推了，你家王子潘是驴是马总得拉出来遛遛，别等到结婚的时候才让我们看到啊，那就太没情意了。”

水璐还是微微笑的模样，“他的确说不准嘛，路又远，事务又多，我们平常见面也不多，只是打打电话。”

阿茜笑着补充，“然后打电话也要躲起来甜甜蜜蜜地打。”

裴裴趁势嚷：“现在就打给他，要他参加，他不来我们可要罚！”

水璐仍挂着笑，“怎么罚啊？”

裴裴左顾右盼，“请吃饭？不行太便宜他了。送见面礼，对了，给亲友团送见面礼，我们不同意他别想娶水璐！”

阿茜说：“这不好吧？”

裴裴鼓眼睛，“人家王子潘财大气粗，才不在乎，我们也不贪心，就让他送——”她一眼瞟见桌上有本杂志的广告，“iPod shuffle！这个好，又不贵，又大方！”

孟结蹙蹙眉，转头对水璐道：“你给他打个电话吧，我们都希望他能去。”

水璐应了一声，掏出电话走到阳台上去。

才一会儿，裴裴耐不住了，她掩着嘴低低道：“你们派我去偷听好不好？”

话音刚落水璐已经进屋来，皱着眉，带着点儿懒懒的怨，“他说认罚，不好意思哦，这段时间他要忙个工程，真的脱不开身。”

裴裴“咿”的一声表示失望，还是孟结说：“当然先忙工作了，旅游什么时候不能去对不对？”

水璐有点儿走神，不知听到没有。

临睡前水璐在阳台上晒衣服，裴裴经过碰碰她，“iPod shuffle，跟他说了吗？”

“哦。”水璐应了一声。

周六前一天，孟结回来换衣服，水璐急匆匆正出门，“朱教授突然找我，也不知道什么事。”没一会儿又风风火火地打来电话，“孟结，你帮我关下电脑，刚才忘了。”

孟结不是多事的人，看到水璐QQ上的留言纯属无意，当时对话框弹出来，“钱打到你账户了，怎么这段时间你老缺钱？”

留言的人叫梅，孟结认识她，水璐的本科同学，现在是个老师。

她匆匆关了机，有点儿犹疑，不知要不要转告水璐。

次日周六，女孩子们各有节目，水璐说约了王子潘，对着镜子涂一层浅红的唇彩，裴裴的脸在镜中闪过，没说话，只眯眯眼。

其实，每个人的恋爱都差不多，逛街、喝咖啡、看电影，即使是和王子潘一起，有时候也会觉得有点儿累。

她其实不大喜欢咖啡，喝了喉底不清爽的感觉，但是一杯咖啡可以喝好久，一点一点地抿，像喝药那么久。

咖啡杯倒是很美的，边沿上是自己隐约的唇印，她看这个竟然能入神。

怎么会挑一部喜剧片来看，也许为了逗自己开心，别人笑的时候她不想笑，笑什么啊，有那么可笑吗？

原谅我，王子潘，我今天有点儿低落，不大想说话，没什么理由，跟你在一起我很快乐，可女人就是这样，情绪化，周期起伏。

“再少点儿吧，我一起买三个呢，差不多是批发了！”水璐讲价的功力已不同往日。

“已经很微利的了，这种品牌货我们也是拿得很少。”店员一脸的笑。

“回头客朋友价吧，你看我的三星手机，也是在你们这儿买的。”水璐拿出手机晃一下。

“再少你三十块，真的不能再少了，你上淘宝也是这个价，还要搭运费。”

“好吧。”水璐叹了口气，掏出钱夹。

冷不防一只手夺过钱夹，“我们先不买。”

水璐惊愕地回头，却是孟结，她淡淡地笑着对店员说：“真不好意思，我们看到更好的款式了。”

10

“孟结，怎么你在这儿，呵呵，王子潘有点儿急事赶回去了，他托我买礼物给你们，你看到更好的款式了吗？走我们去看看。”水璐笑着去拉孟结。

“水璐，”孟结眼睛看着另一边，“别怪我，我说话有点儿直。”

水璐还是笑着，笑得很尽力。

“我今天跟了你，跟了你半天。”她有点儿困难，还是决定说下去，“我看到你一个人在街上瞎逛，一个人在咖啡馆里喝咖啡，一个人买两张票看电影，身边的位置从头到尾都没人——卖票的小子说你经常这样。”

水璐脸色苍白。

“我看到你在柜员机上拿钱，看到你走了六间电子店，看到你跟他们砍价，砍了二十分钟，没见过那么低声下气的水璐——”她说不下去了。

水璐默然，只愣了似的看着街上的车水马龙，夜色一点点地重了，灯火一盏盏地亮起。

忽然她拔脚就走，走得飞快，过马路也不等绿灯，横冲直撞了几个人。

孟结一边叫她一边追。

两人就这样一前一后地走了七八公里，孟结暗暗叫苦，水璐不知道累。

她终于肯停下，在江边的桥栏上，孟结攥紧水璐的手，“回去吧。”

“不想回去，怎么回去呀？”水璐疲弱的声音带些嘶哑。

江面的风那么大，吹着她削薄的身体，像要把她吹走。

孟结陪她站了许久，无话，坐公车回来时，水璐亦不望她一眼。

黑暗的车厢里，孟结一字一字发短信给她：如果那是你的秘密，也是我的。

水璐低下头去。

宿舍里鼓乐喧天，裴裴的笑声最好认，那种尖厉高亢到断了气，又突然午夜还魂的感觉。

水璐冷着脸进门，迎面是小包子欢喜的眼，“璐璐姐，你总算回来了，我差点儿不想等了！”

她嗯了一声把手袋扔在床上，听到裴裴问孟结：“怎么你们会在一起啊？”

“璐璐姐，你知道吗？我今晚买了个放屁袋，裴裴不知道坐了，放了个响屁却把真屁给吓出来了！”小包子咯咯地笑着跟过来，裴裴尖叫着要打。

“拖鞋，我的拖鞋呢？”水璐烦躁地推开他。

“我穿了，哈！”小包子抬起脚，他那白胖的大脚挤塞在水璐的绣花拖鞋里，看上去分外滑稽。

偏裴裴又来凑热闹，“试试你家璐璐姐的高跟鞋，看你敢穿不？”

小包子玩心起了，“那有什么不敢，璐璐姐，璐璐姐，拿你的高跟鞋来！”

“知道你有多讨厌吗！”水璐一把扯下拖鞋，重重地摔在地上，“一天到晚黏着靠着，我是你谁啊是你保姆还是你妈？又矮又胖又幼稚傻瓜似的，人家耍你还咧着大嘴笑！”

静寂得让人害怕。

裴裴飞快地溜开，小包子无措地伫在那儿，嘴仍张开着，勉力撑着一个笑的姿势，直到明白自己撑不下去了，才光着脚跑出去。

只一会儿他又跑回来，靠着门框喘口气，远远地望一眼水璐，抽了下鼻子，“要不是喜欢你，我不会在这里，但你不能因为这个，就随便伤人的心。”

他知道自己笑不出，只好拼命地眨眼，好像这个动作有用，可以拦住一些什么。他在门边笨拙地趿拉上自己的大头鞋，走前，从衣袋里取出一只粉红色的信封，轻轻放在桌上。

“他哭了。”阿茜很小声地说。

裴裴隔了半天才说：“今晚停水，他上来给你提水，鞋湿了——”

水璐不说话，拿着毛巾去洗澡，浴室门前一字排开三个大桶，上面分别挂着字条，“璐洗澡用”“璐洗脸用”“璐洗衣服用”。

她咬咬唇，孟结悄无声息地递过那只粉红色的信封，上面用花体字写着：黄志勇同学二十二年来第一次挣钱，没给妈妈，给璐璐姐了，喜欢什么就买什么吧。她往信封里望一眼，四五张百元的纸币。

眼泪撞上来，她把湿毛巾蒙在脸上。

半夜里，她听到她们在阳台上喁喁细语，都以为她睡了。

“以后别再提这个人了。”孟结的声音。

“为什么要分手啊？”裴裴按捺不住，孟结嘘了一声。

“他移民去美国，水璐不想放弃学业，也不想离开妈妈。”

“真可惜。”阿茜叹。

“你见着了？”裴裴问。

“嗯，见着了。”

“帅吗，高吗？”

“嗯，真的很出色。”孟结肯定地说，“连我都有点儿心动，可他眼里只有水璐。”

“水璐命真好——”阿茜感叹。

“真的开捷豹？”裴裴又问。

“你就关心这个！”孟结嗔怪，“确实是，还要买礼物给我们，我拒绝了，都分手了，别让人家以为H大的女生多浅薄！”

“也是——唉！”裴裴有点儿可惜，“难怪她今晚这么大的火，可怜的小包子。”

“小包子以后可能不会来了。”

水璐的脸上湿成一片，夜这么长，黑这么宽，可以自由地流泪。

11

不见小包子有半个月了，水璐以为，他再也不会理她。

心情一直在谷底，干什么都蔫蔫的，只想睡觉，醒了翻个身继续睡，有时连饭都不吃，她们就轮流给她打，甚至为她买菜回宿舍煮，那样的宠溺。

她不愿劳烦她们，自己原是卑微的人，连享用人家的好意都会不安。

懒懒地去饭堂，木木地排队，周围的嘈杂如海浪，自己像一小片舢板。

“你排米饭窗，我排炒菜窗，分工合作，节省时间。”一个声音在她耳边交代一句就跑了。

不用回头她就知道那是谁，眼眶一热，她极力忍住。

还是觉得有点儿尴尬，那次之后，这样面对面吃饭，总不免生分。

小包子也是吧，只顾低着头扒拉饭，她偷眼瞧他，胡子长了，瘦倒没瘦。

“对不起。”她很轻又很含糊地说了句。

“啊。”小包子含着饭菜看她一下，眼光里有不及收敛的温情。

他咽下食物，喝了口汤，清清嗓子，好像这才可以正式发言："我说真的，我不生气，只是心里难受。但后来理解了，你和那个潘分手所以心情很坏，我就寻思，幸好那天我在那儿能让你发泄一下，要是换了其他人，你肯定憋着，憋坏了。"

水璐眼眶又是一热，听得小包子咳嗽一下继续说："不管什么潘什么美国，让他俱往矣吧，我小包子不会移民，要移也是黏着你一块儿移，这句话一百年不带变。"

什么意思，表白还是誓言，饭堂这么吵，还开着电视，水璐心里好慌，脱口却是："我比你大三岁呢！"

"女大三，抱金山！"小包子又是那副神气的样子，"我从小就相信这个。"

水璐心里嘀咕了半天，不是"砖"吗？

好吧，既然是他，那就这样吧。

隔天孟结在宿舍正式宣布，"以后再不许叫人家小包子黏豆包小胖子小馒头小南瓜之类的奇怪外号。"

裴裴奇怪，"没谁叫他小南瓜啊。"

阿茜看着孟结坏笑。

孟结忙正色道："这是对黄志勇同学和水璐同学的尊重。"

秋天真好，好干净的蓝天。

水璐和孟结站在阳台上。

"如果这是爱情，我的爱情是不是比别人窝囊？"水璐望着天，轻轻地说。

"爱情不是用来跟人比的，又不是参加奥运会，也不是用来给别人看的，又不是走时装秀。"

水璐听着。

“快不快乐，谁能比你更清楚？”孟结含笑看她。

“谢谢你。”水璐说，“你知道我的意思，这声谢一直压在心里，我很笨。”

孟结搂住她的肩，声音轻快地说：“我也告诉你一个秘密，这个秘密我谁都没说。”

“追我的人很多，可我一个也看不上。我爱的，又看不上我。”孟结笑了一下，“你知道我最爱谁吗？”

水璐摇头。

“我的论文导师。”

水璐差点儿尖叫，孟结的导师儒雅渊博，气质高洁，可是他不仅有妻有儿，而且快六十了。

孟结用食指压住唇，笑道：“好了，我有你的秘密，你有我的秘密，咱们谁也不欠谁的，心里不压了吧？”

目光还是回到天空，又高又远的天空。

12

最后我们要看看，黄志勇和水璐的爱情生活。

“璐璐姐，今天晚上去看电影吧？”

“璐璐姐，我给你讲个段子，有点儿色的。”

水璐心里有点儿郁闷，都在一起了，还叫得那么——

她尝试暗示，“小包子，你每次叫我都三个字，太生了，可以省个字嘛！”

“叫什么，璐姐？”

“还可以省一个字。”循循善诱。

“姐？”

直接晕倒。

水璐抱怨，“小包子，跟你一起走我不敢穿高跟鞋。”

“我还会高的，老师说二十六岁前男人都会长高。”

“我看不出什么迹象。”

“不骗你，上个月我穿鞋测，一米六九，这个月穿鞋测，有一米七一呢！”

“我相信，是你的鞋长高了。”

水璐又抱怨，“小包子，跟你一起走我要装嫩，连长裙都不敢穿。”

“我十岁就发育了，我妈老说我早熟，我初中的同桌还说我少年老成！”

“然后到十五岁就停止了发育。”

“我告诉你要是不刮胡子，我起码老十多岁！”

“今晚记得把剃胡刀扔掉。”水璐心里说。

“璐璐姐，中午吃酸辣面好不好？”

“饭后最好吃点儿葡萄，对不对璐璐姐？”

“月亮真好，璐璐姐来杯哈密瓜汁多好。”

“璐璐姐，写不出论文，吃雪糕可以活跃思维。”

“小包子，你怎么整天就会想这个，难道我们拍拖除了吃喝就没别的吗，你能不能成熟一点儿呢？”

小包子脸有点儿红，扭扭捏捏地看水璐一眼，“璐璐姐，你是不是想到那方面去了？”

“还没拉过手呢，就抱，真是的。”

“排名不分先后嘛。”

静静地听心跳声音。

“你是不是觉得我的怀抱跟别人的不一样？”

“无非比较肉。”

“多舒服多温暖啊，所以我天天说，不要总是在意一个男人的高度，应该在乎他的厚度。”

又一年的情人节到了，裴裴是最敏感的，提早一个星期召集姊妹的男友团购玫瑰。“水璐，你家黄志勇报名吗？批发价！”

“我才不想替他省，这钱该他花的。”水璐笑着说，有一点点骄傲。

裴裴耸耸肩。

情人节前夜，小包子打电话来，“璐璐姐，情人节我有两个方案，读给你听一下，A．一束玫瑰花、五串牛肉串，还可以加一个臭豆腐，B．一枝独立包装的玫瑰花和浪漫情侣套餐，有牛扒的。”

水璐一听就火了，“为什么不是一束玫瑰花加有牛扒的情侣套餐？”

小包子说：“我卡上钱不够。”

“你不是一直在存钱吗？”“存啊，前天同学来吃顿饭，昨天又请老师吃饭，玫瑰花又升价了。”

“你不是有兼职吗？”

“兼职的钱不是每个月都给你了吗？要不你先借我一点儿。”

“没门儿，给出的钱就是泼出去的水。”

“那我管我妈要。”

“你敢！”

不论怎样，今年的情人节，水璐的桌上有一束美丽的玫瑰，暗暗的甜甜的香气这样惹人，已经睡下了，半夜她又跳下床，悄悄地在花瓣上洒了几点水，贴脸上去，深深地嗅一下。

裴裴起来小解，迷迷糊糊地嘟囔一句，“水璐，你鼻子不过敏了吗？”

水璐悄悄吐吐舌。

今晚她对小包子说：“我一直有个秘密，想告诉你。”

那时他们坐在大操场上，夜空的云悠悠地走，冬将尽了，春在动，迎面吹来润润凉凉的风。

她好想什么都告诉他，她想说去年今日，她在一个陌生的站台下车，仅仅是想逃，逃得那么快，下阶梯的时候崴了脚，没人理她，只有一个卖膏药的推销员跟她说了许多话，他姓潘，长得不错，笑容温煦，可惜他只想卖东西。那就是她的王子潘和情人节，可以一笑也可以一哭的，寂寞又荒谬的——情人。

谁知小包子脸一扭，说：“是不是那个潘占了你什么便宜，我不要听！”

然后他有点儿生气，真的吃醋了呢，她笑笑，还是算了。

便到了这个晴好的春日，小包子在上网，眯眯偷笑的样子。

“笑什么？”

“金融危机美国好多移民资产缩水，哼，那个我最讨厌的人，活该他移民！”他幸灾乐祸。

水璐哭笑不得，望见他白白胖胖的后颈，问：“为什么我小时候要咬你后脖子？”

“因为你说想吃包子。”小包子没回头。

于是有了恶作剧的心，水璐低下头，悄悄张开牙齿，却还是半途停下。

一颗心忽地很软很软。

“小包子啊。”她叫了一声，轻轻地拈下他衣领的一根落发。